落单少女等等我

李荷西 著

CNS PUBLISHING & MEDIA 中南出版传媒
湖南文艺出版社
HUNAN LITERATURE AND ART PUBLISHING HOUSE

图书在版编目（CIP）数据

落单少女等等我 / 李荷西著. -- 长沙 : 湖南文艺出版社，2020.6
ISBN 978-7-5404-9650-0

Ⅰ. ①落… Ⅱ. ①李… Ⅲ. ①长篇小说－中国－当代 Ⅳ. ①I247.5

中国版本图书馆CIP数据核字(2020)第070508号

落单少女等等我
Luodan Shaonü Dengdeng Wo

作　　者：李荷西
出 版 人：曾赛丰
责任编辑：李　阔
监　　制：邓　理
策划编辑：田渊源
封面设计：杨　平
封面绘制：LOST7
版式设计：罗静颖
出版发行：湖南文艺出版社
（长沙市雨花区东二环一段508号　邮编：410014）
网　　址：www.hnwy.net
印　　刷：北京盛通印刷股份有限公司
经　　销：新华书店
开　　本：880mm×1230mm　1/32
字　　数：246千字
印　　张：9.75
版　　次：2020年6月第1版
印　　次：2020年6月第1次印刷
书　　号：ISBN 978-7-5404-9650-0
定　　价：36.80元

虽了解真相，还心如少年。

目录

CONTENTS

第一章

有些人在离开，有些人在说『嗨』

1

昨晚喝了酒，我昏昏沉沉地睡着了。半夜口渴醒来，挣扎了许久才去给自己倒了杯水。

厨房灯坏了，凌晨三点，我站在昏暗的厨房往窗外看，只见对面楼只亮了一盏灯。

夜静极了。因此竟可以听见许多平日里没有在意过的声音。

静音挂钟秒针的走动，冰箱低沉的轰鸣，风挤过窗子缝隙，万里高空飞机的夜行，初秋的虫鸣，树叶在风中的握手，楼下保安对讲机的电流音，还有自己的呼吸声。

好重。

呼吸声好重。

不知道是不是幻觉，我甚至还听到了大门外的脚步声。我盯着门，门用钥匙锁了两圈，并且反锁了，电子猫眼红外夜视可以看到一百六十度广角。

此刻屏幕并没有亮起。

等了好一会儿，确定门外没有什么声响后，我才又回到床上。半夜酒醒就很难入睡。辗转反侧间，脑海里都是一些岁月里所剩无几的皮毛。等到再昏沉入睡，不知已是几时了。

醒来的时候，我才发现天光已经大亮。手机闹钟没响吗？

不是，我的手机呢？

一个人住有很多好处，很多恣意，但也有很多恣意所带来的空虚。比如深夜醒来的那一丝惶恐；比如没有人像喊你起床那样拽着你提醒你打击你也鼓舞你；还比如，当你找不到手机的时候，你甚至没办法用另一个手机来找你的手机。

还好电脑从未关过，微信还登录着。于是我在微信上呼叫邹明宇：“打一下我的电话，我手机又找不到了。”

一分钟后，铃声从床底下传了出来，摸到后我总算安心了。

又躺倒了三分钟，我回想着昨晚那个还算旖旎的梦。

在梦里，我见到了一个男明星，虽然平时我连他的路人粉都算不上。我们一起坐在车的后座，手拉着手，他说，我知道你比我大，没关系，其实我的实际年纪比公开年纪大三岁，所以我们算是同龄人，还是可以在一起的。

我揉了揉脸又揉了揉脸，不知不觉地笑起来。真是太久没恋爱了，竟然在一个无厘头的梦里悸动了。

2

恣意所带来的后果是地板上不知何时出现的纸片就算踩过三天也懒得弯腰捡起。恣意还带来每天起床后都要犹豫的三件事：1、要不要洗头；2、要不要化妆；3、要不要戴隐形眼镜。

很久很久之前，这三件事基本还是一条龙的标配。现在呢，基本要凭缘分。因为费时间——我要骑共享单车赶往地铁，或者走十分钟路飞奔到地铁。地铁会挤得人胸贴都掉了。而我已经在公司待了七年，看见男同事和看见亲哥没什么区别。所以，能不洗就不洗，能不化就不化，能不戴就不戴，毕竟也挺浪费钱的。

我现在的穿衣风格用我自己的话说，叫简约舒适风。但用我的闺密楚良歌的话来说：你的品位是跳楼了吗?

我的闺密楚良歌，身高一米七二，体重一百一十斤，自来卷发鹅蛋脸，不化妆的时候十分古典美，但脸上随便有点儿色彩，就足够号称“妖艳贱货”。

穿的呢，自然在人群中可以让你一眼认出。除了高跟鞋，她就没其他鞋。我走在她旁边，大概就像被她拎着的暖水瓶。

我们俩都单身。只是，我单身好几年了。她单身，好几天了吧。

都单身的我们俩，我还渴望婚姻，她是不婚族。

我渴望的婚姻是这样的：希望那个他身长八尺，才高八斗，八块腹肌，年薪八百万，八套房子，八……八辆车是不是不够环保？算了，如果他非要有的话也可以。然后呢，我被金屋藏娇，拼命地想工作，可他就是不允许我工作，非常直男癌也非常霸道总裁：“我养你还不够吗？你为什么还要抛头露面？外面那么多诱惑，你就不想想我的担心吗？”我只好痛苦地每天什么也不用做，浇浇花，健健身，对家里的保姆颐指气使，然后……全世界旅行。

我每每说完这些，楚良歌就用一种“醒醒吧！妇女”这样的眼神上下打量我，然后用鼻孔发出一声：嘁。

3

嘁。

此刻我坐在办公桌前，也忍不住来了这么一声。

坐在我隔壁孕期快四个月的小郝，耳聪目明，立刻滚着座椅过来了：“怎么了，Waiting姐？”

我叫王等等，从初中开始学英语时，我的英文名就被迫叫了“Waiting”。

“还能怎么着，这个月的差旅费依然报不掉。”

“啊。”小郝感慨，“我是多么高瞻远瞩。”

我瞪她：“那是因为你该出的差都被我出了。”

“Waiting姐息怒。”小郝靠近我一些，“据我线报，资产重组这个月结束，下个月铁定能报。”

“你上个月就这么说。”我抓起计算器，噼里啪啦打了几个数字，展示给小郝看，“这是我的信用卡账单。”

“呜呜呜……我错了。”小郝把我的手放在她已经隆起的肚皮上，“看在你外甥的面子上，请你原谅我。”

当然要原谅了。

我都不记得我上一次没有原谅一个人是什么时候了。

就算是和蒋韵分手的时候……哦不，是被蒋韵分手的时候。

“原谅”这个词，到我这个年纪，基本上就是“算了”。单身中年少女的自洽，就是找自己最舒服的状态。穿舒服的衣服，见舒服的人，吃舒服的饭。

“算了”的感觉会舒服，也懒得管对方获得“算了”后舒服不舒服。

我和我的大学同学蒋韵恋爱了六年。毕业旅行时，在香格里拉的漫天星光下，他向我求了婚。我答应了。三年后，他突然要分手，用一条短信。我也答应了。虽然非常想知道理由，但好歹压抑住了没有去追问，就让这破碎稍微破碎得体面一些。后来，后来就不想知道了。

前年他结婚，千方百计地找到我，在电话里声泪俱下地问：“你会不会原谅我？没有你的原谅，我不会幸福的。”

做坏事的人才会悲伤如影随形，而被伤害的那一个，总会装得云淡风轻。

“原谅，原谅。”我有些吃惊地听他说完，才善良地回答他，“你也原谅我，就不给你包礼金了。”

“那我可以加你微信吗？”他又问。

“随便吧。”我心无波澜地挂了电话，然后对着坐在对面相亲的帅哥露出了歉意的笑容。

少顷，他发了好友申请过来，我通过了。十秒钟内，他发来一个链接："帮忙砍一下。"

生活艰难，能让人想起前任或者八年不联系的老同学的，大概只有"拼帮帮"了。

我收起手机，对着坐在对面相亲的帅哥又露出了歉意的笑容。

我大概相亲过五六次吧，各种牛鬼蛇神都见识了。

曾经还被我妈报名了一个相亲旅行团。确实不错的行程，仙本那的海很美，沙滩很宜人，海鲜很好吃，夜晚的星空令人感慨宇宙的浩瀚。

可你猜怎么着？团员十个人：八个姑娘，两个男生。后来一对也没成。

当然我也曾对某个谁不可遏制地心动过。暧昧期跟他一起看零点场的电影首映，喝啤酒，撸串子，穿越很多个街巷，说很多话，讨论单身好与不好之类的话题。我还在期待着我们的关系什么时候可以柳暗花明的时候，人家突然在朋友圈发了婚纱照。

有时会忍不住想是这个世界有问题，还是我有问题，还是我遇见的人有问题？

也许大家都病着吧。

我还有一个闺密叫关雅妮，一直职场得意情场失意。于她来说，到这个年纪，暧昧就是抢钱。辜负这个词没有意义，恋爱像是一场发烧时的战争，就算迷糊了心智，最终论的还是输赢。

两人关系不过是你进我也试着进，你退我便消失。哪还有什么全情投入，至死不渝？不过是面对面拿着计算器，相互算计。

还相信什么爱情？爱情不过是力比多在作祟，不过是一种害怕孤单时自怜的情绪。

但人生苦短，更多的时候，活的是意志，不是情绪。

很有道理。可我依然喜欢童话也有可能变成现实的梦幻，喜欢小小的希望露出端倪，并慢慢涌现的光圈。我大概就是，**虽了解真相，还心如少年**。

所以，才那么喜欢看韩剧。

4

“咯咯。”对面传来一声假咳，我没有抬头。

时间是中午，地点是公司的食堂。对面假咳的人，是我的师傅和饭搭子邹明宇。没有抬头的我正在追韩剧。

“就那么好看吗？”邹明宇忍无可忍地抢走了我的手机。手机里正在播放的是某剧的第八集。

爱看韩剧的人都知道有个第八集定律：到了第八集，男女主一定会接吻。邹明宇拿走了我的手机，然后目瞪口呆地看完了男女主的第一个吻。

我平静地拿回了我的手机，盯住他。

“我走了。”他说。

“然后呢？”我问。

他竟然被问住了，有些尴尬地起身，用无名指指节轻敲了两下桌子，终于扭头离去。

我低头继续看剩下的半集。

两分钟后，他又回来了，站在我旁边。

“怎么了？”我抬头看他。

他敲敲桌子命令道：“站起来。”

我站了起来。

他抱住了我：“再见了，好好待着。”

他今天离职。

没有人擅长告别。我不行，邹明宇也不行。

他是朗意的元老级人物，喜欢钓鱼、养花、打太极等一系列老年人喜欢的活动。未婚，曾经有个女朋友，后来分开了。但那是我还不认识他的时候。他和我们公司一个叫方若兰的美女暧昧过。有没有八块腹肌我不知道，但起码没有大肚腩，体态还是匀称修长的。大概两年前开始，头发忽然就白了一半。也不染，就那么半头斑白，倒添了几分魅力。

原本他手里有不少原始股，等公司一上市，就算天天去钓鱼，也吃喝不愁。但半年前他和公司闹得有些不愉快。起因比较复杂，牵扯到我不太懂的领导关系。总之，你懂的，他是办公室斗争的牺牲品。据说他的原始股已经被我司董事长王梁源给买回去了。价格嘛，肯定比较令人受伤。

这半年，我们部门几乎就是散养状态，走得没剩几个人。邹明宇有名无权，各种资源都难以申请，各项流程都无限拉长。基本就是我和小郝咬牙撑着，业绩才没那么难看。我曾接到过几个调任其他大区的邀请，但都被我拒绝了。只要邹明宇还在一天，我就还跟他一天。

之前我还做管培生时就跟他，他对我挺好的，饭局上帮我挡酒，有什么好事儿也会提前知会我。更重要的是，他升职换部门，总会带着我，也算一人得道，鸡犬升天。和我一起进公司的其他管培生，走的走，混的混，偶尔一起聚，都一片唏嘘："Waiting姐，你知道职场最重要的是什么吗？是跟对人！你跟着老邹，可是走了大运了。"

可冷板凳坐了半年，就没人这么说了。本来跟他关系不错的，也大都不敢再接近了。连原本看到他就冒星星眼的方若兰，现在再看到他也作熟视无睹样了。只有我，每天陪他一起吃午饭，也算是无声的支援了。

他跟的那位高层半个月前终于被王梁源干掉，他也就跟着辞职了。

我回到办公室的时候，行政部已经在清理他的办公室了。而我的办公桌上多了一盆小翠云。

邹明宇养它养了五年。

从来没有一盆植物的生命期在我手里超过五年。算起来，一个人的一生也并没有多少个五年或七年。

他辞职的时候没有提前告诉我，我有些生气。质问他辞职后打算干什么没有得到任何答复，我也有些生气。

这几天其实我们有点儿冷战的意思。早上让他打我手机，算是情急之下的我先低头了。

不不。我和邹明宇不是男女之间的那种有性的吸引的感情。大多数时候，我们看待对方，是跨越了性别的。我们的生气和冷战，其实跟我与楚良歌的生气和冷战差不多。今天他走我没有送他，但我珍惜他和珍惜楚良歌是一样的。我知道，他也知道。

我珍惜可以生气冷战后又能和好如初的朋友。因为珍惜，所以总会认真。而认真对待过的人，没办法认真道别。

“邹总这一走，以后就没人罩着咱们了。”小郝不知何时又转了过来，“听说新来的领导是王梁源的外戚小舅子。”

“什么外戚小舅子？老王又不是皇帝，还外戚？”

“是外妻。”小郝在桌上写了个妻子的妻。

“老王不是刚离婚吗？”我不解，“还外妻？”

“哦，对。”小郝恍然地点点头，“那就是新晋小舅子。”

王梁源的前妻也是他的创业伙伴，常年在国外，打点品牌供应链。一年也回不来两次，两人早已面和神离。

前些年有不同的小姑娘来公司或是取悦或是占位，也有的闹，早已人尽皆知。这几年倒是消停了，听说是王梁源遇见了一个很仙的女人，所谓灵魂伴侣。但具体女人是谁，长什么样，倒都不知道。还听说，他是为了这个女人才离的婚，没少破财。

很年轻的时候，我听到这种事儿会匪夷所思，极为鄙夷，现在竟是见怪不怪了。所以时间到底还是打磨人的。只是最近，我通常在某些场合后，看着镜中的自己竟觉得陌生。我不知道自己是否正在变成曾经最讨厌的那种人。

5

伤感让人想购物。

“女人就是行走的消费主义。”这话好像是邹明宇说的，“开心了要买个东西庆祝一下，不开心了要买个东西抚慰一下。所以抓住女性心理，基本就抓住了快消服饰业的半边江山。”

我们公司是卖衣服的。APP和公众号每天都更新文案，非常抓人。早上一进公司，大门上面的LED屏幕，就会打出当日slogan（标语）。诸如：**“能抚慰你的，除了爱人，就只有镜中穿得漂亮的自己。”“选衣服就像选男人，初见惊艳，久处不厌。”**

而今天的slogan是：**“离开的男人不会回来，而一橱美衫会永远陪伴。”**

所以渐渐竟然有些品牌网红化了。文案组功不可没。

文案组的组长就是品牌部的那位和邹明宇暧昧过的方若兰。也许，她是在用这种方式向他告别？或者说，向迷恋过他的自己告别？

在茶水室，方若兰静静地坐着。我端着咖啡坐在了她的对面：“今天的文案不错。”

“谢谢。”她挤出一个假笑。

我只好起身，走到门口她忽然喊我：“他去哪儿了告诉你了吗？”

“没有。”我摇摇头。

“呵。”她转着咖啡杯的杯垫，“竟然连你也没有说，那我就心理平衡了。”

话说得有些莫名其妙，我看着她。

“没事儿了。”她的手指修长，把长发撩到脑后又说，“已经走了的人，去哪儿都和我没关系了。”

这次换我挤出一个假笑了。

人的磁场这种东西很奇怪。就算到我这个年纪，还是可以在第一眼见到一个人的时候，就确定我们是不是气场相合，能不能成为朋友。方若兰不喜欢我，四年前她进公司时，我第一次看到她就知道。

此刻，我眼前的这位阳光美貌的小导购也不怎么喜欢我，到岗培训那天我就知道。

“领导，我已经连上了十二天班了，再招不到人来倒班，我就也不干了。”她懒洋洋地说。

作为朗意的大区督导，我管着大概二十多家实体店。这家店的店长最近做了手术，另一个导购在生二胎。最近用工难，招人用了好几天，公司流程长，还得培训。平时可以调其他店的店员来顶一下，但最近促销活动多，人手不够，所以但凡有空，我下班后便来帮忙。帮忙还帮得人不痛快，她又对我捅了一刀：“领导你没有男朋友，我可是有恋爱要谈的！”

“行行行，你有男朋友，好了不起！”看来平时真不能跟她们打成一片。

等她火急火燎地走了，我换好了工装，一边从试衣间里收拾被顾客试过的衣服，一边反思我的领导力问题。问题是，也许我根本没有什么领导力。

“请帮我拿XXL号。”一个好听到我以为是广播里发出来的低音炮在我身后响起。一回头，对眼了。

十秒钟内，我的心跳从睡眠时的节奏骤升到了长跑后的节奏。

为什么长得那么帅？是我当时正绽放烟火的脑子里无限循环的唯一问题。

“嗨，有没有XXL号？”他走近，眼神没有挪开，又问了一遍。

“有，您稍等。”我手忙脚乱地挂好衣服，一溜烟地跑进了库房，很大口地深呼吸。磁场对了，我想。久违的，不可遏制的第一眼就倾心的心动来了。

看帅哥试衣服十分赏心悦目。他买了三件。

“您是我们的会员吗？”我假装镇定地问。

“不是。”

“需要办一张卡吗？”我抬头看他。

“不用了。”他接着我的目光。所以，我们又对眼了。

“会员可以积分和打折。”我连忙低头，“平时九五折，会员日八八折，同时还享有其他折扣。关注我们的公众号，或在APP上登录，不定期会有大额优惠券秒杀活动。”

“哦。”他想了想，“下次我再办吧。”

“好的。”我开始扫码，“您怎么支付？”

“现金可以吗？”

“现金？”现在很少有人用现金了，我拉开钱箱，“抱歉，可能没有零钱找您。”

“一共要多少钱？”

“1340。”

“那我给你1350，不用找了。”他掏出钱包。

“多出的十块钱，没办法入账。我私人用支付宝转给您吧。”

“我没有支付宝。”

“啊？”我震惊地看着他，“微信转您？”

“不用了。”他把钱递给我，“谢谢。”

等他走出门去，我才想起我的包里也许有零钱，于是追出去，把十枚硬币放在他的手心。

“你真认真。”他笑。

“应该的。”我也笑。

6

认真是个好品质吗？从小到大，我们受到的教育都说是。可当认真的感情，遇到只是玩玩的感情时，就忍不住会怀疑，认真是不是傻。

下班时已经十点了。我放好共享单车，往家走的时候，就看到小区门口的游戏机前站着一个人，正在噼里啪啦地打着小学生们爱玩的游戏。

我也想去打打游戏啊。可惜，包里的硬币都给了那位买XXL号的先生了。也许可以在旁边的小店扫码换几枚。

走过去才发现打游戏的人竟然就是那位买XXL号的先生。好吧，从现在开始我就喊他XXL先生了。

他打得可真认真。他是谁呢？也住这个小区吗？姓什么？年方几何？做什么？婚否？有没有女朋友？我们为什么会再次遇见？难道这就是传说中的缘分？那他的父母是干吗的呢？我们会恋爱吗？我们的孩子以后叫啥？孩子就在附近上幼儿园吗？需要再买学区房吗？买二套房需要离婚吗？

真是……一眼万年。

我这“一眼万年”的奇葩思维，也许大概可能的解释是：现实太残酷，而想想不犯法也不要钱，我就，想着玩儿呗。

盯着他“一眼万年”了半分钟，他终于扭头看我了。

又对眼了。很难形容我当时的震动。

“嗨，是你。”他先打了招呼。

而我，像是做坏事被抓了个正着的小学生，好怕他看穿我刚才在想什么，于是应了他一声“嗨”后，扭头就跑了。

回家的电梯上，我望着电梯墙光洁的四壁和墙里自己的“倩影”，不禁再次感慨，啊，真的是太久没恋爱了。

因为遇见这个可以“一眼万年”的人，甚至连邹明宇离开的伤感也淡去了许多。

这世间每时每刻都在发生的事，不过就是两样：**有些人在离开，有些人在说“嗨”。**

第二章

你为一个人烦恼过，他怎么可以是陌生人

1

其实我还蛮容易喜欢上一个人的。大概就是“Crush”的另一层意思：很容易喜欢上一个人，然后陷入某种类似梦幻的自我沉醉，然后……就没有然后了。所以整体来说，我自己算是谈了一场还不错的幻想中的恋爱，但别人不知道，对方，也不知道。

昨晚的悸动，余威到今天。

所以一早我便洗头、化妆、戴隐形眼镜，打扮了一番后才出门。虽然说美丽只是为了取悦自己，但美丽也是为即将到来的爱的邂逅做准备不是吗？

我在做准备了。

下班后去店里帮忙到很晚，饥肠辘辘的我去了小区门口的二十四小时超市买了一大罐酸奶做晚餐。就在我揭开杯盖准备舔的时候，竟然又遇见了那位XXL先生，他正从里面搬了一箱啤酒出来。

又对眼了。我的酸奶杯盖定格在唇边，不知是舔还是不舔。

“嗨。”

“唔。”我转身把杯盖扔进了垃圾桶。

打了这个很浅的招呼后，在等电梯的时候我又遇见了他。现在，我很确定他也住这个小区了。

“你也住这一栋吗？”他惊讶地问。

活了三十多年，我知道我哪个角度最漂亮，怎样撩头发不轻浮，怎样微笑不世故。可不知道为什么，面对他我却做不出来了，只好礼貌地点了头说：“嗯。”

进了电梯，我摁了“6”，他搬着啤酒没有放下，让我帮他摁了个“18”。

我心里有点儿高兴也有点儿紧张，所以完全没有发现我的酸奶流到了我的包上。在他提醒后，我手忙脚乱地去擦包，结果又把半杯酸奶倒在了他的鞋子上。

“对不起，对不起。”我连忙掏出来纸巾蹲下给他擦。

“不用擦，不用擦。”他后退着，被我逼到了墙角，“真的，起来吧，没事儿的。”

于是我起来了。

于是我一头撞在了他的啤酒箱子上。

差点儿没当场去世。

我家门口。

“你的头真的没事儿吗？”他不好意思地问。

“没事儿没事儿。”我揉着头说。

“可是你刚才差点儿晕倒。”

“低血糖，起来的时候太猛了。”我解释说，“和你的啤酒没关系。”

刚才起来的时候确实很晕，几乎在无意识的状态下我拽住了他的胳膊才站稳。说起来他的臂力可真不错，搬着啤酒还托着我。

“可是啤酒好像碎了一瓶。”他指着地上的啤酒箱说。

果然，啤酒箱下的啤酒们正撒欢着，蔓延着，缓缓流淌成溪流。

“啊，太抱歉了，我得赔你！”我连忙道歉。

“不是让你赔的意思。”他连忙解释。

“我知道。”我笑笑，“我开玩笑的。”

空气中已经弥漫了啤酒的味道了。

“这酒可真香。”我说，“我没事儿，你回去吧。”

“那我请你喝。”

“好啊。”我的头不仅疼，还有点儿晕，但我心里开了花：是来我家喝吗？不行不行，我家好几天没打扫了，有些脏乱，那片在走廊上的纸片一推门就可以看见。并且刚认识就带回家不好吧，不如去楼下的小花园，一边欣赏月色一边喝倒是不错。

我胡思乱想着，他已经整理出了碎瓶子，并拿出了两瓶递过来：“拿着吧。”

我接了过去，他重新把啤酒箱子搬了起来。我想多了，原来他并没有要和我一起喝的意思。心里的花自闭了。

“我就住1806，”过道灯下他的笑容看上去非常温暖，“如果不舒服，就来找我。”

他进了电梯。我笑着摆摆手，开门，取拖把，把走廊里的啤酒清理干净，把碎瓶收拾了。

啤酒真香啊。

2

我坐在小花园里。

月色挺好的。一边欣赏月色一边喝啤酒挺好的。桂花香也挺好的。不远处传来的广场舞音乐也挺好的。头顶微痛活着的感觉也挺好的。

如果身边还有一个人的话就更好了。

我拍了啤酒，拍了桂花，拍了月色。然后，没找到可以分享发送的人。

你知道单身什么最烦吗？大概就是化了美美的妆，穿了美美的衫，却没有可见的人。大概还是诸如此类的片刻，没有谁可以说毫无意义的废话，也没有谁可以分享无关紧要的碎片。

因为不是那个能理解自己的人，所以怕打扰，怕误解，怕无意义所带来的无意义。

就算是楚良歌，也不能接受我去和她聊毫无意义的废话。

“有时间就去勾搭小哥哥。”她总是说，“别来勾搭我，我正忙着呢。”

她正忙着。不是在恋爱，就是在为恋爱做准备。

因此，我对她有一点点的嫉妒。因此，她并不是我最想分享的人。

而我，没有什么最想分享的人。

那位XXL先生在和谁一起喝啤酒呢？一定有谁在和他一起，一边望着月色喝着，一边聊着无关紧要的废话吧。

好羡慕那个人。

啤酒真好，不那么难喝，又可以微醺。看气泡炸裂的瞬间，就像是看星星跳舞。嗝儿打出来的瞬间，一丝烦恼、几番寂寞、稍许的恐惧、一部分无所谓也打了出去。

只是早上起来的时候脸肿了。

黑咖啡和去水肿的面膜也不能拯救。年纪大了，不能喝夜酒了。我再次对自己警告。

年纪大了，还不能做很多别的事。不能由着性子来，也不能由着性子爱。

等电梯的时候，我忍不住想，会不会再遇见那位XXL先生呢？结果在下楼的时候就遇见了。只是我的一声“早”，没有换来他的另一声“早”。

当时他正坐在楼下的紫藤花架下，一脸严肃地看着别的地方，完全没有留意到我的存在。他鞋子上还残留着我昨天不小心倒上的酸奶的痕迹。

走到小区门口的时候，我忍不住回头看了他一眼，正看到他气势汹汹地冲过来。

但他并不是冲我，而是冲一个经过我的大波浪美女和她身边的皮衣朋克男。

打架就发生在瞬间，我的身边。

怎么形容这场架呢?

看上去很像是两个颜值都很高的男人在因为一个颜值也很高的女人争风吃醋。这让看客比较兴奋。赶早班的白领，买完菜的家庭主妇，甚至是迟到的小朋友，都停下了脚步观战。

他果然有女朋友，我想。那么帅怎么可能没有女朋友？女朋友劈腿了皮衣男。昨夜他用一箱啤酒借酒浇愁。可酒并不能解愁，酒只会让人冲动，让人冲动地去做在理智状态下不敢做的事情。也许他一边喝酒一边给她打电话，而她不接，或者干脆地关了机。也许天刚亮，他就坐在了那个紫藤花架下。已经秋天了，紫藤花早已凋落，像他早已凋落的爱情。只是枝叶依然繁茂，像他依然繁茂的自尊心。

一分钟内，我想象着他的故事。直到他把皮衣男踹翻，并向女人伸出了手。女人尖叫起来。

他会打她吗？他看起来怒发冲冠！

“把我家的钥匙还给我。”他没有打她，只是用平静到心碎的声音说，“以后你不要在这里出现了。”

女人已经吓傻了，颤抖着把钥匙放在他的掌心。他站起来，朝我的方向走来。走到我身边的时候，突然就那么倒了下去。

皮衣男站在他的身后，正高举着一块板砖。所有男人的自尊都会在女人面前无限放大。在皮衣男准备把板砖再次敲下的时候，我把我的包挥向了他的膝盖。

我的包里有手提电脑、平底鞋、一本书和一个笔记本，重达三公斤。

皮衣男立刻跪下，算是给我拜了个早年。

一个保安提着油条冲过来抓住了皮衣男，两个保安也赶过来把我架起来。

“喂！架我干什么？不是我在打架好吗？！”我踢着腿然而还是被架到了一边。

3

打架已经结束，众人却久久不散。

几乎想不起来上次是什么时候，我这样在人群中成为焦点。想逃离的时候，却看见XXL先生，我忍不住朝他惊呼：“你的头在流血！”

他的额头正滚下几粒血珠。他扬手擦了，抬手看了看，脸上几乎看不出有什么情绪。

“需要我陪你去医院吗？”我掏出纸巾搭在了他的额头上，“先摁住。”

他摁住了说：“不用，我自己去就行。谢谢你了，不耽误你时间了。”

在萧瑟的秋风中，他的背影看起来特别悲凉。

他径自先走了。我扫了一辆单车，去赶地铁上班。一路上我都有点儿难过。我不喜欢看别人的背影，当我和这个“别人”产生某种感情的时候。哪怕是瞬间的、短暂的感情。我也不喜欢谁被辜负，就算被辜负这件事与我无关。

人类在感情上，某些东西是共通的。我想，我的难过一定是被XXL先生的难过传染的。

今天公司的slogan是：**我们为之奋斗的不过三件事，爱、美以及平和。**

“这么说起来，我们为之奋斗的其实也就一件事：自我。”

“可不是吗？”今天的饭搭子小郝说，“什么结婚啊生孩子啊，还不是为了自己不那么寂寞。”

“是这样吗？”看来我还没到小郝的境界。

小郝身高一米五二，体重一百三。她比我小一岁，段子手，能喝酒，活场王，什么话包括带色彩的都能接得住。我们部门唯一被调侃的话题，就是小郝也有男朋友系列。哦，后来又变成小郝也要结婚了系列。现在是，小郝也要当妈了系列。悄悄地说，有点儿羡慕她。

“你现在寂寞吗？”小郝坏笑地看着我。

“不啊。”我咬着鸡腿不想让她得逞。

“那你现在最想要什么？”

“放假和钱。”

“但你知道这个世界是看缘分的。”小郝还是坏笑。

“比如说？”

“比如说，你和钱就可能没什么缘分。”小郝还是得逞了。

“好吧。”戳到我了，一阵心痛。

“但放假可以有一半。”

我瞪大眼睛望着她。

“在N市开新店的事已经申请通过了。”

“这个和放假有关吗？并且，你这个申请是四个月前就写了吧。”

“所以我们公司的流程真的长到可以造人了。四个月前我还没怀孕。”小郝说着把我的手拉过去放在了她的肚皮上，“感觉到了吗？”

“没有。”我如实回答。

“好吧。胎动现在还不是很强烈。”小郝有些遗憾地说，“我是想说，选址这件事你去办，我帮你处理这边的事。”

说来说去还不是让我替她出差？

我摇摇头：“我的信用卡已经刷爆了。”

“N市有一家新酒店开业，我申请了长期的商务合作。他们送了五晚大床房，可以省一大笔。天天逛商场，和玩儿差不多，这不就是半放假？哦，那边还有人对接，是个大帅哥哦。出差申请单我都帮你写好了，回头我就交上去。”

“五天？有必要吗？”

“所以是趁着新领导还没来给你搞个半放假嘛。”

“那边又没有办事处，谁来对接？”

“我一个朋友。”

“你朋友什么都不做，帮我们干活？”我瞪着小郝，“你不是又在给我拉纤吧？”

“总之，你去这一趟，去不了吃亏，去不了上当，还有那五晚大床房……”小郝又坏笑了，“要物尽其用哦。”

虽然我确实人好又善良，但我并不是因为人好又善良才答应替小郝出差这么多次的。前几年我生病做了手术，回公司上班后，半年都是小郝帮我出的差。虽说中间有邹明宇的安排，但关系再好，人情也是人情。年纪越大就越明白，欠别人的总是要还的。

而人与人之间，必须得有一点儿“互相利用”的价值，才能有机会让关系存续。成年人的世界里，连婚姻都不是只靠感情维系，更何况是恋爱和同僚？

4

回家进电梯的时候，一个戴黑色口罩和黑色棒球帽的陌生男人跟了进来，我后退到电梯的角落。

对于单身女性来说，与陌生男子同坐电梯时，要站在可以观察到他的位置。

他先摁了楼层，我才摁。

一出电梯，我便快步走到家门口大力地拍门：“老公，我回来了，开门！”

诸如此类的情形，每隔一段时间都会发生。走廊灯要常年开着，阳台的晾衣架总有几件男士T恤，要假装家里有个男人。

宇宙是有力量的，缘分是随愿而生的，也许假装久了，就真的有了呢？

周末一早，我收拾完东西在小区门口等车的时候，又看到了XXL先生。他头上裹着绷带，看起来有一点喜感，正往药店走去。

一种奇妙的感觉让我的目光追随他的身影。为什么会心里酸酸的呢？为什么会觉得遗憾呢？

在等车的三分钟里，我终于找到了这种奇妙的感觉源自哪里。

我们还会再见吗？我要出差了，而他也不一定会回来。虽然昨天听到了他说这里有他的房子，但那么令人伤心的房子，他还愿意住吗？这是不是就是永别？我和他难道就是在路上萍水相逢的陌生人吗？

可他明明不是陌生人。你为一个人烦恼过，他怎么可以是陌生人？

我突然有了一种勇气。我想飞奔过去，找到他，问他要到联系方式。

于是我再次回头，像冥冥之中有了天助，他正在药店的台阶上站着看手机。

“嗨。”我喊。

他没听见。而接我的车已经到了。

“嗨，在这儿。”我又喊了一声。

可他依然没有听见。倒是网约车司机打开车窗喊我：“在这儿！”

我只好回身把行李箱放进了后备厢里，坐上了车，打开车窗看着这个挺拔的傻大个，还站在台阶上茫然四顾。他是不是个不爱戴眼镜的近视眼？还是我的存在感这么低？

车驶出的那个瞬间，我才终于看到他朝着我的方向转过身来。

“笨蛋。”我心里骂着，缓缓地关上了车窗。

第三章

三十岁的底气

疯了。我想。为什么闭上眼睛就是那个身影。他是谁?

他是谁?

想再次见到他。想知道他的故事。我这是花痴了吧?简直像是情窦初开时那样如此频繁地想起谁。

打开电脑回复了几封邮件,微信里有人加我好友。是小郝说的那个对接人,叫胡乐飞,说已经在高铁站等着接我了。

下车后,刚出站,一个个子不高、留着雅痞的小胡子、戴着牛仔帽的男人喊住我。

“胡乐飞。”他伸出手来。

“王等等。”我握了握。寒暄之后,他帮我拉起了行李箱,一路聊着小郝。他们六岁就认识,是发小儿。小郝热心肠,爱张罗,好多断了联系的朋友都因为她又联系起来了。

我点头应着:“小郝很好,我也很喜欢她。”

他又说在N市已经待了好些年,好多好吃的都能摸得着,特色本帮菜门儿清。

我点头又说好。

“那一起吃饭吧。”到了酒店放好行李,他发微信给我,“我在大厅等你。”

一起吃了个本帮菜,味道确实很不错。他也不拐弯抹角,开始问我的个人情况。我照实说了。他又介绍了自己的情况。之后聊了聊兴趣爱好之类的，似乎也比较对。

“咱们同龄。”他说，“家里不催你结婚吗？”

“催的。”我说，“所以还挺害怕回家的。”

“我也是头大。”他说，“我妈一心想抱孙子。那我也不能给他变出来个孙子，我得先有个女朋友啊。”

我呵呵笑了。再抬头，就看见他注视着我，很深。

“怎么了？”我问。

“没有。”他移开目光，“小郝说你特别活泼开朗好说话。今天是累了吗？”

“不累。”我说，“一会儿在商场逛逛吧，我看这里的人流量还可以。”

吃完饭，我咨询了服务台，有几个门面到期，但位置都不够好，也不够大。

“N市的商场很多。”我还想多问，胡乐飞已经捉住了我的手臂说，“明天有的是时间，带你去酒吧坐会儿？有家音乐吧的驻唱是意大利人，嗓音一绝，晚了可就听不到了。”

我抽出手臂，说好。

已经不记得我多久没有去过酒吧了。听到声音的那一刻，简直就是一激灵。

XXL先生唱歌应该也是这样略带沧桑又极打动人心的吧。我喜欢声音好听的男人。

满满地听够了六首，我也不记得喝了几杯啤酒。从酒吧出来的时候，我就觉得自己醉了。人醉了，心也醉了。

胡乐飞开车送我回去，又送我进了大堂。在电梯口，我说：“今天谢谢你了，我自己上去就可以了。”

他很绅士地同意了，看我进了电梯才离开。

我躺在商务大床上，又收到了胡乐飞发来的微信消息：“你对我有感觉吗？”

我回了一个微笑。

2

三十二岁了还要感觉吗?

我身边的很多人都喜欢给人说媒拉纤。第一号人物属于我三舅妈。

我妈曾经当着我三舅妈的面对我吼：“你到底想要什么样的?”

“有感觉就行。”我就是这样回答的。

我三舅妈的表情立刻风云变幻了一番，就来好言相劝了。什么年纪不小了，再大一点儿孩子都生不出的哦。现在这个年纪已经是被人挑，不是挑人了。虽说大家都看条件，但你自己的条件怎么样嘛。不是舅妈我说话难听，是为你好才这么直接的啊。

“我明白舅妈，还得您操心了。”我总是这样说。

不知何时就练就了这么一个本事，心里面觉得不太相关的人，总是顺着别人的意思说话。但对真正在意的人，却又有很多脾气。

三十二岁了就不要感觉了吗?那结婚的意义到底是什么?

“结婚啊，”我的另一个闺密，已婚已育的吴英伟同志说，“结婚就是建立一个利益共同体，最大的财富就是孩子。就算婚前极其有感觉，婚后也不一样了。比如说我和我老公，我们就是纯洁的男女关系。他，就是睡在我旁边的兄弟。”

吴英伟同志在她二十五岁那年就嫁了人。也就是说，此刻她正处在七年之痒的困惑中。

她的老公也是我们的大学同学，叫韩一川。曾经他像是写日记那样为她写了一年的情书，雪白的信笺上，不都是满满的感觉吗?所以，现在就算是兄弟，也是有感觉的兄弟啊。

当然，被逼得实在想发飙的时候，也有过恨不得从街上随便抓一个男人回来嫁了的冲动。

“那你不如嫁我。”

那次正在聚餐，接到我妈打来的电话。大概是相亲对象那边的人说了什么不好听的话。我妈发飙，劈头盖脸就骂过来。

那一刻真是万念俱灰。

父母所看到的，大多是别人家的孩子所达成的数字，而你却没有达成。不管是学生时代的成绩数字，社会人时代的年薪数字，还是此刻结婚年龄的数字甚至是孩子年龄的数字，他们最是无法释怀。

很多个孩子，其实是在为父母而活啊。

“可父母也有父母的苦啊。”吴英伟曾说，“只有在你有了孩子之后，某种初为人母的诚惶诚恐才会让你对你的母亲感同身受，从而迎来母女之间某些片刻的和解与和谐。”

我没有孩子，我也懂将心比心。可挫败感却像一座大山：因为三十二岁了还没有结婚，在某种程度上，我让我的父母丢人了。

当时拎着啤酒瓶蹲在聚餐酒店的门外，看着熙熙攘攘的人群，我竟找不到这一切有何意义。邹明宇也蹲了下来，听完我的吐槽，就跟我说了那么一句。

“好啊。”我说，“明天拿上户口本，我们去领证。谁不去谁是猪。”

他哈哈笑着，把我的头揉了三圈又三圈：“小孩子脾气。”

3

“你性格真好。”第二天和胡乐飞一起吃早餐的时候，他又很深地盯着我说，“我妈说，女孩不用太漂亮，性格好最重要。”

我差点儿没把豆浆喷出来。

他看上去倒是很像一个硬汉，没想到也是Jay的粉丝，《听妈妈的话》这首歌肯定唱得也不错。

“阿姨还说什么？”

“你别担心，我不是妈宝男。我尊重我妈，是因为她也很尊重我。”

我笑："不担心。"

上午胡乐飞陪我逛了几个大型的商场，和负责人确定好第二天会面商谈。下午就在街边溜达，留意了几间还不错的独栋铺面。

"还有几家商场，我们也去看看吧。"来之前我做了功课，商场和地址都记录下来了。

"那几家都没有看的必要。"胡乐飞说，"要么是铺位合同没有到期，要么是人流量和硬件设施不行。我提前考察过的，这样我们可以免走很多冤枉路。你们这个品牌，还是要看商场水准的，对吧。"

我对他也做过的功课心生感激："那谢谢你了。你不用一直陪我，工作怎么办？"

"自己的小公司，这点儿自由还是有的。"

我没有再说什么，拍照、记录、联系房东，没和胡乐飞一起吃晚饭，回去写了简要的可行性方案，几乎是无意识的状态下，发给了邹明宇看。

几分钟后他回过来：第三个第六个都可以。

而我事后才恍然，发了个"哈哈哈"给他："抱歉了。你懂的。"

"懂。"他说。

第三天我请胡乐飞吃了饭。连续三天的见面，了解确实加深了些。这些了解有的是可以加分的筹码，有的是必须减分的废牌。可谁都不完美。我对他来说，不够漂亮，只是性格好，能自己养活自己，还有一套自己的小房子。就条件上来说，我们相当。小郝还真是煞费苦心了。

我们甚至一起看了场电影。吃爆米花的时候，他的手伸过来捉住了我的，把我准备送到我自己嘴巴里的那一颗送进了他的嘴巴里。

我扭头看他，他笑得倒是淡然。我把手抽了回来。

送我回酒店后下车前，他终于提出可不可以上去。我拒绝了。他笑笑说："唐突了，抱歉。"

第四天他想吻我。他的双臂把我困挤在了墙上，我从他的胳膊下面钻出来了。

第五天上午在酒店里我和小郝用语音通话开了个单独的会。虽然她才说了几句就草草地挂了，但基本确定了两家卖场。中午我饿得不行，才想起胡乐飞没有找我。一个人吃饭的时候，我和楚良歌发微信聊这几天的遇见。

楚良歌瞎掰："要享受，不要忍受。男人嘛，谁说享受了就得收下了？也可以当药渣调节一下荷尔蒙嘛。"

我被她气得哭笑不得。

胡乐飞一直没有再找我。也许他的热情如来的那般，也迅速地遁去了。相亲大概就是这样，条件相当又如何，一方说了不，另一方就立刻退避三舍。

所以才觉得恋爱是如此艰难的一件事。没有心动的恋爱里，确实有计算。雅妮诚不欺我。

4

从回家的高铁开出的那一刻，我的心就很雀跃：XXL先生，我还会再见到他吗?

回到家，我洗了衣服，擦了桌子，拖了地，给阳台上的花草浇了水。然后洗澡，敷面膜，重新化妆，换好衣服，搬个小椅子拎一本书坐在了阳台上。看着……楼下小区门口的位置。

在坐了大概四十七分钟之后，我终于看到了一个虽然不算熟悉，但还是能一眼就认出来的身影。XXL先生穿着蓝色T恤和工装裤，手里提着一包什么东西，正大步朝小区里走来。

看到他的那一眼，我便换好鞋子，夺门而出了。

偶遇，偶遇，偶遇。我内心默念着，把两个电梯都摁了。这样的话，我就一定能在楼下碰到他。

果然，电梯到了一层，电梯门打开，我看到XXL先生正在外面等着。他头上的那个绷带已经没了，提的东西大概是刚从超市买回来的牛奶或是速食之类的。

看到他的那个瞬间，我原本要说的“嗨”静止在了嘴边。我非常紧张，以至于没办法建设自己的表情。

于是，我又快马加鞭地逃跑了。他的那一声“嗨”，也被我甩在了身后。

已经三十多岁的人了，为什么还会这样呢？我坐在楼下的紫藤花架上，对自己不断追问。

我在干吗呢？

“三十岁怎么了？”楚良歌在电话里吼过来，“你想想你二十岁时候的样子吧，土不啦叽的村气。”

二十多岁的寒酸，我当然有过。囊中羞涩，不知所措，不敢进任何一家稍微大牌一点的店。别人对我好一点，便涌泉相报。有人不喜欢我，便心中难过。目光会躲闪，遇事会忍气吞声，挺身而出的唯一时刻就是：认错。

不知道岁月怎么养的我，现在虽然依然囊中羞涩，但基本也算有底气接住店员的目光。若有人对我好，便也对他好。若有人不喜欢我，您是哪根葱？就算没有恋爱，但在想象中的恋爱，也绝不会屈膝。

“你以为自己工作了两年就叫有底气？那不叫底气，叫皮厚。”邹明宇曾经在会上发飙后这样讲我，“明明是自己做错了事，还叭叭叭地找理由。”

“只是客观分析，才不是什么找理由！”我吼回去后，跑到公司的顶楼大哭了一场。等回到座位上，我看到了一杯热咖啡，下面还压着一张纸条：你知道我最讨厌什么样的下属吗？输了还哭的。

给我气笑了。之后我就再也没有在公司流过一滴眼泪。

坐在木椅子上，我看着来来去去的过客。确实，三十岁是最好的年纪。二十岁的姑娘，好看是好看，但总觉得青涩而缺少内容。四十岁的女士，好看是好看，但又会让我莫名生出“我还有大把时间”的优越感。

当然，这也许是人类很正常的心理反应。我二十岁的时候也觉得二十岁最好，三十岁的都是老女人。而等到我四十岁的时候，说不定我也会觉得四十岁太棒了，人生正在打开又一个新的美好的开始。

桂花香真好闻，心动却令人烦恼。年轻时我总觉得，年纪从来不应该是问题，因为总以为还有大把时间。现在却发现来日方长太过乐观，最应该做的是过好今天。

“下次见到他，要勇敢一点。”我对自己说。

第四章

保持自己的温度

1

走进公司大门的时候，我就感觉到了一种不对劲。刷卡时前台小姑娘的笑意加深了这种感觉。

氛围变了。某种我和公司，我们是平等的，我付出劳动，它付给我生存机会和晋升空间的那种平等感似乎在打破。

我到的时候，发现旁边小郝的办公桌已经被清空了。问了另一个同事方强我才知道，前天公司开了紧急会议，决定让小郝接任邹明宇的职位。如果我没有记错的话，前天上午我和小郝开会的时候，她并没有提起过这个紧急会议。

听到这个消息的那个瞬间，我很意外。如果没有怀孕的话，小郝确实有很大的晋升空间。可我们公司对女性并无优待，十六级以下的员工怀孕，大多会一次性给足十五薪辞退，十六级以上的产假之后，能不能保住职位都不好说，除非极其优秀的，否则基本不可能有晋升机会。

小郝和我都是十六级。在公司的地位嘛，也绝非非我们不可。她产假后再回来，大区督导的职位，也很难再给她留着。

方强悄悄说："如果不是你无缘无故地消失五天，这个职位还说不定是谁的？你干吗去了，连假都没请？"

"怎么叫无缘无故地消失五天？"我大惊，"我出差去了。小郝给我写的出差单。况且如果我是无缘无故地消失，公司会不联系我吗？"

方强想了想，说："最近大家都忙得脚不沾地。行政部在忙着中秋节礼，这几天都没来点卯，再说你也没有准点刷指纹的要求。你的工作小郝在做，所以没有人在催。我们部门就这几个人，上头还没人，谁管我们？”

我愣住了。

方强又说：“不过，昨天王总来我们部门的时候，行政部也跟过来确认了，确实没有你的出差单，也没有任何考勤记录。”

“可是中间我跟小郝开过会，我还发了选址意见书给她。”

“选什么址？”

“N市要开新店的地址啊。”

“谁说N市要开新店，那边竞品那么多，前几年开了一家都关张了，你又不是不知道！那个选址被否的文件是上周发的，你没看见？”方强恨铁不成钢，“还有，内聘通知是你走那天发的，你也没看到？我看你是被人涮了吧！”

方强说完就滑动椅子回到自己的座位，我再抬头，正看见小郝进来。她穿着高跟鞋，几天不见，甚至瘦了。她怎么会穿高跟鞋？她都怀孕四个月了，她怎么可以穿高跟鞋？

可当我的目光与她对视她扭过头去的时候，我就明白了。

她走进了邹明宇曾经的办公室，再也没有看我一眼。

2

下午开会，小郝新官上任三把火。听着她熟悉的却又无比陌生的声音，我只觉得心寒又好笑。

她安排了胡乐飞一直陪我，大概是怕我发现什么吧。什么商务大床房，估计也是自己买单。方强给我看了“N市取消新店计划”和“内聘”的工作邮件，而我的工作邮箱里没有，大概是被删除了。小郝知道我的邮箱密码，因为我代她出差的时候，她会留在公司帮我处理一些业务。而邹明宇作为已经离职的员工，没有收到邮件，也属于正常。

确实是我的问题，我想，我没有防人之心，我太过信任她，我不够仔细，也不够通达。

会开完了。小郝似乎已经变成了一个我完全不认识的人："各位有意见吗？"

"没有。"大家都站起来走了。

可是我有。我没动，等大家都离开后，我问小郝为什么。

她平静地说："刚开始我也没想，可机会来的时候，我得抓住。你是有人铺路的人，可是我没有。"

"谁给我铺路了？如果你不这样搞，你升职的话，我只会为你开心。"

"如果我不这样，升职的根本不是我。"小郝不看我低头道，"邹明宇走的时候跟王总说的话我都听到了，邹明宇点的你，王总同意了。他对你可比对我好得多。"

我冷笑了："所以根本就没有什么外妻或者新晋小舅子，你什么时候成了这样一个有故事力的人？升职对你真的那么重要吗？"

"当然重要。"小郝瞪着我，捏紧了手里的文件夹，"我老公失业了。如果我再被劝退，我怎么养孩子？所以，这个孩子和我没有缘分。"

"你放弃孩子了？"我一阵心痛。

"他来得不是时候。"

"郝丽。"我喊她，"你确定你这样做不会后悔吗？"

"后不后悔我已经做了。"小郝不再看我，"你要是在这里不开心，可以向人事部申请调部门。之前不是有几个别的大区在找你吗？不想去也行，也可以我做主，那个万家大厦的店，你知道那里正缺导购员。"

她拉开门，打算往外走，我喊住她："几天了？"

"什么？"她问。

"孩子没了几天了？"

"和你无关。"她愣了下，还是摔门走了。

3

一个月的绩效被扣，职级降至十五级。处罚通知书是行政部发到我邮箱的。十六级的工资比十五级要高两千多一点儿。也就是说，下个月开始，如果没有绩效，我的工资就只够还房贷了。

下班许久了，我都还窝在办公桌前，改了邮箱密码，把方强发给我的邮件重新捋了一遍。从未想过有一天，在朗意，我会被这么磨一遍。

小郝是邹明宇走后朗意唯一一个，我当成朋友的人。虽说职场无朋友，可我就是喜欢她。我甚至设想过，四十年后我们一起住养老院每天串门打麻将的情景。

我很伤心。从这一刻起，在这个公司，我竟然没有一个可以说话的人了。

我忍不住发微信给邹明宇："一起吃个晚饭吧？"

"好。"他很快回复我，并发了一个地址给我。

我收拾东西下楼。

楼梯间遇见方若兰在拿外卖，她一见我，脸上就浮起那种似是而非的笑。

"加油！"她扬了扬眉毛说。

"加什么油。"我没好气，"我又不是汽车。"

她撇撇嘴："现在你该懂了吧，职场里真正的朋友不多。每次看到你和郝丽在一起叽叽喳喳，我就很烦。现在半个世界都清静了。"

我微笑着瞪她。

"别这样笑。"她极嫌弃地快步走了，"好吓人。"

4

车子走了四十分钟，才到了一个类似农家乐的地方。

邹明宇站在门口等我："今天吃我自己钓的鱼。"

"真清闲。"我不无嫉妒地说。

“各方面来看，你并不比小郝更适合这个职位。表面上你领导力不够，但做事沉稳。你对人容易真心，其实也是领导力的一部分。但小郝各方面都还不差，这个位置她也坐得起。”在饭桌上，邹明宇很冷静地分析说。

我气急摔了筷子：“你还替她讲话？偏心！”

“你要说偏心，就不讲理了。”邹明宇帮我把筷子捡好放在餐碟旁，“我偏心的明明是你。”

“小郝曾说有个继任者。”

“我走之前确实跟老王点了你，但他已经不再信任我。所以我点你，有可能倒是拖了你的后腿。这么看来，有没有继任者，有没有小郝在中间设计，可能你都没有多大胜算。”

我不再讲话，只能机械地传送筷子，往嘴巴里塞东西。

“答应我。”邹明宇说。

“答应什么？”

“不要负气辞职。你有股权的，等公司上市后你就有身家了。我进朗意的时候，才十九个人。你进来的时候三十二个人。小郝没有股权，只要你不任性，你还是赢家。”

当年买股权的时候，是公司最困难的时候，人来来去去，眼看工资都发不出。是邹明宇拉着我一起买的，当时只是舍不得公司就那么没了，还觉得这钱就是打了水漂儿。

“半年内公司肯定上市，你怎么不能也再忍半年呢？”我用筷子挑着鱼肉。

“我是我，我所经历的，和你不一样。听话。”邹明宇摇摇头，又夹了一块鱼肉给我，“鱼肚子旁边的这块儿肉最好吃。”

“我是想辞职，可是我的房贷不允许。”我乖乖地说。

“嗯，别像我。”

我叹一口气：“你最近在忙什么？”

"瞎忙活。"邹明宇帮我续好了水，"手上也就这么点儿钱。"

"需要我帮你做点儿什么吗？"我又开始不忿儿，"郝丽真是让我伤透了心。"

"她那个老公，一看就是好吃懒做的。她如果不想方设法地多挣钱，他们以后的日子怎么过？不过，为了升职放弃孩子，我还真没看出来她有这样的魄力。"

"这哪是什么魄力？"我不满，"这是残忍。"

"那如果是你呢？"邹明宇问，"如果你恰好有一个千载难逢的升职机会，而你肚子里的孩子是升职的拦路虎，你会怎么办？你是要孩子还是要升职？"

"当然要孩子。"我不假思索。

"可你如果要孩子，那之后的生活会很艰难。孩子也会跟着你一起承受艰难，你还会这样选择吗？"

"会！"我说，"母亲不就是无论怎样艰难都要保证孩子好好地活着并力所能及地给孩子提供最好的吗？路总会有的。"

邹明宇不再说话，看着窗外。窗外正好有一个扎着羊角辫的小女孩蹒跚地跑向她的母亲，憨态可掬，极其可爱。邹明宇目不转睛地看着她笑了。

我目不转睛地看着邹明宇也笑了。

5

这真的是很糟糕的一天。可是如果按照唯物辩证主义来分析，这又是有所得的一天。

痛苦真的会让人明白。

"所以，我是不是有点儿讨好型人格？我甚至没办法恨小郝。"坐在农家乐院子里的石凳上，我愤愤地对邹明宇说，"小时候我就是这样，我不记得我跟父母要过任何东西。小时候没有学会索要，那么以后也学不会了。如果别人对我好，就总想还得更多更多。说到底，还是怪我妈教出我这么个吃亏型人格。对，我不是讨好型人格，我是吃亏型人格！”

“成年人了，不要把什么都归结到原生家庭上面。”邹明宇喝着咖啡，“你做得很好了。辩证地看，这也不是坏事。”

“辩证地看，这世界上没有坏事。一切因果皆由心生，对吧？”我撇撇嘴，“大晚上的喝咖啡，你不睡觉啊？”

“我现在是夜猫子，下午才起床。”

“你住这儿吗？”

“老板给我留了一间房。”

“又拉仇恨。”我望着如墨的夜空点缀着的几颗亮晶晶的星星，“我就是没办法恨小郝。”

“因为你会将心比心，你总会替别人着想。”邹明宇说，“但别人，却不一定。”

“其实，人都是自私的。换到我自己身上，如果我没有被支走，而直面和小郝一起竞争内聘，我也不一定会让给她。”我说，“我现在的痛苦，大概就是心里不忿儿。”

“每个人都有烦恼。”邹明宇把咖啡放下，抱着肩膀看着天，“你看看天。宇宙都已经一百三十八亿岁了。与这个时间相比，个人的生命历程就像蜉蝣，烦恼几乎就是尘埃。总会过去的。”

我望了好一会儿星星，忽然间就想明白了一点儿什么，被缠绕得无法跳动的心，就这么撕破了一个口子。

成年之后，我们全部的努力不过是让自己的心态从不平衡到平衡，从渴求到接受。从接受自己是一个失败者，到接受自己也可以不被爱。

“真的，需要我帮你做点儿什么吗？”分别的时候，我又问。

“瞧你是不是傻？”邹明宇用心疼的语气说，“自己都这样了，还在问帮我做什么？”

6

接受自己不被爱，并不是说拒绝去爱。

在我家楼下的紫藤花架下，我坐了一会儿。想了想，还是给小郝发了一条微信：“如果做完手术没几天，还是注意休息吧。”

小郝没有回复我。也许我也并不需要她的回复。我们之间，从我发完这条微信的这一刻起，就已经变成了另外一种关系。

我不想辜负的只是我内心还在汹涌的挂念，只是不想辜负自己要坚持做一个有温度的人。

夜空如墨一般，没有星光。我站在花架下的木条椅上，抬头看天。

风吹得真好。想变成风，或树，或桂花，想就这样伸开双臂站在山顶。想在瞬间消失，在另一个平行世界里出现。在那样的一个世界里，我的失去都不再是失去。在另一个世界里，就算失去也会更勇敢。

“你在干吗？”一个低音炮在我身边响起。

我差点儿摔下条椅。

“就是风特别好。”我觉得耳根都热了，“想站高点儿吹。”

“还以为你在做法。”XXL先生开玩笑地说。

在就“你的头还好吗”彼此问候了后，我们便一前一后地往家走。

在电梯里，他突然想起了什么喊我：“王等等？”

我蓦地回头：“你怎么知道我的名字？”

他这才从口袋里掏出一张纸递过来，是一张水费催缴单。我的大名和我的房号都写得清清楚楚，还有三个断水威胁的红色叹号。

“抱歉，我忘了交。”我解释。

“觉得贴在下面不太好，就帮你撕下来了，然后好几天也没看到你。”他说，“差点儿又忘了给你。”

“我出差了，谢谢了。”我只觉得耳根更烫了。

我走出电梯，和他道别。

电梯里的灯光下，他笑得特别好看。

我忍不住摁住了电梯问：“你叫什么？”

“张后初。”他说，“晚安。”

电梯门关上了。

“晚安。”我对着电梯门说。

第五章

啊，多么痛的领悟

1

睡不着。

对小郝并不咬牙切齿，我只是伤心。

而孤独像是一双扼住脖颈的手。张后初。我在黑暗中重复着这个名字，想抓住残存的温暖，想珍惜难得的心动。

“楚良歌、吴英伟、关雅妮、邹明宇、郝丽，划掉郝丽，张后初……张后初……”

在黑暗中，我想着这些珍贵的名字。

不是没有人爱我啊。可也要准备好接受有一天不再被爱。人是复杂的啊。人是有欲望的啊。当欲望盖过了关系本身，爱也许会变成不爱。

又想起前段日子，我去吴英伟家为她四岁的儿子小石头过生日。

英伟的祝福是这样的：“妈妈全部的希望和努力，都是为了有更多的人爱你、保护你。”

小石头问她：“妈妈，怎么样才能被更多的人爱呢？”

“要先去付出爱，才能得到爱啊。”英伟说。

2

不想去公司，调休两天后，我准备回一趟老家。好久不开车，马路女杀手终于颤颤巍巍地让我的“鸭宝宝”从地下停车场里出来重新见了次天日。

之所以叫“鸭宝宝”是因为车子是黄色的。楚良歌第一次见到它就吼：“这是什么色？这不就是个烧油的鸭子吗？”

文艺女青年总是一语中的。从此，它就成了我的“鸭宝宝”。

开了大概一个小时的车到了郊县的家，一到家我就吃吃喝喝，逗逗我的小侄女。我弟弟比我小两岁，我小侄女已经三岁半了。我还有要安慰我妈，主要方面是婆媳之间小心思的暗流涌动，次要方面是我大龄未婚让她如何夜不能寐。

“你怎么老是让我们操心？你到底怎么想的？你到底想要找啥样的？不就是搭伴儿过日子吗？你瞅瞅你这什么头发，跟个狮子狗似的。还有你眼镜呢？戴什么隐形，伤眼睛你知不知道？上次你三舅妈又操心给你介绍的那个工程师，你为什么没去见人家？我跟你说话呢？你想啥呢？你到底怎么想的？”

我就哼哼哈哈地一只耳朵进，一只耳朵出，或者也吼上一声：“我这是遗传，您骂我就是骂您自己。”

我爸语重心长地说：“最近工作上怎么样啊？”

“挺好的。”我一边刷碗一边答。

“嗯。注意和同事打好关系，吃亏是福。”

如果真是这样的话，那从小到大，我积攒的福气可真不少了。我叹一口气。

“怎么叹气了？”我爸听见了我的叹息。

“没有。”我连忙说，“就是吃多了，胃里好撑。那个，中秋节我回不来。”

“又回不来。你上的这是个什么班？”我妈一边擦桌子一边不满，“看你以后结婚了有孩子了怎么办？”

“孩子工作需要嘛。”我爸替我说话。

“这么大个人了，还得说出差就出差。一个女孩子，提着行李箱到处跑，像什么样子！”我妈依然气呼呼，“三十多岁了，还一天到晚不着家。就算回家也是一个人，连个说话的人都没有，不孤单吗？孤单久了，会变神经病的！”

我摔了洗碗巾。

也许只有在最亲近的人面前，才能这样不用压抑地袒露不满吧。

但走之前，还是必须要和好。**绝不让生气蔓延到告别的那一刻，更不可以延伸到下一次见面，算是我处理亲密关系的一点小智慧。**当然，就算再小的智慧也是“啊，多么痛的领悟”。

总之，我上车的时候，我的后备厢已经被一副“不知道拿你怎么办”“你可让我烦死了”的表情的我妈塞满了各种农家乐产品。

3

我把农家乐产品给吴英伟带了一些，把车随便停在了小区外面的路边上。

英伟穿着睡衣就从楼上跑下来了，火急火燎地说：“小石头发烧了，刚吃完退烧药睡着。你看我嘴巴上这水泡？我一晚上没睡你知道吗？我现在要趁着他睡着的这会儿赶紧补个觉。我不跟你闲扯，你也别跟我上楼了。拜拜，我走了。”

我还没说一句话，此人就已经消失了。我只好发微信给她：“那个黄桃罐头是我妈亲手做的，要放冰箱里，七天内吃掉。还有糟鱼，糟鱼也要尽快吃。柿子还青，和苹果放一块儿捂着点儿。土鸡蛋带得不多，你别介意，因为我小侄女儿也在吃。最后，祝我的小石头快快好起来和他妈继续犟嘴。”

“知道。”她一个字也没多回复给我。

果然是已婚已育妇女的有恃无恐。娃占第一位，老公第二位，父母第三位，姐妹第一百零八位。

我出来的时候，发现车被贴条了，一阵堵心地开回家去。

小区前面的路窄，旁边又停的都是车。回家的路上，眼见一辆大号的SUV（运动型多用途汽车的英文缩写）迎面而来，我就想着一定要往边上拐一拐。但我又不知道要拐多少，大致是拐多了，总之，我让过了大号的SUV，然后把另一辆老老实实人畜无害地停在路边的车给现场强制摩擦了。只听见一阵刺啦啦奇异的撕裂声，我就知道：完了。

停好车，我下来一看，果然完了。

这辆老老实实人畜无害地停在旁边的黑色大G(奔驰越野车)，被刮出了N条印子，每一条都如被撕碎的人民币那样触目惊心。当然，我的“鸭宝宝”，像是哭得妆都花了，委委屈屈地底色破败相尽现。

我想捶自己的头。

而你能想象那辆我让过去的SUV竟然也在不远处停下来了，一位高大的男士从车上下来，在我的“鸭宝宝”和人畜无害老老实实的大G前面转悠了两圈，然后恨铁不成钢地对我说：“这路这么富裕，您往边上拐这么多干吗？”

说完人家就走了。所以您下车是来埋汰我的吗？

我找来找去都没在被我撞坏的车上找到电话信息，于是只好把写了自己电话的纸条夹在雨刮器上，然后用无助的颤抖的声音拨打了保险公司的电话，又拍了照片，抽出了行车记录仪的卡。

之后我回到家，爬上床，想瘫死过去。

烦恼有什么用？总有新的烦恼，把昨天的烦恼给盖过去。

竟然，饿了。

我的饿，真是超过了我昨天嘴巴里念叨过的所有人，而成了我排名第一的好朋友。我这才想起来农家乐产品还在车子后备厢里忘记提上来，我只好爬起来去拿。

XXL先生正提着大包小包和一个超大的行李箱站在电梯里。微笑了一下后，我转过身去，感觉终于快要崩溃了。

他要搬家走了吗？所以我的难得的有感觉也毫无意义了吗？意义？这个世界也许本来就没有什么意义吧。

可是，不是才答应自己要勇敢一些的吗？不是决心还是要先去付出爱吗？那是孩子都懂的道理啊。跟他要个联系方式吧，王等等。他是一个你不可能不喜欢的人。一生中，你能见到几个人可以让你这么说？

我转过身去："那个……"

可恰好电梯到了，而XXL先生正准备拉行李箱出电梯，于是我一下撞在箱子上，箱子太高太大了，我一个重心不稳朝前倒去，整个上身趴在了行李箱上。XXL先生大概始料未及，不禁后退了一步，行李箱的滚轮也受力往后滑动。

事情就是这么个事情，XXL先生又被我逼到了墙角。这个情形，像极了我们是一对在嬉戏的情侣。

等我终于站稳从行李箱上爬起来后，电梯里似乎进来了一个人。我还没扭头，还没来得及扎散下来的长卷发就被揪住了。我就这样被揪出了电梯。

4

上次我过生日的时候，楚良歌祝我能笑能贫能干架。我能笑，偶尔也够贫，可我还没学会怎么干架。幸亏一楼没什么人，被围观的话我简直糗死了。此刻的我，只能低着头转着圈儿，一只手保护我的头发，一只手没头没脸地打："放手，放手，你谁啊！"

"放手！"XXL先生的低音炮很有威严了。而我只能低头看着自己的脚，看着那双踩着红色高跟鞋的脚，还有一双穿着灰色yeezy（球鞋品牌）的脚。他是yeezy控吗？不好意思，紧急情况下，我思维分了个叉。

三双脚在转圈，转圈。我被转得晕晕的，也实在不清楚到底发生了什么。片刻后，我的头发终于又属于我的头了。等我终于不再眼冒金星才看清楚，原来是前几天见到的那个大波浪女孩——那个也许是XXL先生的前女友的人。此刻，她正被XXL先生卡着胳膊挣扎并尖叫着拖到外面去了。

满是行李的电梯合上了，然后毫不犹豫也毫不留情地一层一层上去了。

也许我不该关心那些行李。我应该关心一下我的头发。要知道现在植发可是三十块钱一根了，我被拽掉了多少根啊，她得赔我钱！

我怒气冲冲地也冲过去，XXL先生已经放开了大波浪："我有没有说过不要再让我见到你。你还敢来？你的东西都在电梯里，我也不管了！还有，你拽人家头发干什么？你有病啊！"

哦？不是XXL先生要搬家？一颗心放下了，我的脚步也停下了。

"我错了，原谅我这一次，我发誓以后再也不会了。我已经和他断绝关系了，你相信我吧……你别赶我走。我走去哪儿啊？我妈都不认我了。我不想租房子！"大波浪哭了。

"你妈认不认你跟我有什么关系？该说的话在我之前都说干净了，现在、以后、永远，我都不想和你说话！"

"好啊，张后初，你真是狠。你现在在欺负我你知道吗？"大波浪撒泼起来，"你觉得我好欺负是不是？"

你好不好欺负我不知道，在我不想被欺负的时候，我也是不好被欺负的。

电梯已经又下来了，一个人从里面出来，看戏似的打量着。我平静又沉默地走进了电梯，平静又沉默地拎起了挂在行李箱上的一个化妆包。哦，不错，海蓝之谜、宝丽黑BA、希思黎……都不便宜，就这个了。

我平静又沉默地拎着化妆包出了电梯门。

"你良心被狗吃了？"大波浪还在撒泼，指着我，"你找了新女朋友了是吧？以前说过的话都是放屁了是吧？我拽她头发怎么了？她是谁啊她，我还敢拽！"

眼见她要扑过来，却被XXL先生一把拽住："你还是要点儿脸吧！"

而我此刻已经拎着化妆包，慢慢走到XXL先生面前，把我的一绺儿头发塞到他的手里：“一根三十块钱，她不给我，我就摔她的东西。一件不留地摔下去。”

那两位大概从未想过我是这么个反应，刹那间都有些目瞪口呆了。

大波浪说着“你敢！”的那个瞬间，我已经把一瓶海蓝之谜打开了盖子，口朝下地往地上狠狠地砸去。我都心疼，那白花花的一片，都是人民币。

大波浪彻底疯了，扑过来要抢，却被XXL先生拽得更死了。令人诧异的是，他一边拽住她，还一边数了数我的头发。

“三十一根。”他说，“你给不给，不给随她摔！”

大波浪真的哭起来了：“我爸把我的卡都停了啊……”

总之，不一会儿我的支付宝里就多了一千块钱。在不懂内情的外人看来，这个下午发生的八卦，像极了一对狗男女欺负一个美貌多泪的少女。可被欺负的明明是我好吗？我招谁惹谁了？

5

在地下停车场拿东西拿到一半，眼泪扑簌簌地往下掉。我根本没那么强大。我所有的平静都是自己假装出来的不是吗？为什么我要承受这些？我做错了什么呢？

我坐在我可怜的受伤的“鸭宝宝”里，哭了好久。

直到我的手机响了。

是我妈。

“到家了吗？”

“嗯。”

“到家了也不打个电话。”

“忙忘了。我还有事儿呢。”我强忍着声音才不颤抖，“我先挂了。”

想认认真真地再回去哭一次，可刚才悲惨世界的情绪似乎难以酝酿了。不禁又开始自嘲起来，直到手机又响了。

“你好，我是车牌号×××××的车主。是你留的电话吗？”声音好熟悉，太有辨识度的低音炮了。

“是我。”我说，“你是不是张后初？”

“是，你哪位？”

“我是王等等。”情绪似乎再次崩了，我抽噎得完全无法自控了。

第六章

他是一个你不可能不喜欢的人，
一生中，你能遇见几个人可以让你这么说

1

我不知道一个女人的哭对于男人来说意味着什么。我第一次在一个男生面前哭，还是我刚上大学的时候。那时还没有手机，大家都用公用电话。我在公用电话亭里给我妈打电话，哭了个稀里哗啦。我身后排队的那个男生，就一言不发地等着我哭足了二十分钟。他递过来一张纸巾，又递过来一张，我大概把他的纸巾都用完了。

那个男生就是蒋韵。后来我问他为什么，他说从来没见过哪个女孩哭得那么认真……挺特别的。现在想想，什么特别，不过是男人的英雄主义情节所产生的保护欲作祟。

显然XXL先生也被我热烈的眼泪震惊了。他简直不知道怎么办，只是手足无措地不断递纸巾，又不断道歉："对不起啊，对不起啊。我没想到她是这种人，都赖我，赖我。车子的事情你不用管了，我自己来处理。真的。我现在就是特别特别抱歉。"

我也觉得特别特别抱歉："对不起，我就是，就是暂时有点儿没办法控制自己。我已经好久好久没有哭过了，就是觉得很伤心很伤心。我控制不住，真的，我不知道怎么控制。"

我已经哭得上气不接下气，又不想让他有什么压力，竟然一边抽噎，一边跟他解释了起来。

"就是我公司最好的同事，把我给涮了。一切都不好了，一切。然后还被贴了条，还擦了你的车子，还，嗯嗯，就是头特别疼。"我本来蹲着，想站起来，“我……不是怪你，我就是，就是没力气再控制情绪了。”

“那就不控制。不控制了，你慢慢哭，没关系的，没关系的。”他简直像哄小孩儿那样对我说。

血糖低，我又哭得大脑缺了氧，没力气控制的何止是情绪，连腿脚都不行了。

XXL先生一把扶住了我，而我，像面条那样，软软地伏在了他的胸前。

三十秒内，我的眼泪和伤心都戛然而止。

三十秒内，我们都没有说话。

三十秒内，血糖甚至也恢复了。同时恢复的，还有那些努力了三十二年才建立成的自我调节能力。还有嗅觉，他身上真好闻。还有听觉，他的呼吸声，我的呼吸声，他的心跳声和我的心跳声。还有一个中年少女难以描述的羞怯，以及羞怯下隐藏起来的对爱的渴望。

三十秒后，我从他身边跳开了。

我们一起回家。他帮我提着我的农家乐产品。进了电梯久久，我们依然没有说话。又久久，电梯始终没动。直到电梯门再打开，有一个人进来，满腹狐疑地像看外星生物似的打量我们，摁了个数字后，我才发现，我们都忘了摁要去的楼层。

回到家后，我在床上打了好久的滚儿。

有些滚儿甜蜜，有些滚儿痛楚，还有些滚儿一片模糊。

2

我和XXL先生约的九点钟走保险。一早，我开着我的“鸭宝宝”去了快赔中心。我到的时候，他已经在等了。我几乎是脚步蹒跚硬着头皮朝他走去。看到我，他露出一个大大的笑脸：“吃早餐了吗？”

“吃了。”我也挤出笑。

“这个给你。”他从身后车的车顶上拿了一个袋子递过来，“请你喝咖啡。”

“谢谢。”还没有从昨天的窘迫里走出来的我接过咖啡，估计笑得很像前天方若兰说的“好吓人”。

我们找了负责人，各种忙活。他把驾驶证和行驶证都交给我，我偷偷地看了他的照片和身份证，竟然比我小三岁。

心里拔凉拔凉的。

车子开到汽修厂，我刷爆了信用卡。

从汽修厂出来，两个失意的人一起站在路口打车。正是中午，出租车正交班，打车软件上排队排到第五十四名。而旁边就是美食街。他的身影，我的身影，在太阳底下，被挤得很扁。

“那个，请你吃饭吧。”他说。

“好啊。”

“你想吃什么？”

“随便。”

“那我们去那条街上找找看。”

“嗯。”

一前一后地走着，找到一家装修古朴带小院儿的杭帮菜馆。坐下后，点菜，我们面对面坐着，尴尬了一分钟后，他突然笑了。

“怎么了？”我摸摸脸。

“你点菜的样子也很认真。”

我脸上微烫，低头也笑。

“你还在那家店上班吗？”他问。

“没有，我是偶尔去。”我从包里摸出名片给他。

他接过去，认真地看了，又说：“抱歉，我暂时没有名片。”

“那你是做什么工作的？”

“我这几年一直在国外，刚回来。”

“哦。”怪不得，连支付宝都不用的人。怪不得，女朋友会跟别人跑了。异国恋，哪有那么容易。

“你们公司情况怎么样？”他又问。

我想了想，不明白他为什么要打听我们公司的情况。

“挺好的，大品牌，大公司，好多人。”我随口掰着。

“老板呢？老板人好吗？”

“王梁源吗？”我又想了想，“也挺好的。随和，不爱发火，很坚定，爱跑步。”

“你怎么知道他爱跑步？”XXL先生又问。

“因为他的办公室常年放着跑步机。”我回答他，“你为什么对我们老板这么感兴趣？”

“就是想知道一下大品牌、大公司、好多人的老板是怎么样的。”

我笑了。

服务员来上菜，是一道甜品。两层盘，甜品在上层，下层是干冰。干冰挥发烟雾缭绕，煞是好看。我认真地拍了照。他也学着我的样子拍了照。

“发朋友圈吗？”他问。

“不错哦，你还知道朋友圈。”我揶揄。

我的闺密楚良歌，她总说我拿捏不准说话的艺术。在刚认识的时候应该怎样说，在稍微了解后，又应该怎样说。在熟悉了之后也要注意的语气和该跳过的槽板。

我说完，就有些后悔了，还以为他会加我微信，但他并没有。

我想，男女交往的最初，其实就像互相欺骗。好多话忍住了，好多话言不由衷了。为什么我就不好意思跟他要一个微信呢？

“那个……”我鼓起了勇气，正待张口，突然间尖叫声此起彼伏。

话哽在舌尖，我抬眼望去，只见饭店门口一个女孩正被一个穿着白色大褂戴着厨师帽的年轻人胁迫着走进来。如果我没看错的话，这位小厨师手上的尖刀正抵在女孩的脖子上。而女孩大概吓得脚都软了，路都走不成。

店内的食客，大多不敢动，只有几个胆大的拿着手机在拍。

大堂经理慢慢走过去，安慰着小厨师："小凯，你想要什么都可以，只要你放了这位女士。我向你保证！"

"你保证有个屁用！老子要钱，要一百万。让姓薛的现在就给我滚过来。"小厨师失控地吼着。

"我马上给薛总打电话，你别冲动，千万别冲动！"大堂经理摸出电话。

"别耍花招，你们谁敢报警试试看？"小厨师吼着。

我望向XXL先生，他朝我点点头，轻声说："别怕。把你刚才喝过的矿泉水给我。"

不知道为什么，他的声音让我听话。我从包里掏出了上午喝剩下的半瓶矿泉水，递了过去。

XXL先生接过去后便拧开瓶盖，接着，揭开甜品的第一层盘子，抓起一把干冰塞进瓶里，然后又重新拧好了瓶盖。

之后他弯腰，把那个瓶子朝着歹徒的方向滚过去。

我们坐在距离大门很近的位置，大概只有六七米。除了我和XXL先生，没有人看到那瓶子正滚向持刀的小厨师。

虽然听不太清，但XXL先生在数数："一、二、三、四……"

我目瞪口呆地看着他。

他继续数着："十五、十六、十七、十八……"

"十九"还没有数出声，瓶子炸开，四分五裂，那声巨响，让四周人都捂上了耳朵。塑料碎片炸向四周，两片扎在了小厨师的脸上和手上。那声巨响和手与脸的剧痛让他不得不低头分心，手上的刀也偏离了。被挟持的女孩瘫倒在地，众人一拥而上，几个人架起了女孩，几个人扑倒了小厨师。

我再次望向XXL先生，他对我笑了笑。

在那一刻，虽然我不想承认，但我知道我一定恢复了花痴的表情，对他曾经有过的希冀和幻想也在一秒钟内被重新填满，心跳像打雷甚至引发了霹雳。

而他的笑，在被我注视得不好意思低头的那个瞬间，竟带着某种悲悯的神性。

我完蛋了。我想，彻底地完蛋了。

3

我要先描述一下爆炸事件发生时的具体情况。

饭店大厅入门处有一个过道，过道的一边安排了几个卡座，我和XXL先生就坐在那过道的一边。与过道垂直的一边是一排半人高的砖墙，上面插了木篱笆，篱笆上缠满了各种妖艳的假花，看上去繁花似锦。篱笆里面才是又一排排的卡座。所以，爆炸矿泉水瓶子所产生的碎塑料片能威胁到的，其实只有小厨师、被挟持的女孩、大堂经理和另一个男性服务员。女服务员们站得远一些，基本都没有受伤。

在XXL先生把瓶子滚过去后，爆炸发生。大堂经理反应灵敏，在一瞬间护住了头脸，碎片只打在他的西服上，没有受伤，但眼镜上被喷了水。而另一个男服务员，紧急蹲下后，更是毫发无损。

干冰所带来的爆炸破坏力，大概就是打碎了一只吊灯的球形灯泡、几盆绿植的叶子和几朵妖艳的假花。另外就是挟持者小厨师的脸和半露的手臂被划破，众人救出的被挟持的女孩，也被发现脸上有血迹。

但爆炸毕竟是大事，所以，十分钟后，坐上警车的除了当事人、饭店负责人，还有我和XXL先生。

在警局，随后赶来的还有那位被小厨师以极端手段威胁的“薛老板”。

薛老板十分感动XXL先生的见义勇为，表示XXL先生以后在他们饭店吃饭享受终身免单。

而见义勇为的XXL先生，正在被批评教育。

“事儿是好事儿，但不能这么干。”警察小哥哥看着我们说，“好在没有造成特别大的伤害。这么危险的办法以后千万不要用了。”

XXL先生没说话。

我见状连忙替他点头哈腰：“嗯嗯，您说的是。今天也是事出紧急。”

“你，这位张后初是吧，你是做什么工作的？怎么会想到这种方法？”警察小哥哥看了我一眼，又问XXL先生。

“干冰遇水在密闭空间里容易爆炸是物理原理，一般人都知道。”XXL先生十分平静地说。

为什么我就不知道，有可能我不是一般人？

从警局出来的时候，我心中其实已经柔情无限了。为了隐藏这点儿微妙的羞涩，我真的用足了早上那杯咖啡所剩下的最后一点能量了。

“再找个地方吃饭？”XXL先生抱歉地说。

“好啊。”我用力地点头。

刚走出大门，就看到有个姑娘飞奔过来，是那个被劫持的姑娘，之前根本没注意她的样子，而此刻虽然她的额头被纱布包住了一块，却丝毫没有影响她的可人。她的脸小小的又白白的，不施粉黛，却自带一种娇羞，这是二十岁的女性才有的青春与美好。

XXL先生救了她，真是功德一件。

姑娘此刻已经飞奔到了XXL先生面前，眼波流动地望向他：“是你救了我吗？是你吗？”

XXL先生略微点了下头，姑娘一把抱住了他：“太感谢了，我不知道怎么谢谢你。如果没有你，今天也许就没有我了。我的命是你救的……所以……”

怎么说呢，就在她说出“所以……我的命就是你的”（或者“所以……我要以身相许”）这句话前那千钧一发的一刻，我想了挺多的。英雄救美的故事桥段，可不能发生在我已经看上的英雄身上，因为我并不是那个被救的美人。透明的我终于要行动了，我干脆一不做二不休，在抱住XXL先生的姑娘身后，也给了她一个感人的爱的抱抱。我也是见证人，怎么可以不做任何表示呢?

“现在没事了，不怕啊，不怕。”我安慰着美丽的姑娘。我们三个人叠叠抱，旁人看来，大概像极了相亲相爱的一家人：老父亲、老母亲和他们的傻女儿。

姑娘的情绪大概受到了我爱的感化，也不嘤嘤嘤了，抓着XXL先生衣服的小手也放开了，而XXL先生恰时地推开了她，我也跳开了去。

“对我来说，在那种情况下，是谁我都会救的，所以你不用放在心上。”XXL先生说。

“啊！”姑娘发出一声温柔的尖叫，“你的声音好好听啊！”

XXL先生的脸立刻红了。而我当时就震惊地捂住了我饥肠辘辘的胃，只希望XXL先生不要再张口说话了，否则这小丫头片子大概就完全拜倒在他那低沉的如深海一般的声音下了。

“我可以加你微信吗？你是我的救命恩人。不管怎么样，我不能说一句谢谢就算了，我必须得报答你。”姑娘的攻气令人刮目相看，我的胃开始疼了。

XXL先生的脸更红了：“谈不上什么报答，别放心上。”

英雄救美的戏码已经发生了。英雄救美的结局，就不知道了。

总之我和XXL先生的二人世界，变成了三人饭局。而我这个透明人，终于被对着XXL先生满眼冒星星的姑娘看了大概三眼。

当XXL先生终于把微信给叫“魏轻尘，就是那个渭城朝雨浥轻尘的轻尘”扫一扫时，我其实有点儿绝望了。我都还没有XXL先生的微信，为什么人家第一面就有了。我是不是撩汉技术低能?

是的。楚良歌的话在我的耳边回响："现在我们这个年龄，你还指望谁天天主动来撩你吗？你想啥呢？人家凭什么撩你啊？你是天仙吗？"

不是天仙的我，绝望地吃了两碗饭，而风尘，不，是轻尘，只吃了大概两粒饭。

"也加一下我吧，风尘。"我把手机递过去。

"哎呀人家叫轻尘啦，等等姐，不是风尘，到时候让后初哥给你发名片吧。我手机刚刚没电了。"

后初哥？自来熟？气得我喊服务员："再添一碗饭！"

"等等姐胃口真好，我吃好了，先去一下洗手间。"轻尘起身娉婷地离开了座位，大概要去补妆了。

我埋头继续吃。

"我加你微信。"XXL先生说。

"啊？"

"风尘，哦，不是，轻尘刚才不是说让我把她的名片推送给你吗？"XXL先生说。

"好。"我表面平静但是心里开花地把手机递了过去。

晚上睡前翻朋友圈，看到轻尘发了条朋友圈：**今天虽然惊吓一场，但似乎，也有了生命中最重要的遇见。**

苍天啊，这是什么功力啊！我把手机甩了老远。

第七章

独居女性拥有什么

1

也不是没有过上班的感觉像是上坟，但今天的感觉尤其是。

今天大门电子横幅上的slogan是：**假如生活欺骗了你，没错，就是欺骗了你。但如果你穿得好看，也是欺骗了好看的你。**

茶水间拿咖啡时遇见方若兰，我问她："你是故意给我看的吧？"

"送你的。"她穿着高跟鞋袅袅而去。

我气得翻了个白眼。

回到座位，我打开电脑查数据库的时候，发现十五职级的权限被锁了不少，简直一声长叹。邹明宇的话就在耳边魔性地重复："别任性，别辞职。"

小郝办公室的门一直关着，不知道她是早就来了，还是没来。就算已经自我调节了两天，我还是隐隐觉得愤怒与羞耻。

中午去食堂吃饭，我原本一个人坐着，后来方强坐了过来，其他几个同事也围了过来。大概他们是比较同情我，或者想看我的反击，也有可能想看我的笑话。

我既没有反击，也没有笑话。笑话这种事，是结果。而现在才是过程。

小郝的午饭是外卖，办公室外面的垃圾桶里，我看到了几乎没怎么动过的外卖盒。

回到座位，我就接到她打来的内线："你那有没有备卫生巾？"

我挂了电话给她送去。

她脸色惨白，一起身，裙子后面竟全是血。

“怎么回事？”我着急问。

“帮我去买条裙子可以吗？”她很虚弱地说。

“楼下仓库里有样衣，我去取。”

“都是M码，没有我穿的码数。”

“那我现在去。”我出门，从抽屉里找出午睡毯，给她送去，让她围在腰上好去卫生间。

我们公司旁边就有一家商场，坐电梯到地下一层停车场，再换乘电梯，就可以直接进入商场。

我火急火燎地跑着，去了常和小郝去的那家店，要了XL号的一条半裙，匆忙付完钱，然后又往回跑。

结果撞到了一个人，她的冰激凌全蹭在我的胸口了，而我V领连衣裙下的胸口，立刻就感觉到非常凉爽了。

“对不起，对不起。”我连忙道歉。

“对不起，对不起。”她也连忙道歉。

冰激凌的主人是个非常漂亮的女孩，穿的竟然是我们品牌的运动裙。

“你的衣服脏了，怎么办？”她非常抱歉地说。

“没事儿。”我站在墙边，背对着她，伸手掏进胸口，把掉进去的那块冰激凌给挖了出来。女孩连忙拿纸巾接了。我再抬头，就看见XXL先生站在一边，已经完全目瞪口呆了。

女孩把包着冰激凌的纸巾递给他，他伸手接的样子，也让我目瞪口呆了。

我想找个地缝钻进去。

2

女孩坚持陪我去了洗手间，让我换了她手提袋里新买的另一套衣服，才放我走。

她真的很温柔，说话的语调和眉眼间的笑意都令人如沐春风，她和那个大波浪是完全不同的人。可她和XXL先生又是什么关系呢？他们看起来才像是非常亲密的情侣。

我胡思乱想地回到了公司，把衣服给小郝送去。

她接过去的时候看了我一眼：“所以，你给自己也买了一套？”

“你不去医院吗？”我懒得和她解释，因为我们已经是另一种关系了。

“只是出血，不用去。”她没有看我。

“如果身体受不了，就休息几天。你已经得到这个位置了，没人会怎么样的。”我忍不住劝。

她没有回答。

她也苦。带上办公室门的时候，我想。

下班回家的地铁上，我想找人说说话，于是发微信给楚良歌。她正在外面出差采风，已经去了半个月了，完全乐不思蜀。

就那么打着字，我把这些天发生的事都告诉了她。她的回复如下——

“哈哈哈，你真惨。

“然后呢，你又不能怎么办？

“喜欢就上。管他身边有什么大波浪，还是风尘女，还是仙女本仙呢？

“关键词是上。

“你为什么不喜欢一直站在你背后的那个男人啊？

“你背后的男人是谁你不知道？邹明宇啊。你怎么不能去追求邹老师？”

邹老师我哪敢觊觎。我还能追谁啊？

我似乎从来没有追过人。但我期待一些偶遇，就算看到了大波浪、魏轻尘，还有仙女本仙。

就算会脑补大波浪有没有纠缠，魏轻尘有没有示爱，仙女本仙是不是新欢。

于是我下楼转一圈，又转一圈，最后在紫藤花架下坐一会儿，又坐一会儿。

可我没有再遇到XXL先生。

第二天晚上，我甚至在小区的商业街咖啡馆坐了好几个小时。

一个独坐的姑娘，被另一个独坐的男孩搭讪。他把手机递过去，她便扫了扫。霎时，整个咖啡馆都弥漫着恋爱的酸臭味。

不开心的时候，甜食似乎非常有治愈力。

吃第一份甜点的时候，我瞥了一眼对面的青年男女，他们正各自坐在相差三米的位置，面带微笑手指翻飞地发着微信。吃第二份甜品的时候，男孩起身走到女孩身边敲了敲桌子，女孩便也收拾好包，跟着他一起出了门。

一种奇异的孤独感就这样油然而生。

啊，孤独。

走在商业街的长廊上，不禁心中凄然。其实我顶讨厌这样不忙碌的夜晚，同时讨厌的还有各种节日和假期，并且我今天都没有见到XXL先生！

啊，孤独。

这家的卷饼是网红产品，好想尝一尝。但要什么口味呢？如果能像前面的那对恋人一样一人要一个味道，然后互相分享的话就好了。

啊，孤独。

我不知独自走了多久。穿过广场舞林，穿过交谊舞林，穿过养生太极拳林。

这夜灯孤独吗？它一个灯孤零零地站在这里，与它的同伴至少隔了二十米的距离。

这坏掉了的小黄车孤独吗？这样的傍晚，它的坐垫一定也在期待着谁的屁股吧。

还有这随风飘起的印着红色花纹的垃圾袋，它明明追着风，却永远无法与风握手。

我走着，感慨着，不知不觉已经和这个垃圾袋惺惺相惜了。风停下来，垃圾袋掉在了我的脚边。我蹲下来，捡起了它，像是捡起了我的心头肉。

我观察着它，用心去感觉它的质地，它的脆弱。

垃圾袋是不会老的，也不会死。科学家为了让它们消失，不知道想了多少办法。它是多么有生命力的垃圾袋啊，它值得有更好的归宿。

我把垃圾袋折了一折，放进了包里。

迎面走来一位大妈，上来就问："刚才你捡什么了？"

"啊？"我没听懂。

"你刚刚捡的东西放包里了。"大妈表情严肃，"说不定是我丢的。"

"啊？是您的？"我打开包，把折叠得方方正正半个巴掌大小的垃圾袋规规矩矩地放在了大妈的手里。

走了几步后，我回头看，正看到大妈一点一点地展开了垃圾袋，又对着垃圾袋吹了口气，兜了袋风，再次确定垃圾袋里空无一物后，扬手便丢了。

眼见那垃圾袋，已经又被风吹得鼓起，在灯红酒绿的夜空中跳起了孤独的舞。

3

悄悄喜欢一个人的感觉，让我很晚才能睡着，我会忍不住想，要是我长得更好看一些就好了。

我如果足够好看，今晚在小咖啡馆，也许我也会被搭讪。我如果足够好看，XXL先生此刻说不定也在想我呢。

想完又哑然失笑，觉得自己不像是个已经三十二岁的女人，倒更像自己十三岁那年，因为暗恋那个踢球的男生，站在镜前一遍遍地把刘海打湿，擦干，直到梳出一个蓬松的刘海，以期待在再见到他的时候，稍微好看一点。

这种内心被一个男人装满的感觉，不知道多久没有了。可就算是沉默的，不为人知的这种喜欢，也如此珍贵，让我得以不戚戚于职场上的倾轧，不沉湎于被背叛的痛苦。

只想着男人的这种痛苦，真是太好了。

楚良歌长得非常好看。

我们已经认识了十八年。十四岁那年的暑假，她在学校门口的一家雪花酪店坐着看书。那时她留的是齐耳短发，齐刘海，看到她的第一眼，我就知道，长得这么灵的女孩子，她会得到她想要的一切。

楚良歌一直任性，当然，在任性下的努力，就多了一份“我偏要”的咬牙切齿。她确实一直在得到想要的，无论是钱、自由还是男人。她是不婚族。结婚这种事儿从来没有进入过她的“我偏要”的执念，或者说“我偏要不结婚”才是她的执念，更不用说要孩子。

每次去吴英伟家，连雅妮都能和小石头玩一会儿，她却总是对小石头避之不及，觉得人类幼崽是世界上最恐怖的生物。

否定婚姻，只撩汉不结婚，只云雨不生娃的楚良歌，今天一大早就给我打了个电话。

她几乎不给我打电话，打电话一定是遇到了大事。

比如说——

去年头发烫焦了在理发店大哭的时候。

前年被电动车撞了与人对骂，自己骂人又不够市井的时候。

大前年她爸爸又一次再婚的时候。

N年前没有手机支付她要花钱又恰好身无分文的时候。

……

看到她的名字在手机上闪烁的那一刻，我一下子坐了起来：“怎么了？”

“我刚刚在手机上看我家的监控，好像有人进我家了。”

微信收到视频截图，是一个男人正在她家里乱翻。

“赶紧报警啊。”我吼。

“你不是有我家钥匙吗？你先去把门反锁了，我报警。咱们来个瓮中捉鳖。”楚良歌的声音竟然略微兴奋。

“什么意思？”

“我怕警察来了他就跑了啊。反锁了门他不就跑不了了吗？”

楚良歌从不吃亏，谁敢惹她，就是惹上麻烦了。

才五点多，我随便套了件衣服，就带上了我的防狼喷雾和910A的小钢炮（一种自卫高压电棍）往外冲去。

其实我家好几个地方都有武器：两段装修时候截下来的水管分别藏在卧室和浴室的门后面；两个灭火器在厨房和书房；还有喝过的红酒瓶，就在茶几下没舍得扔，随时可以抓出来砸出去；卧室床头柜的抽屉里拉开就可以抓起一把折叠匕首；还有两个哨子、一段绳子；墙上还装了红色报警按钮；手机常年登录APP“公安110”；门上装有防盗电子猫眼、入户警报器……

对于独居女性来说，这些大概就是标配。

跑步过去的时候，后面有人追上我喊了声：“早啊。”

回头我就看见了XXL先生，正穿着一身运动装戴着大耳机跑过来，没有停留，跑到了我前面。

两天没见，那一声“早”，竟让我心荡神怡。

三十米开外，他终于停下来，又回头喊我：“一起跑啊。”

我跟了上去。

“那个，你能不能跟我去个地方？”我鼓起勇气，厚着脸皮拉住了他的手臂。

4

“你们胆子怎么这么大？”我们一边快步走着，XXL先生一边说着，“也太低估入室盗窃者了。你应该不知道一个成年男人的力气有多大。”

“我是准备喊保安一起上去的。”我不好意思地解释，“但幸好遇见了你。”

五分钟后我们到了楚良歌的小区，刷了门禁上了电梯。气喘吁吁的我还跟楚良歌确认了人是不是还在里面。得到答复后，我拿出了钥匙。

虽然楚良歌给了我备用钥匙，但这还是我第一次用。我家的门是向右边转两下反锁，谁知道她家的是不是呢？她家的向右边转是开门。

于是，我就这样打开了她家的门。而这门大概是弹簧坏了，我还来不及做出反应，竟然“唧哇”一声自己开了。

我想赶紧拉回来，可刹那间一只穿着脏靴的大概四十三码的脚挡在了门边，一只手也拽住了门。我还来不及做出反应，XXL先生的一双手已经扳着我的肩膀后退，并侧身飞起一脚，把准备出来的小贼给重新踢回了门内。

这是我们又一次的身体接触。他的双手还搭在我的双肩上，而我的头正抵在他的胸口处。

几秒钟后，门很快被带上，钥匙干净利落地反锁了两下。

许久许久，我都有点儿心荡神怡。

站在电梯旁边的窗前，我们一起等着警车的到来。天阴阴的，不知道会不会下雨。从窗前看下去，三三两两的人步履不急地走着。投递牛奶的工作人员正在往对面楼的奶箱里放牛奶。一个头发花白的老人正站在露天的空游泳池里，旁若无人地打着太极。一个早读的少年，坐在泳池边，开始收拾书包。

这样的早晨，静谧又有温度。我有些后悔之前都起得这么晚了。如果有可能的话，我想，我要从明天开始早起跑步，一边感受美好的早晨，一边偶遇XXL先生。

“要不要听音乐？”XXL先生从脖子上摘下了耳机问我。

我点点头。他便把一个黑色的方方正正的播放器从口袋里拿出来，点了下，然后把耳机放在了窗台上。声音调到最大后，我听到了温柔的森林里的虫鸣、鸟叫、波涛、海浪，还有雨声。

几乎就是在听到雨声的那个瞬间，窗外竟然也开始下雨。

我看着窗外这近乎神迹的雨，突然间感动于活着的美好。活着还会有诸如今天这样的遇见。我想看着这雨到明年。世界安静得只有雨声，我觉得内心里曾经非常贫瘠的一块土地也正在慢慢地被这雨水滋润。

耳机里的音乐，雨声之后是各种鸟鸣。

“戴胜鸟。”我判断着鸟叫声说。

“铜嘴鸟。”我又说。

“红嘴玉鸟。”我又说。

“竹鸡。”我又说。

“画眉。”我又说。

“林鹨。”我又说。

XXL先生好奇地看着我：“你认得鸟声？”

“前几年身体不好，休养了好久，经常去动物园的百鸟园里待着，和饲养员都认识了，他教给我的。”

他点点头，看着窗外，笑得很温柔。

5

小贼是小区外面代收快递点的临时工。

“她快递好几天没拿了，窗台上晾晒的衣服好多天都没收，门上塞着的小广告也好几张了，我还给她发了短信，她没回。我就想，她不会出什么事儿了吧，比如说受伤啊、晕倒啊之类的。我就想着进来看看。”小贼解释着，脑袋瓜儿转得非常快。

“你就继续编。”警察说，“照你说，你是好心撬锁进来看看业主是不是需要帮助？那为什么拿走人家的首饰和手表？”

“我没撬锁。”小贼申冤并表达不屑，“就这锁还用撬吗？”

雨越下越大了，警察带走小贼后，我在楚良歌家里只找到一把伞。

我把伞塞到XXL先生手里说：“你用吧。”

“那你呢？”

“等等。”我又跑去阳台，找到一个不用的纸箱，“我顶着这个。”

XXL先生大笑，又说：“要顶也是我来。不过我们还是打一把伞吧。”

看我没说话，他又问：“方便吗？”

“方便的。”我低着头，脸微烫。

回到家的时候，我小半边肩膀都湿了，因为不好意思靠他太近。而他更惨，大半边肩膀都湿了。

“回去洗个热水澡。”在电梯告别的时候我说，“别着凉了。”

“嗯。”他点头。

“今天太感谢你了。”

“小事一桩。”他说，“以后有什么事儿，给我发微信，别不好意思。”

“嗯。”

“还有，那个饭店的老板晚上要请吃饭，一起去吧。”他喊住我又说。

“好啊。”我出了电梯。

洗澡的时候发现手在微微地颤抖。不知这心荡神怡还要持续多久。可我喜欢这种甜蜜的烦恼，这是活着的爱着的烦恼啊。

下午的时候天晴了。楚良歌发微信说回来了。我下班去找她的时候，她正在换门。真是雷厉风行。

她身边站着的那位男士，长得比XXL先生还帅。

“这谁？”我悄悄拉过她问。

“哦，我男朋友。”楚良歌却毫无悄悄的意思，“这位，王等等。”

我和那位男士点点头。

“你这速度也太快了吧。”我说。

“不能像你，磨叽蛋。”楚良歌说。

“那不叫磨叽，叫坚持仪式感。”我也不客气，“吃得太快容易被噎。”

“那要看吃什么了，比如说白白嫩嫩的豆腐脑，想噎也噎不住啊。”

我看了一眼认真地帮师傅扶着门的帅哥，嗯，确实白白嫩嫩。

“讨厌！”嫉妒让我哼了一声。

“乖啦。”她使劲捏了我的脸，“礼物自己拿，拿完了赶紧走。”

桌子上摆着一个购物袋，大概又是她买的什么姐妹装。虽然见面就怼，但看见好东西就想给对方买的这种关系就叫闺密。

我匆匆抱了一下她，就赶去参加薛老板的饭局了。

6

名叫薛君礼的饭店老板，把请客的地方就定在了他的饭店。我到的时候，XXL先生已经站在门口等我了。大堂已经收拾好了，门厅前的财神爷也重新供上了香，身边还多了一位关二爷。

薛老板一阵寒暄后把我们迎进了包厢。

一进屋，我就愣住了，轻尘也在。看来薛老板除了道谢，大概也为了抚慰这位平白受屈的轻尘吧。

“姐姐，你也来了。”她喊我。

“嗨。”我回应她，“伤好了吗？”

“嗯，好了好了。我年轻好得快。”

我点头，往里面坐。一共四个人，坐在包厢里，想做一株透明的植物都不行。

“啊，姐姐，你的衣服好美，你今天超级有气场的。”轻尘套近乎。

“谢谢。你也很美哦。”

“姐姐，你的头发是今年最流行的羊毛卷发吗？”

“就随便烫的。”

桌上的冷碟已经上好了。薛老板开了瓶剑南春，哐哐哐地自己先喝了三杯，一边喝一边说，又是感激又是赞美，又是觉得自己三生有幸。

安静的植物不想说话。小美女轻尘却滔滔不绝，很快和薛老板打成一片。

“薛大哥客气了。”

“薛大哥，相逢就是缘分。”

“薛大哥，都过去了，您就不用说了。”

“薛大哥，小妹初来乍到，以后有什么事儿，还希望薛大哥你照顾。”

喝得满面通红的薛老板被青春美貌的少女哄得高兴，然后就在饭桌上说起了前因后果。

这又是一个故事。

小厨师是薛老板媳妇儿的堂兄的表哥的孩子，之前换了N次工作都不行，家里的钱都被他败光了，说是喜欢上了一个直播平台的女主播，打赏花了不少钱。好说歹说，他才答应来薛老板的饭店里，平时在后厨帮厨。但他做事不认真，逮着空就出去上网、看直播、打游戏。薛老板呢，觉得这孩子不管要毁，就找他聊了聊。谁知道没聊两句，两人就吵了起来。恰巧，那女主播打电话过来，薛老板就把电话抢过来开了免提，一边摁着小厨师，一边把小厨师的现状跟女主播说了。原本那女主播还以为小厨师是富二代，谁知道家里世代务农，亲爹在工地搬砖，亲妈在伺候家里的一亩三分地，当然也没有如他说的那样自己开了一个大饭店，只不过是个连勺都不能掌的小帮厨。女主播十分生气也十分不屑，免提里把小厨师大骂了一顿，就挂了电话。小厨师丢了面子，也觉得丢了爱情。这对他这个年纪的人来说，可是天大的事儿。他个子小，也打不过铁塔身形的薛老板，被捶了几下肩膀后，恼羞成怒了。

“本来是帮人忙，倒把人家孩子给帮局子里去了，回家还不知道怎么跟媳妇儿交代呢。”薛老板遗憾地又喝了一杯，摇摇头，叹口气，又说，“刚过十九岁，看到那孩子，我真是心痛啊。我两个孩子，有时候看着他，都不知道为什么要养孩子。都说养儿防老，养儿防老，这个可不是，这个孩子是来要债的。孩子怎么教育也是个大问题。这位美女，你也有孩子了吧，能理解我的感受吧？”

薛老板看着我。

我？我像是有孩子的人吗？

XXL先生替我解释：“她应该还单身呢。”

“对不起对不起。”薛老板道歉，“我二十四了，还以为您跟我差不多。我这个年纪的基本都有孩子了。”

我咳得更厉害了。XXL先生怎么知道我单身？我单身这么明显了吗？但轻尘的眼睛亮了：“姐姐，你还单身吗？需要我帮你介绍男朋友吗？”

“不用了，谢谢。”

“有个追我的人，年纪和你差不多，条件也不差呢。”轻尘又雀跃地问，“后初哥，后初哥，那你有没有女朋友？”

这简直是对我的侮辱了。追你的人，你不喜欢，然后就下放给我吗？可是我也想知道XXL先生有没有女朋友。

XXL先生摇摇头：“没。”

“太好了太好了。”轻尘高兴地说，“我也没有男朋友欸。”

没男朋友很了不起吗？可是我也很高兴。看来就算那位仙女本仙也不是问题了。

原本喝酒喝得很欢的轻尘，在薛老板再一次向她表示歉意举起酒杯时，她竟然看着XXL先生说：“后初哥，我不行了，可以帮我顶了这一杯吗？”

听到这句话后，我的表情可以说是非常复杂了。然而XXL先生还是替她喝了。

到饭局结束的时候，轻尘又提出了要求：“后初哥可以送我回家吗？我喝了酒，怕有点不安全呢。”

薛老板本来已经把车钥匙丢给大堂经理了，大堂经理也跃跃欲试地准备去开车门了，看到这情形，两人都很识相地闭了嘴。

轻尘已经喝得小脸儿白里透红了，正楚楚可怜地看着XXL先生。

如果他送了她，她就一定会说：要不要上去坐一坐?

如果他上去坐一坐了，他再次下楼说不定就是明天早上了。

轻尘看着他的时候，我也看着他，我希望他拒绝。

但是他没有。他说：“好。”

我低下头，看向走廊灯下自己的影子。如果男人也算资源的话，那么如此优质的资源应该是被抢夺的，而我似乎并没有和谁抢夺资源的能力。如果，你没有朝我的方向迈上一步，我甚至连稍带深情看向你的勇气都没有。

所以，我要一个人穿过这沉默的夜晚，回到我也许孤独终老的现实中去了。

独居女性拥有什么？

除了那些自以为可以保护自己的武器，一个安全的门锁、保险柜，一些酒，很多书，听不完的音乐，看不完的电影，追不完的剧，洗手间里永远都放好的两卷卷纸，几个在洗澡时摔倒后可以打电话求助的朋友，某些情绪（比如大哭大笑大怒大叫）没有人打扰的放纵，还有就是这种接受我会孤独终老的无畏。

我接受。我无畏。

就在我不断地建设我的无畏时，XXL先生喊了我：“王等等，陪我一起去送轻尘吧，然后我们再一起回去。”

“好啊。”我淡淡地笑着说。

坐上出租车后，轻尘问：“姐姐住哪儿啊，后初哥，要不然你先送等等姐啊？”

然而坐在前排的XXL先生说:“不用,先送你,我和王等等住一块儿。”

整个世界清净了大概一分钟，我似乎看到轻尘小姐的大脑神经开始不断地扭曲又翻转。

“你们不是单身吗？为什么住一块儿？”

还没等我们有反应，她竟然开始猜了：“你们是表兄妹？”

“不是！”我和XXL先生一起回答了她。

不错的人生的第一次默契。

“可是你们都单身欸，是合租吗？”

“也不是！”我和XXL先生又一起回答了她。

不错的人生的第二次默契。

“那你们到底什么关系嘛？”轻尘小姐拉着我的手看着我，“难道你们离婚了但是还没分家？”

我简直要笑崩。

“我们是邻居。”我说，“楼上楼下。”

“哦，那关系很好咯。”轻尘总算松了一口气，“我也好想和你们做邻居啊。”

我没有再讲话了,一路上就听轻尘叽叽喳喳吐槽现在合租的房子多么简陋,通勤也不方便,多么期待可以住在我们附近,直到到了她家楼下。

但XXL先生和我并没有热心地说帮她找房源。若是以前，我可能会这样做，但这次，却自私地想，轻尘离我们越远越好。

看轻尘上楼后，我和XXL先生一起往小区外走，抬头竟然看到还很圆的月亮。

“今晚月色真美。”我说。

“明天应该是个晴天。”XXL先生说。

我笑起来。

“多走一会儿再打车吧。”我说，“晚上吃得有点儿多。”

“好啊。”XXL先生说，“正好可以醒醒酒。”

我拍了张照片，除了不太清楚的美丽的月亮，还有我们两个人的影子。

心里很温柔，只觉得，不管之后会发生什么，我们有故事还是事故，我都会记得这个静谧的夜晚。我会记得，他在某个瞬间自己也未曾察觉的温柔，放慢的脚步，还有早桂的花香，路面绰绰的树影，徐徐的微风，以及可以预见的晴天。

第八章

白日梦想家

1

中秋节小长假，商场大促，我被小郝派去站台。

做我这份工作，基本就是别人休息的时候，我最忙。所以，就算谈恋爱，估计也没时间约会。

除非，他不用像大部分人那样，朝九晚五。

人太多了，比肩继踵，忙得几乎没有时间烦恼。可是在偶尔闲暇的片刻，又不自觉地拿起手机，点开那座雪山的头像，看着只有“你添加了ZHC，现在可以开始聊天了”这一条的空荡荡的对话框，想和他说点儿什么，却又不知道说什么。

可我真的想分享自己所见到的一切，比如楼下发传单的轻松熊，一个吃彩虹棉花糖吃到头发上的孩子，穿情侣服的恋人的背影，我设计的堆码棒棒哒，我们公司的一件卫衣配你的yeezy很好看，还有因为POS机和扫码器坏了，顾客把钱转到了我的支付宝。你知道吗？我支付宝里的数字终于到了五位数。

还有活动现场的这人山人海。而站在这人山人海之中的我，看到的每一个人，都不是你，都不如你。

我很想你。

虽然还没有开始，但我应该恋爱了。

我恋爱了，但只有我一个人知道。

明明每一个人都不是你，又觉得会遇得到你。所以总会在惝恍中抬起头来，在人海中扫描。不是你，还不是你，都不是你。在忙忙糟糟中，心里很满，又有点儿空。但开心，愉悦，今天是个晴天。你说今天是晴天，我想给你看阳光从窗户外晒进来浮尘的跳动，想见到你。这是还没有来得及了解的100%的思念，100%的爱情。

晚上到家时我已经快累虚脱了，但还是不能止息。他在干吗呢？吃饭了吗？是在上网打游戏，还是追美剧？如果一个人在家，男人们大概就只干这两件事吧。我弟弟就是这样的。

他怎么不发朋友圈呢？他一条都没有发过，好像这个世界上他所遇到的一切都不值得他分享一样。如果他发了朋友圈，那么我们还有对话的机会，自然而然的一个小小的赞或者评论，来交互起某种连接，但是他没发。

我想知道他在干吗，可就是没办法开口。因为在干吗就是我想你。吃了吗也是。睡了吗也是。晚安也是。

在不确定他是否也想我的情况下，如果我问他在干吗，那于我来说，毫无意义。

西蒙·波娃的一首诗中这样写：**我渴望能见你一面，但请你记得，我不会开口要求要见你。这不是因为骄傲，你知道我在你面前毫无骄傲可言，而是因为，唯有你也想见我的时候，我们见面才有意义。**

2

中秋节那天，我依然不能回家。爸妈早已习惯了，我在节假日一向无法入团圆席。

下班稍早，回到家也已经过了九点。我切开一个公司发的月饼，站在阳台上看月亮。不够尽兴，于是我想去楼顶看。

顶楼的门开着，竟然有灯光。我踏进去，发现竟然不知被谁收拾出来了一片空中花园。花园是用栅栏围出来的三四十平方米，地面铺上了绿色地毯，栅栏里面一圈花盆，各种花正在争奇斗艳，还有一套遮阳伞桌椅。不知何处有音乐传来，正在播放的是一首*Sous le ciel de Paris*（在巴黎的天空下）。我找来找去，发现竟然是角落里的一个假石音箱发出来的。

角落里还有一个一米见方的池子，接了小小的探照灯和制氧机。我凑到池子前看，池里有几片荷叶、两朵荷花，还有两只乌龟。乌龟不小，有两个手掌那么大。池底铺满细沙，种有水草，有小亭台，还有宽阔的晒背台。

这是谁搞出来的这么高级的东西?

不管了，先享受为快。我坐在了桌旁，一边吃月饼，一边看月亮。还是讨厌节假日。XXL先生今天会有人陪他一起过中秋吗?

桌上还有便笺和笔，临走前，我撕了张便笺写了句："借宝地一坐，看到了最美的月亮，中秋愉快。"并押了一块月饼放在上面，算是场地费了。

洗完澡，手机里那座雪山发来图片，是我留在顶楼上的那张便笺和月饼。也许是月饼上有我们公司的徽标，所以他才认出来是我吧。

"你的月饼很棒。"他说，"谢谢。"

"你的空中花园也很棒。"我说，"不客气。"

我们竟然完美地在顶楼错过了，后悔没有在上面多待一会儿，我气得捶胸顿足了。

3

休息日我醒来的时候，已经日上三竿了。睡前，我曾祈祷梦见那个想念的人，当然，祈祷落了空。有时就是这样，你越是想念一个人，你就越是梦不到他。而这个世界上最令人舒服的梦，大概就是白日梦了。

也许男女之间对爱情的理解并不一样。女人在爱情的最初因为投射太多的想象，所以会觉得美好得多，也撕裂得多。想象所带来的是一种暗香，这种暗香会持续整个感情周期，所以也容易在现实中失望。而男人就不一样了，很少或者说是几乎没有男人会陷入爱的幻想里。男人对爱情要“一针一线”得多。男人只会在现实的接触中得到惊喜，或笃定或戚戚。所以，大多数异地恋，女人靠这种暗香就能熬得住，但男人却不一定能熬过去。

我也看遍了“异地八年不离不弃，却敌不过他酒醉时递过去的一碗热汤”诸如此类的故事。

但为什么XXL先生和他的大波浪前女友异国恋情形刚好相反呢？

也许爱情本就没有什么道理吧。

楚良歌发微信给我，约我在健身房见面。

在我和楚良歌居住地的中间，正好有一家商场。春天的时候，楚良歌拉着我一起办了健身卡，但是我们去的次数屈指可数。基本就是办卡前踌躇满志，办卡时激情万丈，办卡后三天打鱼，最后……始乱终弃。

我到健身房的时候，楚良歌已经在大厅里等我了。像以前一样，大概三个男人围着她，两个健身教练和一个销售，他们通通被她的妙语连珠逗得哈哈笑。楚良歌就是有这样的本事，就算她不续卡也不买课，也依然有被围住的魅力。不管什么时候，她都好像一头美丽的小鹿，拥有着整片的森林。

我们一起上了楼，我问她：“你怎么不去陪男朋友？”

“你觉得我现在为什么没有在家赶差不多快要积压了五万字的稿件而要出来健身？因为我要在运动中找到身体和灵魂的平衡。我要在跑步中找到某种兴奋点，然后获得多巴胺。为什么我要获得多巴胺？因为我现在不爽！”楚良歌有点儿气势汹汹地说。

“分手了？”我小心翼翼地问。

她撇撇嘴：“我们似乎在很多地方都没办法达到统一。比如我不喜欢吃月饼，他非要让我吃这样的小事。但他又很帅，我舍不得现在就始乱终弃。所以，我就一直在忍，今天上午终于忍不住了，让他滚了。”

“他就滚了？”

"没有。"她烦躁地把马尾辫拉紧，学得惟妙惟肖，"他说你想得美，我就不滚。"

我要笑死了。

"那到底是什么事儿让你终于忍不住了？"

"他看了我的小说，并嘲笑了其中的情节。"

"啊。"这是不能忍了，没有哪个作者能接受另一半会这样吧。

我同情地拍拍楚良歌："淡定，淡定。"

健身房非常大，环境不错，绿植满目，装修也很有格调，最好的是，二十几台跑步机放在那，每一台之间却有着相当的距离。这让人没什么压迫感。

自由训练区有一个女孩在练拳击，器械区有几个男生。其中一个男生的背影，让我驻足。

楚良歌也停了下来望着那个背影说："哎哟，不错哦。我们来猜猜他是双眼皮还是单眼皮。我猜双眼皮，我赢了，你就要请我吃饭，你赢了，我来请。"

她就是这么混不吝。

"不赌。"我说。

可她已经喊起来了："喂，那位做卧推的帅哥。"

刚刚坐起来的那个背影扭过头来，是XXL先生无疑。他一脸诧异的样子，看上去有点儿萌。我忍不住笑了。

他也笑了笑。

"我赢了。"我一边对楚良歌说，一边走向跑步机。

"嘁，狗屎运。"她不屑地翻了个白眼。

踏上了跑步机，她又说："我觉得刚才那人长得像孔侑。"

"哪里像。"我说，"孔侑的眼睛有他的好看吗？"

"气质像。"楚良歌瞪着我，"喂，你为什么要替他说话？"

我哑口无言了，埋头苦跑起来。

奔跑意味着什么呢？《阿甘正传》里说，奔跑的过程才是人生的意义。把过去跑过去，才能迎接明天。

我跑着，胡思乱想着。过去是可以跑过去的吗？跑完了过去的明天一定就是自己想要的明天吗？他练完了吗？回去了吗？我没有回头，我不敢回头。

不知道时间过去了多久，我才从跑步机上跳下来，手机正好响了，是那座雪山发来的微信：“不打扰你锻炼了，我先走了。”

我坐在跑步机上，又开始笑。

楚良歌气喘吁吁地问：“你怎么笑得跟个二傻子似的。”

“多巴胺来了。”我说。

等楚良歌跑到多巴胺也来了，我们才一起洗了澡去吃饭。

正是下午，我们找了家一直营业的火锅店。土豪闺密点了一桌子的菜，我们慢慢地吃着、吐槽着。小郝带给我的伤害似乎被楚良歌的毒舌给治愈了。陪你一起骂人的朋友，对你也有不讲道理的偏爱。而有时，偏爱才是爱。

吐槽完之后，我就好想聊XXL先生，好想把那些在我心里反刍过一遍又一遍的片段也分享给楚良歌。

“人为什么过了三十岁之后新陈代谢率会下降呢？为什么呢？”楚良歌一边大口吃肉一边说，“遥想老夫当年，穿XS哦。肚子平平的，一点赘肉都没有。”

“别遥想了，遥想多心酸。”我涮着毛肚，发现自己竟然毫无食欲。

“你真的恋爱了吧？”毒舌闺密突然间问。

“啊？”

藏不住的只有咳嗽，贫穷还有爱。于是我说了前几日的心动。

“不错啊，感觉有戏。”楚良歌啧啧啧了一番。

“希望吧。”我扬扬眉毛。

“你有没有看过侯孝贤的《最好的时光》？”

“看过啊。”我点点头。

“那你记不记得里面有句台词，‘你知道你们一定会上床,但你不知道什么时候会上床,这就是最美好的时光’？”

“好像是有这句。”

“你现在，就处在最好的时光。”楚良歌捧着筷子眼睛里冒星星，“姐妹好羡慕。”

我也忍不住神往了下“最好的时光”之后的事儿。

“可是也许我们只能做朋友。”我假装不在乎地夹了一筷子毛肚。

“男女之间哪有朋友？”楚良歌给了我一个白眼，撇撇嘴。在她的认知里，成年男人于她来说，只分两类：恋人和陌生人。

“英伟和韩一川不就是纯洁的男女关系？”我说，“还有，我和邹明宇。”

“英伟和韩一川？人家娃都四岁了好吧。你和邹明宇？”楚良歌想了想下结论，“有一天你会恍然大悟，你们才不是什么纯洁的男女关系。”

我正想反驳她，手机响了，是汽修厂打来的电话，说我的“鸭宝宝”修好了，要我找时间去取。我问楚良歌要不要和我一起，她毫不犹豫地拒绝了我：“坐你的车，是对我自己的生命不负责任。”

“那你还是回去对你的白白嫩嫩负责任吧。”我补完了口红，挥手和她说了再见。

4

地铁里人很多。我选择在最后面的那节车厢上了车，找到一个拉环站定，心里说不出是什么情绪。

我最近越是在人群中，就越感觉到自己不过是芸芸众生中最平凡的一个。二十几岁的时候，我觉得自己会成为Miss somebody（大人物），可现在已经接受了自己是平庸的Miss nobody（小人物）。

我接受自己是一个失败者，也接受自己可以不被爱。

Miss nobody此刻正百无聊赖地望着地铁里目力所及的鞋子：一双运动鞋、一双平跟鞋、一双坡跟鞋、一双商务皮鞋、一双拖鞋……那些鞋子，像什么呢？车到站了，它们开始动，就像一只只低飞的鸽子，在迈出车厢的那一刻，它们要飞向哪里？是去得到还是去失去？

在古巴比伦，鸽子是象征着爱情的吧？

还记得以前看《白日梦想家》，我几乎以为里面的主角就是自己。只不过是换了一下性别罢了。其实我和那个沃特一样，在公司是个没什么存在感的Mr.nobody，在琐碎的生活中，是个患得患失的胆小鬼。所谓追求，所谓浪漫，所谓如诗一般的自由，都是脑海里的想象罢了。不，我还不如沃特，沃特是个有强大对手的小人物，可我的对手，说到底就是我自己。

我继续观察着那些在幻想中是鸽子的鞋子。

一双高跟鞋、一双平底鞋、一双小白鞋、一双yeezy。

抬头，四目相对。

Miss nobody的 Mr.somebody——XXL先生穿着白衬衣，神清气爽，英俊非常，抓住了Miss nobody旁边的另一个扶手。

我今天取车，XXL先生也今天取车。我提前一站上了车，他在后一站上了车。我们这不是偶遇，是命中注定。几秒内，我在心里完成了这场偶遇的说明。

“嗨。”我对他笑起来。

“嗨。”他也笑起来。

你知道命中注定还会催生什么神迹吗？就在我们对笑的时候，地铁恰时地动了下，站在我旁边的一个没有拉住手环的女孩，撞向了我，而我不得不撞向了XXL先生，几乎不偏不依地撞到了他的怀里。

我的脸在他的胸口停留了三秒，直到XXL先生捧着我的头，把我挪开，我这才看到一个清晰的口红印儿在他的白衬衣上彰显着这次尴尬的意外。

“我不是故意的。”我着急地伸手去擦，手指碰到他硬硬的胸肌。像是有一股电流，从指尖传到了全身，那个瞬间，我身上的寒毛似乎都竖了起来。我知道我脸红了，并且非常红。

“没事儿没事儿。”XXL先生低头看了看，“还挺好看，像个装饰。”

“回头你给我，我送去干洗店。”

“不用。”他说，“我自己可以洗。”

然后他推推我：“有座位了，你坐。”于是我坐下来，脸红心跳且不知所云地和他扯了几句。但我之前的猜测错了，他的车还没有修好，他是去办别的事儿。

尬聊以及沉默了大概三站后，他先下了车，我才重重地呼出了一口气，像是重新活了过来。

晚上睡前我在厕所上大号。手机响了，是XXL先生发过来一张照片：洗干净的衬衣挂在阳台上。配文：洗好了。

照片上的阳台玻璃，隐隐现出XXL先生只穿着背心短裤的身影。

我望着照片，久久没有回复。我已经把马桶坐穿。

5

早上我起得很早去晨跑，一路忐忑，期待能遇见XXL先生。可是未能如愿。在回家的路上，我想起一个笑话，猴子为什么最怕平行线？因为，没有相交。

此刻，我大概也是猴子。事实上，最近只要不是在家里或者在公司，在这世界上的任何一个公共空间里，我都在期待遇见XXL先生。

我怕没有遇见，我怕没有相交。

那是不是应该创造遇见，创造相交?

晚上回到家，我望着坏了一个多月的厨房灯。

一个人住的这些年，通下水道，修水龙头，换灯泡，组装简易家具这样的小事，我都可以。因为内心很抗拒有陌生的男性进我的家，所以我完全就是把自己当半个男人来用。

但厨房灯是那种吊顶配套的灯，半个男人没办法自己搞定。拨打了电梯里小广告上的维修电话后，我开始收拾。当然，我有经验。我把早就备好的男士拖鞋放在鞋架上，把从公司买过的几件过季男士衣物随便扔在客厅等随处可见的位置，自己穿戴整齐。最后把所有的灯都打开，窗户也打开。

修灯师傅很快就来了，三十多岁，一进门我就闻到了他身上的酒气。

“不好意思，打扰你休息了。”不管怎么样都保持礼貌，也是我的经验。

问清楚了要修什么，他问我有没有梯子，我去阳台拉梯子出来，发现他把大门关上了。

我心里咯噔了一下，默默地把大门又敞开了。

师傅上了梯子，开始下吊顶的板子：“这个有点儿难下啊。来，帮我接一下。”

我接住了。

“你一个人住吧？总是看你一个人，很晚才回来。”师傅开始跟我尬聊。

“不是啊，我有老公啊。”我见招拆招，接住了尬聊。

“哦，老公经常出差吧，没见过他啊。”师傅慢吞吞地又卸下一块吊顶，“你不怕吗？”

“不经常啊。他马上回来。”我硬着头皮继续接。

“那你老公连修个灯都不会啊。这种家常小事，男人应该都会吧。”

“每个人都有自己不擅长的东西吧。”我说，“你知道干冰在密闭空间里遇水会爆炸吗？”

“呵呵。这个倒是不知道。”那师傅检查着，“里面的环形灯棒烧了，你家里有备用的吗？”

“没有。”

“那怎么办？你去买一个回来？”

“那我先不修了，明天买了灯棒回来再说。”我心想，家里只留一个陌生男人而自己去买灯棒可不太好。

“你老公不是马上回来吗？让他带一个。型号是……”那师傅像是下定决心要拆穿我一般，目光毫不掩饰地看向我。

我想了想说：“如果你觉得不耽误你时间的话，我让他带回来。”

几秒钟内，我做出了决定，创造了相交。我发了微信给XXL先生：“在家吗，能不能帮我一个忙？”

只是等他过来的这几分钟，也是很难熬。满身酒气的师傅从梯子上下来了，坐在了我的餐桌前，看着我。我靠在大门口的鞋柜前。

门敞着，窗子开着，手机就握在掌心，我“老公”马上带灯棒过来，鞋柜旁有一截钢管，小钢炮在包里。我心里琢磨着，也不惧怕他的目光。

“你看起来真不像结过婚。结过婚的女人根本不是你这样的。”那师傅就那么一直看着我突然说。

“你为什么要这样说话？”我瞪着他。

“就聊聊天嘛。加个微信呗。”他讪笑着跷起了二郎腿，“下次你再修什么东西，可以直接找我。”

“我没有微信。”

他继续盯着我：“刚才不是给你老公发微信了？加个微信吧，交个朋友。你老公还不回来吗？”

就在我忍无可忍准备抓起那半截水管时，电梯终于响了。

看到XXL先生在十分钟内赶来的那个瞬间，我才心安了，像是找到了救星，找到了仲裁者。我故意当着那位师傅的面把他说过的话，给XXL先生演了一遍。

“我真的没别的意思。”那师傅一脸尴尬地说，“我喝了酒就话多。”

之后他磨磨蹭蹭地去换灯棒，过了好一会儿也没装好，不知道是不是故意的。

“你这不好装啊。”那师傅故作为难。

“你下来。”XXL先生说，“我来装。”

师傅下来了。

XXL先生上去，三下五除二地装好了。

“你既然能干，还找我干吗啊？”那师傅不太高兴。而我十分高兴。我对会修东西的男人，太有好感了。

XXL先生面无表情地用现金把维修费给了他。

等那个师傅走了，我才重重地吐出来一口气。也许他并不会伤害我，只是说几句调戏的话，可还是觉得被欺负了，羞愤感徘徊在胸间久久不散。

“以后有这样的事情，可以随时找我。”XXL先生见状安慰我说，“女孩子一个人住确实可能会遇到这样那样的问题。”

我点点头，所以从来不敢在深夜点外卖，有快递也总是要求放在快递柜。

“怕他报复，就不投诉了。但估计以后他也不敢骚扰你了。”

“谢谢你。”我站起身，“本来想做饭的，现在也没有力气做了，请你吃饭吧。”

“那就一起吃饭。不过你刚才一见到我的样子……”XXL先生笑说，

“就像是被欺负了的小孩儿见到了家长一样。”

“有吗？”我也挤出一个笑。

走在他身边的时候，我的贪念开始膨胀。不再满足于只是一个人想念，只是见面打个招呼，只是需要说“请你帮我一个忙”的关系。我想要被他保护，想要每天一起吃饭，想要他一直走在我的身边。想要，他真的成为我“家长”一样的人。

6

在一家饺子馆坐下等餐，我忍不住想他以前在国外会不会也担心他女朋友会遇见这样的事。

他调着蘸汁问我：“你在想什么？”

“啊？”我立刻坐正，“什么都没有。”

“你好像去了另外一个地方。”

“什么？”我笑，“你是说我在神游吗？”

“上次在地铁上看到你，你好像也去神游了，还挺远。”

我脸红了：“很明显吗？”

“不，不明显。”XXL先生说，“一般人看不出来，只是我喜欢观察别人。”

“你做什么工作的？为什么回国？”

“我之前一直在实验室。”他说。

“之后想做什么？”

“我暂时在家办公。”他解释，“在做一些准备。”

“是因为你前女友回来的吗？”

他笑笑没答，我向他道歉：“对不起，我越界了。”

“你吃蒜汁吗？”他又笑问。

“吃。”我也笑说。

隐隐感觉到我们之间透明的屏障，他锁死了他那边的拉手。我有些心灰意冷，觉得饺子都不好吃了。

“你觉得我养只狗怎么样？”吃完饭回去的路上，我心烦意乱地碎碎念，“养一只超凶的，没人敢怎么我。谁来敲门，都是狗先扑上去开。”

“但是我又经常出差，那狗不是很可怜吗？

“还有狗毛？我怕狗毛。

“我该怎么办啊？”我顾自碎碎念一番后仰天长叹。

“找个男朋友不就好了？”XXL先生在听完我叨叨叨之后，终于回复了我一句。

“男朋友是要找的吗？”

“难道是要等的？”XXL先生瞪大了眼睛。

“要是天上掉下个男朋友就好了。”

他笑。

我停下来，看着他。

“怎么了？”他也看着我。

表白吧，我对自己说，就厚着脸皮问他：你愿不愿意做我的男朋友？怕什么呢？早死早超生。

可还是没能说出口，我只是笑笑说：“我把刚才你付的维修费微信转给你啊。”

“不用给我。”他说。

我转了过去，可他没收。

“那我只好再请你吃饭了。”我说。

“这个可以有。”他同意了。

伤心得睡不着。

对于成年人来说，暗示就够了。

好多可以成为朋友的人，不必说我觉得我们很合，以后常勾搭啊，但就是会在很多个场合，想起对方，很多个无法自我消化的情绪，愿意分享。会求助，会耍赖，会说不能跟另外一些人说的话。

好多无法再交会的朋友，也不必说我不喜欢你了，我们的友谊到此为止，也不必拉黑，也不必删除。他们只是安静地消失了。当然会怅惘地想起来，也会难过。只是，不会去追问为什么。

有过内心最柔软的际会，便是相识一场最好的礼物了。

我对XXL先生的暗示够明显了吗？是的。如果他明白了我的暗示，那他对我的暗示似乎挺明显了吧。

我捏着手机查了“朋友圈仅三天可见的人”，查了“头像是座雪山”，查了“异国恋分手”，查了“怎么追求喜欢的男生”，查了“被劈腿后分手多久可以爱上别人”，甚至还查了“爱上了邻居怎么办”。

但答案都不得我心，都没办法对号入座，都不能让我的相思和不甘缓上一缓。

第九章

活着的妙处

I

出国读MBA的女强人闺密关雅妮给过我好多人生建议：

“不要总是看手机。手机上的都是碎片化信息，毫无用处。要看书，系统性地看才有意义。

“更不能低头看手机，对颈椎不好。

“不要跷二郎腿，对脊柱不好。

“市面上的各种皮肤按摩仪都不要买，因为买了也不会用，并且会伤害皮肤角质层。

“精华一定要用，早晚都要用。

“不要嫌伞重，防晒有多重要你不知道吗？

“想反驳别人的时候就先换位思考。

“在领导发脾气之前，先道歉。

“但不要全部的锅都自己背，别滥发善心。别人不是炮灰，你就是炮灰。

“做个四十分钟的瑜伽比睡四个小时还能解乏。

“要运动，一定要运动。”

不知道你有没有那种朋友，你和她在一起，哪怕一小会儿，也能得到某种生命力量。她会让你觉得，生命中所遇到的一切都有意义。雅妮就是这样的朋友。只是，自从去年她出国去读MBA后，我们就只能微信联系了。

雅妮爱分享她所认同的一切。我的老板王梁源也是。

王总是个爱跑步的中年男子。曾多次，不，每一次在开会的即兴演讲时都会提到跑步。跑步是一项锻炼耐力的运动。在网络电商各种代购的冲击下，我们之所以还能够坚持到现在，公司之所以能走到今天，都是跑步的功劳。跑步的好处多啊，同志们。跑步是我们的良师益友啊。

基本上，有王总的地方就有跑步，他的办公室里一直放着一台跑步机。有脾气要发的时候，有财务问题要解决的时候，有竞争敌手要灭掉的时候，王总办公室里的跑步机就响了起来。

哐哐哐，哐哐哐。

等他从跑步机上下来，大家基本就可以舒一口气了，因为他一定已经说服了自己，想到了解决方案。

两年前，王总半月板损伤严重，不敢再跑之后，他也秉承着要把好东西都要分享给大家的理念，定下了一个规矩：每年的公司创立纪念日，也就是九月二十七日这一天，所有人，都要去跑步，入职几年跑几公里。

刚入职没几年的还好了，跑得那叫一个高兴。因为跑完了就有礼品拿。当然，入职年限不同，得到的奖品也不同。跑得越多，奖品就越大。像我这种入职七年要跑七公里的，还不过是基本想死；公司创办九年，要跑九公里的那些元老们，就太想死了。

当然如果你身体不好，或者怀孕了，也可以不用参加这样盛大的庆祝活动，但你得拿医生证明过来。小郝，她应该可以不参加。

今天一大早在看到办公桌上放着一个大“7”标志的胸牌的那一刻，我几乎就是腿一软。我还记得上次跑六公里的时候，如果不是邹明宇陪跑，我真的挺不过来。

一个企业的企业文化，为什么要清新脱俗到奇葩的地步呢？不过听说七公里的奖品是2222元的红包。这个月荷包吃紧，我决定拼了这条老命也要得到那个一路“2”到家的红包。

我买了三瓶红牛备着。上午在公司开完动员会，大家就雄赳赳气昂昂地坐上了大巴车。

公司在某民办高校租了一个操场，分了组，发了号码牌，行政小姐姐们已经在主席台上摆好了一个个的红包，就等枪声一响，人人都奋力跑向钱。

天气很好，还有点儿热。我一个人坐在看台上等着被叫号。从看台上，我望向四周，看到有骑着自行车追逐的情侣，边走边背单词的戴眼镜少年，喝着奶茶行色匆匆去赶课的女生，还有头发花白夹着课本的老教授。

我想起高中时有一次和楚良歌比赛跑八百米，赢的人要答应对方一个要求。我倒是赢了，只是刚跑完就抱着操场的一棵树吐得眼冒金星。那是一次非常痛苦的记忆。让楚良歌答应的什么，早就忘了。也许是一张《流星花园》的海报，也许是一套《火影忍者》的漫画，也许就是宰了她一顿吃了什么。说到吃，高中门前的那条街，有一家肠粉极好吃。加蛋加火腿加瘦肉，两根油菜，一点点辣椒。那肠粉白白净净……白白净净？XXL先生的衬衣也白白净净……

我还是无时无刻不想起他来，就算他也给了我暗示。我想了解他，在还不了解他的时候。我想知道他的缺点、短板，并笃定自己会因此更喜欢他。我想放低自己、放任自己，想变成他的白衬衣。可我也许只可能是那个口红印，与他不过是不小心撞上的缘分，被他洗了又洗，然后消逝在一片洁白的苍茫之中。

“形单影只了啊？”方若兰站在看台下，戏谑地看着我笑。

“你不也是？”我也不客气。

她走上台阶，坐在我旁边，单刀直入：“你为什么不喜欢我？因为我喜欢过邹明宇吗？”

我一脸问号地看向她。我不喜欢她，是因为小郝不喜欢她，可小郝现在不是也不喜欢我了吗?

于是我笑了笑：“那我现在喜欢你，还来得及吗？”

“还行。”

我们沉默地坐着，当然还没到即使沉默也觉得舒服的关系。等我终于忍受不住尴尬要站起来的时候，她伸开掌心：“要不要吃薄荷糖？”

“吃。”我又坐了下去。

三十岁之后，交朋友真的很难了。每开始一段感情，不管是爱情还是友情，能付出的与投入的都会少那么一些。也算是一种无法解释的自我保护机制。少的那些，是吃过的亏吧。

在我当前的这种境遇下，没有落井下石的人，都算朋友。

2

我是想着XXL先生跑完的全程。在奔跑的枪声响的那一刻，我便开始认真地思考，我和XXL先生之间的关系。我喜欢他，这是毋庸置疑的。三十二岁的中年少女，在单身N年之后，发现自己竟还有一见钟情的能力。这几乎就是神迹。我珍惜这种心跳的感觉。我想了解他，比想了解这个世界上的一切还要想。我也想看到他起床后的样子，他刷牙的样子，他刮胡子用的须后水，衬衣有几件，皮鞋怎么刷，鞋柜里有几双yeezy，篮球打得好不好，喜欢吃什么，不喜欢吃什么，有什么朋友，是谁把他养成了现在这个样子。

跑吧，王等等，我对自己说，享受生命中还可以奔跑的日子。跑吧，王等等，追上可以看得见的美好，因为你不知道你的余生还能不能遇见一个那么让你心动的人。跑吧，王等等，没有人强制你做什么改变，只是，要相信自己可以配得上更好的。跑吧，王等等，跑起来，就有风。跑吧。

冲向终点的那一刻，脸痛、牙痛、胸口也痛的我就地瘫在了草坪上。仰头看了一眼蓝天白云，灿烂的日光让我眯缝着眼，微风闲闲地吹过脸颊。真好，我想我恢复了勇气。

直到下午从地铁上下来的时候，我才觉得腿都快废了。

好歹拖着废掉的双腿挨到自家楼下，我简直要“哇”的一声哭出来。这是什么送命题？电梯停电！

在是爬楼梯还是要命的选择题上，我毫不犹豫地一屁股坐在了楼下的凉亭里。停电通知上说，离电梯恢复电力还有四十分钟。我宁愿等四十分钟也不愿爬那几层楼梯。

凉亭里有两个蹒跚学步的小孩，似乎对满身汗臭的我分外感兴趣，不断地来撩。一个小姑娘，一个小小子，都粉妆玉琢的，手臂像藕段一样白白胖胖的。这个摸摸我的腿，那个拽拽我的手。

被小家伙牵住手的感觉，让我的心在瞬间变得柔软。莫名其妙地，我真是羡慕极了那个体重看上去有一百六十斤的孩子的妈妈。我似乎是第一次被唤醒了母性，也第一次明确发现自己竟然如此渴望有一个孩子，我握住那只小手，舍不得松开。

扎着辫子的小姑娘，张着刚长了六颗小牙的嘴巴，呀呀呀地说着什么。是太空语吗？还是天籁？

我握着孩子的手不知道多久，直到孩子的母亲警觉起来，把孩子抱走。我确实像个怪阿姨啊。就算不能结婚，有一个孩子也是好的。可是有生之年，我会和谁有这么一个孩子呢？

“你又在神游吗？”XXL先生提着东西，站在离我两米的地方，好笑地看着我。

我捂着脸笑：“又被你发现了。”

他坐在我旁边：“你是我回国后见过的唯一一个，没有随时随地都捧着手机的人。”

“我有一个想象中的空间。”我胡诌说，“我只是回到了我自己的空间里。”

“是吗？什么样的空间？是QQ空间吗？”

“不是啊。”我笑，继续胡诌，“有些乱，但又很茂盛。有一个搭建得很高的草棚，坐在上面可以看很远。”

“什么茂盛？”

“是一片苹果园，果树很茂盛。小时候跟我奶奶住，奶奶家门前就是果园。爷爷在果园里搭建了一个高脚树屋，用来看园子，以防有人盗走苹果。”

“哇，好奇妙。”他坐在我身边赞叹了一声，似乎也陷入了想象。我看着他的侧脸：棱角分明，嘴唇抿住，皮肤黑一些，几乎没有毛孔，眼角稍有痕迹。

直到他睁开眼睛，我才移开了目光。

“你刚才也去那儿神游了吗？”我问。

“去了你的空间看了看。”他笑。

“哈哈哈。”我笑，“好看吗？”

“很好看。”他认真地点了点头。

“一起吃饭吧？”他提出邀请。

“好。”

“吃什么？”

我想起了我妈给我的那些农家乐产品，几乎在冰箱里还没有动过。

“去我家吧。”我说，“我做饭吃。”

就算我腿痛，但还是和他一起爬了楼梯。

我没有让XXL先生进我的厨房，因为我需要在一个人的忙碌中，安静地把刚才所发生的片段一一回顾，然后把那些片段全部塞进我的空间里去。

为了让他不那么无聊，我打开了电视。他选了台，中央一套《新闻联播》刚刚开始。

在新闻联播的背景音中，我一边切菜一边觉得奇妙。若是之前，根本无法想象会邀请只认识一个月的人来我家里吃我做的饭。可是这世间又有多少美好，是掐好了时间发生的呢?

我甚至忘记了腿疼，只有在餐桌前坐下的时候，悄悄地“哎哟”了一声。

吃饭的时候，为了展现主人的好客之风，我有些话痨了。

“你的车子取回来了吧?

“地下车库应该还有位置，要不要去物业租一个，放在外面的话，再遇见我这么瞎的女司机怎么办？”

“当然，是一件小事，但……”我住嘴了，另一个女司机也看上你怎么办?

“你和风尘，哦，不，轻尘有联系吗?

“这个菜是闻起来有点儿臭臭的味道，但吃起来却很香的。

“对吧，是不是很香?

“等等的名字呢，就是我妈瞎取的。我好像比预产期晚了十天。所以我的英文名被迫叫了Waiting。你的英文名字呢?

“Henry？我猜就是这个。

“对啊，我出生时八斤四两。超级胖墩儿。我妈说我差点儿要了她的命。

“嗯。我有一个弟弟，已经结婚了。我妈在帮他们看孩子。

“也急啊。我都不太敢回家，一回家就是这个事儿，一放假就安排相亲。

“相亲啊，我并没有怎么去过。你相亲过吗?

“哦，对不起，你刚刚分手。

“喝点儿红酒吗？我朋友做红酒代理的，我经常去他家买，很划算，味道也不错，不酸。

“是吧，挺好喝吧。”

我们把饭菜吃得干干净净。

放下筷子的那一刻，XXL先生说：“我帮你刷碗吧。”

我解开围裙递给他：“穿围裙吗？”

“穿吧。”但他显然不大会穿。我只好以惊人的力量站起来，手舞足蹈地告诉他：“这样，应该这样。”

可他还是不会，我只好又以惊人的力量走过去，帮他把围裙从脖子里套进去：“伸手臂。左手，右手。”

是在帮他系带子的时候，我家的门开了。

不知道是不是吃饭的时候我念叨了太多句我妈，她老人家听见了我的呼唤，总之XXL先生张开手臂让我系带的时候，我妈正提着行李站在门外：“你这指纹锁不太好用啊……我都……”话说到一半，周围已经突然安静。

3

“妈，您怎么来了？”十秒钟后，我才打破了这种安静。

我妈显然还没有摸清楚状况，站在门口的一只脚竟然又退了出去。

我只好扭过身来想朝她走，要知道我的腿大致已废，一个没站稳，便朝着XXL先生扑了过去。

我与XXL先生人生的第一次扑倒，就这样发生了。

倒下的那个瞬间，我还看到我妈捂住了脸，似乎这画面很辣眼睛。

XXL先生把我扶起来，对我妈鞠了个躬：“伯母，你好。”一般情况下，我们这儿喊老太太都喊“阿姨”，所以他喊这一声“伯母”，让我几乎笑场。

我妈总算卸下了心理包袱，一言不发地走进来，把东西往地上一扔，坐在了沙发上。

脸色不对，气压高升，应该是濒临爆发。我只好小声对XXL先生说：

“你先走。”

XXL先生竟然又跟我妈鞠了个躬：“那个，伯母，我就先回去了。您好好休息。”

送XXL先生出了门，再回身，我就看到我妈已经在收拾餐桌上的杯盘，准备拿到厨房去洗了。

“怎么这个时候来了？”我问，“怎么来的？”

“开你爸的车。”我妈是一个会开手动挡的老太太。

“吃饭了吗？”

“你围裙呢？还有吗？”

我这才想起XXL先生穿走了我的草莓兔围裙，而我有且只有那一条围裙。

“没了。”我说，“我来刷吧。”

“这人是谁啊？”

“刚认识的一个邻居。”

我妈回头看我，一个虎妈，虎视眈眈：“邻居，刚认识，请人家回家吃饭？”

我哽住了，挤出一个尴尬的微笑。

“他做什么的？”

“还不太清楚，说之前在实验室。”

“年纪看上去也不大。”

“比我小三岁。”

“你搞什么东西？”我妈啪的一声把杯盘放进水池里。

“那是我上次去日本背回来的盘子！”我简直心碎了。

“一个女孩子。”我妈点着我的鼻子开始了，“就算谈恋爱到三个月了，也不一定好带回家的。你倒好，刚认识的邻居……你怎么想的？”

“我喜欢他。”我竟然脱口而出了，压抑的情感终于毫无保留且毫无压力地被说出来。

“那他喜欢你吗？他会和你结婚吗？”我妈毫不留情地戳穿，“你就不能好好找个靠谱的吗？”

“您怎么知道他不靠谱啊。”

“连做什么的都不知道，还比你小三岁，他还长得那样，你自己想想看！”

我没说话了，干脆地拉起一把椅子坐下来。三十二年了，和我妈斗智斗勇，说不过的时候，我就不说。不想说的时候，我也不说。她现在明显情绪不对，就是把愤懑发泄到我身上。我就坐在那看着她。她也不理我，唰唰唰地刷起碗来了。

等她刷完了，我才问：“怎么了，和萧潇吵架了？”

萧潇是我弟妹的名字。谁能想到如此一个琼瑶女郎的名字，会有那样一个市井的灵魂呢？

果然点着了我妈的倾诉欲：“孩子穿多了怨我，穿少了怨我，吃肉怨我，吃素也怨我。我是伺候不了了，她在家连个碗我都没让她刷过，每个月退休金还都贴补过去。孩子从床上摔下来，我愿意啊？！不是她说的晚上想吃包子？我趁着孩子午睡一会儿，赶紧发面调馅儿。就半个小时没在床边看着，谁知道她会回来？我一进卧室，就看见她抱着孩子揉着头，一阵大吼大叫。孩子摔着了我不心疼吗？你爸和你弟弟都是个和稀泥的。我心酸。我辛辛苦苦地付出那么多，怎么就没有一个人为我着想呢？难道我不累吗？他们都上班，我是不上班，但我也有退休金啊。全家老小一日三餐，还有孩子。我不累吗？”

我扶着椅子站了起来，过去抱我妈：“那您就在这住几天，好好休息休息。让他们瞅瞅，咱们家少了你还行不行。”

我妈刷好了碗，也坐下来：“反正你也不是个省心的。儿女儿女，都是来讨债的。我就是上辈子欠你们的。”

“下辈子您做我女儿，我还债。”我没皮没脸地哄着。

"我还能指望你们谁呢？"我妈说，"你就是一天到晚混不吝，从来不听话。上大学自己做主，工作也是自己做主。什么事儿都不和家里商量，就说买这个房子，你都不说，买完了才讲。到现在，人家的孩子都幼儿园毕业了，你还孤家寡人一个！"

"说不定别人家的父母还夸我呢，人家等等啊，啥都不让父母操心。上学、工作、买房子人家就一个人办成的。"

"是，是。"我妈摔掉了抹布，"你这是在埋怨我不给你操心了？那你不听话，我怎么给你操心啊？"

"妈，我都三十二岁了，还要怎么听话？"我捂住脸，又到了我说什么都是错的时候了。

"你知道孝顺是什么意思吗？顺才是第一位。要什么都顺着父母的。"我妈看我也要发飙，声音缓下来了。

"行。我顺着您，您说什么就是什么。"此刻，我是溃败的。溃败的我，艰难地站起来。

"你腿怎么了？"我妈终于发现了我的废腿。

"好疼的。"我借机撒娇，"上了一天班，跑了七公里，还被你吓得摔了一跤。"

我妈瞪起了眼："什么被我吓得，你是做贼心虚吧？"

我……又被哽住了。

4

晚上睡前，我收到XXL先生的微信："围裙怎么办？"

"先放着吧。"我说，又跟他道歉，"对不起。我今天跑了七公里，腿疼，不然也不会害你摔倒。"

"没关系。"他说，"理解万岁。"

放下手机，我转身搂住了我妈背靠着我的胖胖的身体。

第二天醒来的时候，我就被厨房里飘来的香味包裹了。

只是，腿更疼了。我扶着墙，走到餐桌前。餐桌上已经被我妈摆好了满汉全席，砂锅里竟然还炖着鸡汤。

“妈，大早上的您炖鸡汤啊。”

“炖完了我就回去。”我妈说，“我不在家，不知道我孙女能不能吃上饭。”

我满意地抓起一个包子啃了起来。

狼吞虎咽了一番，我又一瘸一拐地去洗漱，化妆，换好衣服。

“那我先去上班了啊。”我还是瘸着腿去了厨房，抱了下我妈，“开心点儿啊。”

昨天拼命跑才得到的那个2222的红包我把它悄悄地塞进了我妈的包里，等她发现的时候，估计已经到家了。让她给小侄女买点儿衣服玩具吧，毕竟，孙女和儿媳妇都是一样爱的，而爱的方式，买东西最直接了。

在楼下的紫藤花架前，我又遇见了XXL先生。他坐在那里喊我：“上班吗？”

“嗯。早。”

“腿疼得厉害吗？”

“还行。”

“我送你吧。”

“好。”

直到我坐上他车子副驾驶座的那一刻，我还在想，他在干吗？从昨天到今天，他在干吗？

“又想什么呢？”XXL先生问我。

“啊？”我不好意思地看着他，“你今天是在等我吗？”

“你才发现啊？”他大笑，“不过你是不是缺乏锻炼啊。”

我就知道一个每天晨跑的人心中会鄙夷我跑的那点公里数：“那你

每天跑多少？”

“也就十七公里吧。”

我沉默了。

“下班我来接你。”他又说。

我震惊地扭头看他，他是在撩我了吗？还是他的反射弧太长，终于感受到我的暗示了呢？

“怎么了？”

“好！”我美不滋儿地答应了。

一整天，我的心都在怦怦跳。心跳的感觉，带一点儿微痛，带一点儿麻痒，带一点儿呼吸不那么顺畅的压迫感。好美。

“你怎么一脸发春的样子？”坐在茶水间，喝一杯咖啡用了十五分钟的我，被不知何时进来的方若兰怼了。

“你好歹也是靠文字吃饭的，怎么用词这么粗俗？”我回怼过去。

“粗俗吗？这叫直白，一针见血。”方若兰说完，还想说什么，但小郝进来了。方若兰哼了一声，大概也是腿疼，很蹒跚地走了。

小郝曾说，她们一起做管培生的时候，自己没少被她欺负。

“讨厌她那种惺惺作态的样子，说话时语调都比别人高一个八度。”

“还以为自己是谁？人家邹明宇看得上她吗？”

“就她那破文案，我用脚指头都能写得出来。”

这是小郝说过的话。此刻，我知道她为什么讨厌方若兰了。因为方若兰从一开始就轻视她，并且从不因为她职级是否比自己高而放弃这种轻视。

小郝没看我，也没跟我打招呼。

下班前发现要加班，于是我发微信给XXL先生说：“抱歉啊，要晚一个小时，不用来接，我自己回去。”

XXL先生回复了一个“好的”。我只是客气一下，谁让你当真啊。我欲哭无泪了。

忙完了，我在楼上叫好车才下了楼。

刚出大厦的门，就看见叫好的车在等着我了，于是我尽量地挪动着我的废腿，朝车子赶去。正打开车门，一只手就在身后啪地把车门给关上了。

我气得扭头，结果人没看见，一束花就在我脸前出现了，六朵向日葵配百合。再抬头，就看见XXL先生笑笑的眼睛。

女人无论如何，都还是会被一束花打动的。

我毫不夸张地“啊”了一声，然后笑成了傻子。

“你怎么又来了？”

“你发微信的时候，我已经在附近了。”

网约车师傅在车里摁了两下喇叭以示不满，XXL先生打开车门说：“对不住了，您先走吧。我抢单了。”

我又弯腰笑成了傻子。

抱着花坐在了XXL先生的车上，我就是忍不住想笑。这种雀跃的心情，大概就是惊喜的感觉。**怎么形容惊喜的感觉呢，大概就是，你茫然四顾，在原本空荡荡的天空，突然飞起了鸽子，或者绽放了烟花。然后你才发现，原来你在悄悄地期待着鸽子，或者期待着烟花。你隐藏起来的自己也没发现的期待就这样得以实现，于是你会持久地感动于活着的妙处。**

“这么开心的吗？”XXL先生问我。

“嗯，很开心，谢谢你送花给我。我觉得……”

“嗯？”

“认识你真好。”我盯着他认真地说。

“我也是。”XXL先生也说。

心里折腾了一阵儿，我终于忍不住问他："那个，我妈炖了鸡汤，你晚上还要不要去我家吃饭？"

XXL先生"啊"了一声。

"不是，不是。"我连忙解释，"不是我妈想见你，是早上炖的，现在她已经回去了。我妈做饭老是做得多，我一个人吃不完。"

"那好的啊，正愁晚饭怎么解决呢。"

可是他并没有去我家吃饭。中途他接了一个电话，就把我放在小区门口，又驾车而去。

我独自一人喝着鸡汤，想着他接到电话时的样子。因为他的手机连接了车内蓝牙，所以我听到了一个女孩的声音。

大概就是那天与我撞上，并送我一件衣服的仙女本仙吧。

仙女在电话里喊："后初，我来不及解释了，你快来，快来救我！"

他尴尬地看了我一眼，说："好，马上。"

电话挂断后的半程比较尴尬，他道歉，我说，没事，你去忙。

可他还是坚持把我送到了小区。

一个对我说你真认真，看过我哭，彼此相救过，想进入我的空间看看，吃过我做的饭，被我扑倒在地，喊我妈"伯母"，又送了我花的人，我不能不去想象那些片段意味着我们之间到底有过什么。虽然他说他单身，可是一个女孩的电话，就从我身边叫走了他。他几乎连考虑都没有，就走了。

所以，那些我们之间的片段并不意味着什么。或许，只是对他来说，并不意味着什么。

感情真的是一件玄妙的事情啊。

鸡汤好淡，要再加点儿盐。

第十章

冬天去哪里看桃花开

I

之后又是国庆了。大促七天，每天都在各个卖场奔波，我觉得腿都跑细了。

最后一天，我在卖场遇见了购物归来提了三个纸袋的邹明宇。

“你买那么多衣服？”我问他。

“你怎么瘦了？”他问我。

“真的吗？”我最近为伊消得人憔悴，完全没有发现竟然达成了减肥大计。

“心情不好？太忙？”他又问。

我还没回答，店长和导购看到他也都围了过来。这家店长和导购，都是老人儿了，还是他当年招来的，感情很深。于是大家又约好了，忙完一起吃夜宵。

忙到商场关门，我们才去了以前常去的一家烧烤店。

只有邹明宇一个男的，女士们都喊他妇联主任。

“邹主任走一个。”

“邹主任，上次给你介绍的我堂妹你怎么没下文了？”

“邹主任，你要是跳到别人家品牌，我可还跟着你。”

“嗯嗯，我也跟。”

大家都表白完了，然后看向我。

“我也跟。”我说。

很热闹，也很高兴。但心里大抵还是不爽的，不知不觉地我喝了三瓶啤酒，摇摇晃晃去上厕所，回来买单，发现邹主任已经买过了。

我回到座位上的时候，一个长相清丽的导购大概是喝多了，正靠在邹明宇的肩上，说着天花乱坠的话。邹明宇就由她靠着。这种场合，他总是一改在职场上的中规中矩，而铁了心要和大家打成一片。大家都很放得开。

等人走得差不多了，我也醉得差不多了。

我抱着一棵树，送走了那位依依不舍的清丽导购，然后扭头对邹明宇笑了。

“你怎么回事？”他皱着眉头问。

“我就是我，是颜色不一样的烟火。”我竟然唱了出来。

“你抱着树干什么呢？”

“天空海阔，要做最坚强的泡沫。”

邹明宇无语地看着我。

“我抱着树，是因为我站不直了。”我只好照实说。

他扬手打了辆车，把我送到车上，大概不放心，也坐了进来。

我靠着窗，看着窗外的霓虹灯，不想说话。一个字也不想说。

他也没说，甚至呼吸都轻得听不见。

下车的时候，他终于语重心长了：“心情不好，要想办法排解，不要一个人窝着。”

“我心情好得很。”

“那就别让我担心。”他说，“你到底怎么了？”

“我想谈恋爱。”我笑嘻嘻地说。

他没说话，大概说也就是：“抱歉，这个我帮不了你。”

我摆摆手：“回去吧，我走了。”

“你行吗？我送你进去吧？”

“行！”我又摆摆手，“不让你送！”

“那到家了给我打电话。”他坐上车。我也往里走，脑内正在播放张国荣的那首《我》。

“让蔷薇开出一种结果，孤独的沙漠里，一样盛放的赤裸裸。”我轻声哼唱着，摇摇晃晃，看到二十四小时超市店外面的那台游戏机前正坐着一个人。

走过去了，我又回头看，然后非常兴奋地大声喊：“张后初！”

那次他没有喝我的鸡汤，去救了仙女后，我一直都没有再见到他。我甚至以为，我们之间已经断了缘分而完全结束了。我甚至在没有恋爱的时候，就体验了失恋的苦涩。

好几天没有联系了，他一直在救她吗？他是她的英雄吗？

那我是谁呢？他是我的谁呢？

可是再看到他，我竟然还是很开心。也许是酒精在作祟，所以我的假面被撕下来了。我毫无羞耻地喊他的名字，一遍、两遍、三遍。

2

半夜我头痛欲裂地醒来，去上了厕所，顺便把妆卸了，又回到床上，辗转反侧了一会儿，本来混沌的大脑，才被一个霹雳打下，闪电般地闪过一些片段，整个人一下就激灵了。

我似乎说了很多话，什么爱啊，恨啊，不甘啊，无奈啊，什么路漫漫其修远兮，吾将孤独至终老。在那一刻，所有压抑的情绪都开始爆发，只剩那种世界舍我其谁的快意了。

似乎那个吻是在家门口发生的。

自然是缠绵悱恻的，也是快意的，也是猛得生出“活着真好啊”的一个吻。

还有那个吻后的深深的拥抱，被裹在那个人的胸前，只觉得又暖又好闻。倒不是什么荷尔蒙的味道，而是一种干净的甚至带点儿游离和萧索的味道。还有那个人的声音，不记得音色了，我却记得他说的话：“你不会孤独终老的，你会很幸福很幸福，我看着呢。”

然后就是他离开的背影。

再然后就是我开门、关门。某种特别难以名状的情绪，在门关上的那个瞬间一下子就变得汹涌，特别悲伤，于是我就哭了一场。哭啥呢？不知道。哭得肝肠寸断，似乎极累，又似乎极爽，我就那么睡了过去。

因为想不起那个人的面容，我睁着眼睛到了天亮。

是XXL先生吗？

是吗？

不是吗？

3

休假。

快要躺死在了床上，胃里火烧火燎，再喝那么多我就是狗。我再次发誓。

“躺什么躺，出来嗨。”楚良歌在视频里呼我。

“嗨什么？有什么好嗨的吗？”

“姐妹我，哈哈哈，分手了！”

这才几天？还好，没有打破上次恋爱一天半就分手的记录。

“我带你去参加一个聚会。”视频里，她一边贴假睫毛一边对着手机喊。

“不去。”我懒懒地说。

“有帅哥哦。”

“有男神也不去哦。”

“你，就是烂泥糊不上墙。还嫁给八块腹肌呢，我看只有八块肥肉等着你。”

“我累死了。不能让我歇二十四个小时吗？”我把手机扣在床上。可楚良歌的声音还是传了过来：“你给我起来！否则我立刻去抓你。记得穿我上次给你带的衣服啊，今天咱们姐妹要压场子。”

我蒙上了头。

聚会的场所倒是布置得很高大上，有冷餐，有红酒，有进口的水果。也不知道这是什么性质的聚会，倒确实都是单身男女，竟然还见到了两个认识的人。一个是轻尘，一个竟然是小郝曾经给我拉过纤的胡乐飞。

轻尘和我打了个轻飘飘的招呼，就跑去和人聊天了。而楚良歌，从进门开始，她就没在我旁边待过。

胡乐飞拿了一杯酒过来递给我。我没接：“抱歉，昨天喝多了。”

“你看上去脸色确实不好。”胡乐飞把酒放回了餐盘。

亏我化妆用的粉底超贵。我气得悄悄翻了个白眼。

“我现在回来了。”他又说，“有时间约你出来坐坐？”

“哦。你回来和我有什么关系？”对这个和小郝一起摆了我一道的人，我实在无心交谈。

“那次分开后，我经常会想起你。”他真不要脸。

“想看看我怎么被你和郝丽一起涮的吗？”我没好气。

“我真不知道郝丽要做什么。”他好脾气地解释，“如果真的伤害了你，也是我的无心之失。”

“你不可能不知道。”

“好，就算我知道。我欠她钱，没办法。可是和你在一起的时候，我真的有一点心动了。”

“去你的。”我说。

“什么？”他似乎没听清楚。

“我说，去你的！听清楚了吗？”我大声起来。

“你失控了。”他笑得尴尬，从我身边走开。

人人都投来探究八卦的目光，楚良歌也不知从哪里冒出来了，只问了我两个字：“是他？”

我点点头。

只见我姐妹儿，袅袅娜娜地走到胡乐飞旁边，先是笑容妩媚地一边说“哎哟，帽子不错哦”，一边脱下了她八厘米的高跟鞋。她第一下打飞了那顶雅痞的帽子，第二下又把鞋底子呼向了他没有帽子遮挡扁平难看的后脑勺。

被保安请出来的我和楚良歌，穿着压场子的衣服，高跟鞋随意甩在一边，光着脚，坐在会所外面的台阶上，笑成了疯子。

4

“酒醒了吗？”就是在笑得肚子痛的时候，我收到了XXL先生的微信。

我的表情立刻肃穆了，捏着手机不知道怎么回。

接着他竟然发来一段我骂胡乐飞的视频。

“轻尘发给你的吗？”我已经猜到了是她。

“嗯。”他回，“在哪儿，需要我去帮忙吗？”

我又捏着手机不知道怎么回。楚良歌一把抢走了我的手机，光着脚跑了老远。我懒得追，就坐在那里看她。谁知她竟然啪啪啪地打起了字。

这下我急了，只好跳起来去追她。她一边躲，一边念，手指继续翻飞：“快来哦，宝贝，我等着你。你不来，我不老。”

我简直要背过气去。

手机要回来后，我才发现她不仅共享了定位，还打了那么多字。果然是文字工作者的手速。

“嗯。人家被欺负了，你不来可怎么办？

“我在这里等着你来，等着你来，看那桃花开。

“快来哦，宝贝，我等着你。你不来，我不老。”

而XXL先生只有一句回复：“马上到。”

“生气了吗？”重新坐下后，楚良歌拉拉我的裙摆。

“我哪敢生你的气。”我撇撇嘴。

“哎哟，说话阴阳怪气了哦。”楚良歌毫不顾忌，“你知道你最大的问题是什么吗？”

“知道。不如你美，也不如你浪。”我继续撇撇嘴。

“不。”她抱抱我，“亲爱的，虽然你是不如我美，但你最大的问题，是你太在乎自己在别人眼中的样子了。所以你总是不敢，总是忍着，总是假装云淡风轻。”

“是吗？”我低声叹气。

“可是，我觉得……”楚良歌扳过我的肩膀，看着我的眼睛，**“我觉得勇敢地努力地，毫不掩饰渴望和欲望地，踮着脚去追逐的那种姿态更美。哪怕一生只有一次，也一定要有一次那样的姿态。否则，等我们老了，会后悔，为什么没有拼尽全力过。”**

我望着她，她是对的。

我不记得我有过这种毫不掩饰渴望和欲望的时刻，我似乎对一切我都不够勇敢，也缺乏努力。我勤勤恳恳，但混迹在众多平凡的面孔中。我太习惯自己泯于众人，也从来不曾想站在任何一个舞台的中央。我从来没有近乎绝望地爱过，争取过。

我望着楚良歌，她把耳环摘下来给我戴上，又从包里摸出口红帮我补妆，然后起身，捡起她的高跟鞋，径自走下台阶。走到最后一阶，她又回头看我：“王等等，这次是你的主场咯。”

“好。”我点点头。

三秒钟后，她已经打起了电话：“嗨，晚上一起吃饭啊。我，我就在××广场，你现在来嘛……”

夕阳真美，半边天都被染红。

心里很安静，甚至是没有什么期待的那种安静。

十分钟后，XXL先生站在台阶下朝我喊：“去哪儿看桃花开？”

我捂脸笑起来了。

5

坐上了XXL先生的车，对于昨晚发生的似是而非的一切，我想问他，可又不想问。

太美好了，我甚至不想去追求真相。

“去哪儿呢？”车子在街上转悠了几圈，他才问。

“有个地方可以看桃花。”我说。

是以前大学旁边的一个小植物园。因为年代久远，去的人少，现在连门票都不收了，二十四小时都开放。那里的植物很少，也寻常。大学的时候，说是有一个桃花节，我、楚良歌、吴英伟和关雅妮一起去了。但去了才发现，只有两株桃花是真的，其他的几十棵树上的桃花都是布艺的假花。

不过那天有很愉快的记忆。我们一人靠着一棵假桃花树，拍了游客照。之后又合影，又一起躺在快秃了的草坪上，畅想了未来。

“我要谈恋爱，一辈子恋爱。”楚良歌说。

“我要儿女双全，做家庭主妇。”吴英伟说。

“我要事业有成，赚很多很多钱，做有话语权的人。”关雅妮说。

“王等等，你怎么不说？”

“我？”我枕着手臂看天，“我没想好。我妈说，我就是那种双脚踩着西瓜皮，滑到哪儿是哪儿的人。”

站在一棵连假桃花都快秃了的树下，我回忆着过去。好久没有雅妮的消息了。三十岁生日过后，她收到了某常青藤大学MBA的录取通知书，一去就是两年。

而立之年，除了我，大家都过上了向往的生活。

“你又去你的空间了吗？”XXL先生问我。

“你不觉得岁月是靠回忆拼凑的吗？”我怎么说话这么文绉绉，太不接地气了。

“是，也不是。”

“怎么讲？”

“时间其实和我们无关。有人类或者没人类，时间一直在那。时间只是毫无感情也无目的更无情绪地流过去。时间不会老，老的是我们。但从另一个层面上讲，时间甚至没有流过，流过的是我们。”XXL先生说话也文绉绉了，“我们在某段时间里做了什么，得到了或者失去了什么，才是时间的意义。”

“那你有过那些很有意义的时间吗？”我问。

“当然。”

“比如？”

“比如现在。”

我又低头笑起来。不说那些思念所带来的苦涩，那些想象中其实还未到来的伤害，但和他在一起的时刻，我就总是想笑的。

“你不觉得能拥有现在，就是最好的了吗？”

他没有说什么“我刚结束一段糟糕的恋情，轻尘每天给我发微信，我还有一个长得像仙女一样的红颜知己，你可以接受这样的我吗”，也没有说“遇见你很幸运，我的余生希望有你”。

没有。没有表白。

他只是说：“能拥有现在，就是最好的了。”

我们都已经不是少年，所以，就算什么都没有挑明，眼神已经说明了爱情。也因为已经不是少年，所以对未来并无期待，对于当下，便分外珍惜。

可是我贪心。

“但我贪心。”我转过身正对着他，“我不想只拥有现在，我还想拥有更远更长。”

“我也喜欢你。”他捉住了我的手，指尖微颤。

我低头不敢看他：“你说话真是不按常理出牌。”

“那天穿走了你的围裙，回来送的时候，在门外我听到你跟伯母说你喜欢我。”

我的指尖也开始颤了。

“那个女孩，喊你去救她的女孩是谁？”

“我一个朋友。”

“什么样的朋友？”

“一个认识了一辈子的，像亲人一样的朋友。”

“真的只是像亲人吗？”

“她不是问题。”他轻轻拉起我的手，“露露也不是。”

“露露是你的前女友？”

“对，但我回来不全是因为她。她是父母安排给我的结婚对象，我父母很喜欢她，她父母也很喜欢我。我爸年轻的时候，在雪地里差点儿冻死，是她爸妈救起来的。之后两家人关系就一直不错。他们住在××市，不是本地人。前两年，我买了房子后，两家人有意促成我们的关系，我爸做主，就安排她住在我的房子里。可能也是距离太远，也可能是我对谈恋爱一窍不通，总之，结局你看到了。”

“唔。那她叫什么？那个你认识了一辈子的朋友？”

“杨帆。”

“唔。”我低下了头。

他捏了捏我的手：“你还想知道什么？”

“这几天你一直在救她，哦，救杨帆吗？”

“当然没有。她是给她男朋友做饭，热油烧在了灶台上，不过我去的时候她已经解决了。”

“那她怎么不给她男朋友打电话？”

“她男朋友不太方便吧。”

“那这几天你去干吗了？”

“参加一个投资会议，算出差。”

“为什么不给我发微信呢？”

“因为我在考虑要不要重新开始一段感情，和你。”他低头看着我。

“要考虑一周那么久吗？”我觉得笑从心底泛上来。

“原本可能要更久，但后来有个朋友跟我说，当我考虑要不要开始的时候，其实已经开始了。”

“这个朋友可真不错。”

“还可以。”

我笑了好一会儿，又问：“你是好人吗？”

他也笑：“你猜？”

第十一章

我们在一起，世界都是背景

I

假期后面的几天，我几乎天天和XXL先生厮守在一起。

当然，循序渐进但又有点儿加速地做完了所有情侣间可以做的事。

很羞耻。

有什么东西在我们之间缔结了。当然还有一些东西消失了。消失的那部分东西与缔结的这部分也许同样重要，只是我暂时还没有发现。

但早上我醒来的时候，看到身边睡着一个人的感觉，很奇妙。我总是悄悄地先爬起来去洗手间，洗漱装扮，戴好盔甲，想要在爱他的路上更所向披靡。

“讲个笑话给我听。”我百无聊赖地躺在我家的沙发上，脚伸到了正坐着的XXL先生的腿上。

“可以讲个带颜色的吗？”他暂停了正在看的纪录片，扭头看我。

“嗯，可以。”我已经没有了羞耻。

“有一只黄色的小鸟，穿着黑色的防弹衣在绿色的树上跳舞，为什么还是被银色的枪打死了？”

“这是带颜色的？”

“嗯。”他说，“黄色、黑色、绿色、银色。”

我笑。

“你说为什么会被打死？”

我抬头看他："为什么？"

"因为小鸟跳的是脱衣舞啊。"

我大笑起来，然后看XXL先生跳了个脱衣舞。

有天我们心血来潮地一起坐高铁去最近的山城一日游。在高铁上，我靠在他的肩膀："给我讲个故事。"

"什么样的故事？"

"凄美的那种，最好是爱情的。"

"好吧。"他看着窗外经过的山川湖泊开始编，"从前，有个像山一样的男孩子。就叫他山吧，他爱上一个像湖水一样的姑娘，就叫她湖吧。他们爱得很深，想一到婚龄就结婚。可是湖的父母不允许。湖的父母嫌弃山家里穷，又比湖年纪大，所以怎么都不同意。湖一怒之下远走他乡，山却留在故地，一直等着她。好多年后，湖回来了，可山已经有了女朋友，并准备结婚。湖这个时候才明白，他们之间永远回不到过去了。也许，等她老了，自己也老了，没有那么多世俗偏见之类的东西出现，他们才有可能在一起吧。"

"咦，这个故事怎么像《霍乱时期的爱情》？"我扯着他的手指问，"然后他们变成了这山和这湖？"

"嗯。"他笑，"你怎么这么聪明？"

手机又找不到的一天，我就让在身边的XXL先生帮我拨电话。

他在刚买了一堆吃食的购物袋里找到了我的手机。

"XXL先生，是我？"

"嗯。"

"不好听，换一个。"

"你想叫什么？"

"蝙蝠侠！"

我一边笑一边把他的名字换成了张甜甜。

一起去公园野餐。我们都吃得饱饱的，躺在垫子上看着天。秋高气爽，云飘成一朵又一朵，一会儿飘成心，一会儿飘成棉花糖。我竟然还睡着了几分钟。醒来的时候，就看见张甜甜正甜甜地看着我。

“打呼了呢。”他说。

“瞎讲，我睡觉从来不打呼。”我气哼哼。

“昨晚也打了。”

“污蔑。”

他打开了手机，我的呼噜声就出来了。

“删掉删掉！”我去抢他的手机。他躺了下去，我坐在他身上。手劲儿真大，根本夺不过来。

他突然来了个仰卧起坐，给我来了个面贴面。

鼻子撞到了鼻子。好痛。

很晚很晚了，我们还在张甜甜顶楼的小花园里，一边吹风欣赏夜空，一边头抵着头絮语。

“我发现我回来最好的事，就是遇见你。”他很深情地看着我问。

“今晚月色真美。”我很深情地看着他答。

2

休假结束回去上班的时候，我在电梯间遇见方若兰。

“你笑什么呢？”她一脸疑惑地问。

“我有笑吗？”我也一脸疑惑地反问。

她从包里拿出手机镜子，照着我：“看，像不像花痴？”

“我就是花痴啊。”我说。

她被我哽住了，表情十分丰富。

工作时我也充满了干劲。我把需要做的事情列好，一条条地去执行，甚至都没有想起小郝扎在我心上的那根刺，除非看到她的时候。

除了开会的时候必须对话，其他的时间，我们几乎没有说过话。工作也只是邮件往来。小郝上任后，一直很低调，基本没有给谁找过麻烦，包括我。

一整天都在做促销数据，我有点眼花缭乱。

下班的时候XXL先生来接我，有些张扬地站在公司楼下等，结果又被方若兰看见，她小声揶揄我："果然花痴得有理由啊。"

我开心地跳上了XXL先生的车。

我们一起去买晚饭的食材，在超市的进口冷鲜柜旁，我刚刚拿起一盒三文鱼，就听见一声咋呼："后初哥！"

再扭头，我就看见轻尘像一头小鹿一样朝我们跑来。哦不，是朝XXL先生跑来。

"等等姐也在啊。你们一起的吗？"

"对啊，我们要一起回家做饭吃。"我答她。她上次偷拍视频发给XXL先生，助攻太好，我都没办法生气了。

"啊，这么好！"轻尘举了举手里的方便面盒子，"我可以去蹭饭吗？否则的话，我今晚只能吃方便面了。"

我看了一眼XXL先生，他也正在看我。当然，我是主人，他在等我。XXL先生家的厨房形同虚设。

我内心有点儿挣扎，可轻尘楚楚可怜："不方便吗？"

"没什么不方便的，一起来吧。"我笑笑说。

"太好了。"轻尘简直要跳起来，"我也会做菜的，我帮忙做。"

"你想吃什么？"我问轻尘，"我要做三文鱼沙拉。你想做什么，可以拿。"

轻尘说想做西红柿炒鸡蛋，我们就又回到蔬菜区。

我走在前面，XXL先生推着购物车，走了几步我再回头，就看见轻尘走在了他的旁边。

轻尘笑嘻嘻地说："后初哥，要不要我帮你推车？"

"好啊。"XXL先生不客气地把购物车给了她。然后急走几步，与我并肩，自然而然地拉住了我的手。

不知不觉绕着蔬菜区走了半圈，我才想起身后的轻尘小姐，再回头，就看见她推着购物车正愣在那里。

你会喜欢上一个不喜欢你的人。这世界上有那么多人，都在喜欢着不喜欢自己的人。

我跟XXL先生说："我去帮她挑个西红柿。"

我拿了一盒西红柿，走过去放回购物车里，问她："还想吃别的菜吗？"

"我是不是电灯泡啊？"轻尘有点儿难过。

"是啊。"我小声地坦白，"但没关系，一会儿你吃好喝好就行了。"

吃饭的时候，轻尘喝完了我的半瓶红酒，一直哭哭笑笑着。

"我太讨厌上班了。你知道我现在这份工作是怎么回事吗？我们老板想追我才给我安排的。

"天哪，他四十多岁了，女儿都快大学毕业了。

"给你们看我的手机，这都是他发给我的。谁要看他露着肚子的自拍照啊。

"真不想上班啊，我只想做家庭主妇。

"为什么没有人愿意娶我？

"家庭条件也不好，父母也不会怎么养我。

"我前男友好坏。我现在这个样子，都是他造成的。

"有时候我真的很孤独啊。等等姐，你有没有过那种孤独的感觉？哦，你现在肯定没有了，后初哥多好啊。

“我讨厌孤独的感觉啊。

“后初哥，你为什么喜欢等等姐？我也好喜欢你啊。”

等酒瓶子都空了，她径自起身晃晃悠悠地跑到了我的沙发上，倒头就睡。

我找到毯子帮她盖上，然后和XXL先生相视而笑。

收拾餐桌的时候，XXL先生找到我的小围裙很熟练地穿上了，他刷着碗，我擦着桌子，我们谁都没有再说话。等他刷完了，我泡了杯茶给他。我们在餐桌前相对而坐。

“为什么喜欢我？”我问轻尘刚才提出的那个我们都没有回答的问题。

他小声笑，就是不答。

“请说出跟我交往的三个理由。”我盯住他。

XXL先生还是不答，起身又俯身，很轻地吻了我。

“第一个。”他吻完抬头说，接着又低头又吻我，“第二个。”接着又来了，“第三个。”

之后很长时间，轻尘都没有再给XXL先生发过微信。

3

我就这样晃晃悠悠地恋爱着。

XXL先生每天早上晨跑完，都会给我送早餐。平时他还接送我上下班，抽时间陪我一起吃东西、看电影，或骑单车去什么地方玩儿。我们还一起看过这个城市的清晨和夜晚，人潮拥挤和渺无人烟。

眼前人就是心上人的完满，我原本以为只能在韩剧里出现。很多个片刻，我望着他，幸福的感觉让我恍惚，甚至觉得不可思议，所以格外珍惜。

从没有想过要问他打算什么时候开始工作，具体要做什么。这个问题被我放进了一个我自己才知道的抽屉里。就算我想要的陪伴很长很远，可更珍惜的此刻，完美的此刻，我不舍得打破。

只是当和朋友们见面时，英伟还是问起来了。

“还没工作，你和他在一起你养他吗?

“我晓得哦。你不养他，他有车子有房子，但以后怎么办？好多国外回来的人，都这样闲晃着。说是休息，但是休息总有个度，时间越长就越不想做事了。

“参加过投资会议有什么用？现在经济不景气，做什么投资？不如去找个踏实稳当的工作。

“恋爱是为了什么？还不是为了以后一起过日子？过日子是什么？柴米油盐哪个不要钱？你又不是楚良歌，她混不吝，你可不能跟她学。

“还有，他不是刚失恋吗？这么快就和你在一起了，我总觉得他是不是没安好心。你可多留个心眼儿。”

而楚良歌自然持完全相反的态度。

“恋爱就是恋爱，哪那么多附加条件？你喜欢的是这个人，又不是他的工作、他的房子和他的车。

“谁知道后天会不会分手，现在想那么远，不嫌累得慌?

“结婚，才认识几天就想到了结婚?

“你可别跟吴英伟似的，嫁了人就完全成为另一个人。

“你知道我最讨厌什么朋友吗？已婚的！”

大学的时候，楚良歌又一次失恋后，闹着让大家都答应她以后不结婚。我和关雅妮都“嘁”了她一脸，只有当时正跟韩一川闹矛盾的英伟握着她的手说：“我答应你。我们以后就是叱咤情场，万花丛中过，片叶不沾身的霹雳姐妹，相依为命、相濡以沫、患难与共、生死相依！”

结果霹雳姐吴英伟二十五岁就结了婚，霹雳妹楚良歌气得一个月没和她说话。

闺密聚完出来，轮到英伟买单，我们到收银台才发现，提前来接我的XXL先生已经买过了。

楚良歌立刻朝英伟翻了个白眼。

看到XXL先生后，英伟双眼冒起了星星，悄悄拉住我："啊，我错了。我也好想谈恋爱啊，我要回家赚钱，踹了韩一川，找回小鲜肉！"

我也朝英伟翻了个白眼。

回去的车上，XXL先生开着车，电台正在播放一首老歌。路上车很少，我们行在夜河里。车窗关着，只有音乐声，像拥有整个宇宙。

"谢谢你。"我对XXL先生说。

"谢我什么？"

"忽然间我也成了一个可以讲自己故事的人。"

"那我也谢谢你，让我成为你讲的故事里的人。"

"我们就不要彼此尬吹了。"

"好的。前面右拐吗？"

"左拐。"没开导航的我们，我做了导航。

"你确定左拐吗？"

"确定！"

结果走错了路，我们走到了一个连百度地图都不显示的地方。在那个没有人迹，只有群星的荒地里，我和XXL先生接了好长的一个吻。

"我觉得都是背景。"我抱着张甜甜说。

"什么背景？"

"我们在一起，世界是背景。"

"呵。"张甜甜抱我抱得紧了些，"会撩哦。"

"你值得拥有。"我不要脸地说。

"想了解你多一点。"睡前我在张甜甜的臂弯里钻了又钻。

“爱上我怎么办？”

“已经爱上了。”我诧异他为什么会有这样的问题，“你没有爱上我吗？”

“喜欢和爱可不一样。喜欢是想离得近一些，更近一些。爱还需要理解和责任，穿过激情走向平淡，无法想象没有对方的时间。”张甜甜玩着我的卷发又说，“那是非常浩大的一件事，整个身心都要投入进去的一件事。”

“所以，你没有爱上我。”我从他的怀里爬了出来。

“我不确定。”他认真地说。

我逃进了洗手间，坐在马桶上，仔细地想。心有点儿痛。他为什么不能说些漂亮的话忽悠我一下呢?

可是，我爱上他了吗？还是我对他也只是喜欢？太久没有恋爱了，我分辨不清。

可再回溯过去远一些，对于蒋韵，我爱过他吗？如果爱过，为什么会那么干脆就接受了他提出的分手?

爱情，其实就是喜欢啊。而爱，是和爱情不一样的东西。于现在的我们来说，喜欢就够了。

过了好一会儿，我回到房间，他竟然睡着了。

我拿起枕头砸了过去。被砸醒后的张甜甜捉住我，重新把我摁倒在了他的臂弯里。

“告诉我你所有的事。”吃早餐的时候，我这样问，“最喜欢吃什么？”

“其实，我不需要告诉你什么。”XXL先生摆着餐盘说，“只要我们在一起的时间够久，我们就对彼此什么都知道了。”

“也是哦。”我把煎鸡蛋放进他的盘子里。

“可是，”XXL先生又说，“你不怕那一天到来吗？你对我不再好奇，我对你再无吸引力。”

这么可怕？我打了个冷战。

“从今天起，”我边说边小跑去收拾他的洗漱用品，“你回你自己家里住。”

“为什么？”

“因为我不要那一天来得太早。”我把他的洗漱包塞到他手里，“有一个道理叫远香近臭。”

“近也挺香的。”

“要更香！”

4

我第一次去XXL先生的家时，被那种性冷淡气息震惊了。任何桌面上都没有摆东西。房间看起来很宽敞，窗帘都是单层白色。

因为在顶楼所以多了个复式，楼梯是木质的，盘旋上去。去了好几次之后我才上了他复式的楼上。

那里大概才是他真正常待的地方。

楼上有两个房间，一个类似于起居室的空间。起居室和楼下比要乱得多了，三台台式机连在一起，各种电源线，还有一个大的木桌子，堆满了各种我看不懂的东西。桌子的一个箱子里装着线路板之类的零件小器材。其中一个房间就像个实验室。

还有一个房间，书乱七八糟地堆在地上。一个小写字台，一张看起来很舒服的椅子。还有一张行军床，床上规规整整地叠着豆腐块。我闻了闻放在被子最上面的枕头，嗯，没错，脑油味。

还有味儿？果然，床脚卷着一团穿过的白色袜子。

比起楼下那种断舍离之后的干净，我更喜欢楼上有着这脑油味的乱糟糟。

他渐渐地真实起来了，是一个有血有肉，有烟火气息，还有别的男人都有的那种不太干净的小习惯的人。这让我感觉到安全。

“干吗躺在我的床上一副如痴如醉的表情？”XXL先生靠在门边好笑地看着我。

“你真是一个有味道的男人啊。”我捏着他的臭袜子朝他扔了过去。

物业要举办邻里节，每户带一道菜。不知道为什么，我有些害羞，不想和XXL先生以一家人的身份出现。于是我们各自回家做了一道菜，各自去参加了饭局。

我们坐在不同的桌上，假装不认识。离得不远，我看到他挺得直直的背影，还有圆圆的脑袋，我总是笑场，觉得很有趣。他身边坐着的是一个直发的女生，也背对着我，身材纤细，本来在玩着手机，之后两人聊了起来，最后竟然越聊越开心，甚至咬起了耳朵。我忍不住起身走了过去。

“这位先生你好，可以跟我过来一下吗？”我微笑着望着XXL先生说道。

“过去干吗？”

“认识一下。”我继续微笑着说，“发现你和女士聊天还挺有天赋的呢。”

“可是我们正聊着呢。”XXL先生也微笑着看着我说。

我气得笑都滞住了，旁边的女士捂嘴笑了起来。我再抬眼看那位女士，才发现她就是那位在商场与我撞上的仙女本仙，杨帆。

“等等你好，又见面了。”杨帆朝我伸出手来。

之后我调换了位置，和杨帆坐在了一起。

“去帮我们拿两杯红酒来吧。”她对XXL先生说。

XXL听话地起身去拿酒，她又对我说：“我刚好来找后初，顺便凑个热闹。你不会介意吧。”

“当然不会了。”我为曾经因她而生出的那些烦恼而感到不好意思，“见到你我也很高兴。”

“我知道你们的所有事儿，后初说你比他大三岁。”她贴着我的耳朵说。

我一愣。

“我也比他大三岁。”她扬扬眉毛。

可是她的皮肤，竟似少女般，满满都是胶原蛋白。我忍不住赞她：“你的皮肤也太好了吧。”

“你的皮肤也不错啊。”她继续贴着我的耳朵，发丝扫到我的脸上，有些痒痒的，香气甚至令我一个女人都心荡神怡，“我打针了。有需要我可以介绍熟悉的医生给你啊。”

她如此坦白，也令人不得不喜欢，我点头说：“好啊好啊。”

接下来我们又聊到了XXL先生。我想从她身上了解更多他没有告诉我的事。

“你们认识很久了吗？”

“十几年了。”

“他说你们是如亲人一般的朋友。”

“他真的这样说吗？”杨帆笑了一下，“差不多。”

“可是你们有年龄差，不是同学吧？”

“是同学。”杨帆剥了一个橘子递给我一半后继续说，“后初他是个天才，跳过两级。而我小学时休学了一年，初中的时候，我们就是同学了。”

“真的呀？”我望向端着酒杯走来的XXL先生，我的男人，是一个天才？那我们的孩子，是不是也有可能是一个天才？

“他上小学的时候，国际象棋就得过全国大奖，高中化学竞赛也得过全国奖。后来出国，也是在常青藤读的工科硕士，毕业后一直在实验室。”

“那……”我想问她他为什么回来，可作为女朋友，我竟然连这个也不知道，又感觉有些羞耻。

“他回来是要和露露分手的。”杨帆竟然猜到了我的问题，“露露你见过吗？他的前女友，他父母喜欢的女孩，结果你应该也知道了。”

XXL先生已经回来了，他把酒杯放在我和杨帆面前。

“谢谢哦。”杨帆笑着看他，“小橘子吃完了，可以再帮我们拿些过来吗？”

得过各项大奖、读过常青藤的天才XXL先生屁股还没坐下，又听话地像小学生那样去拿小橘子了。

杨帆喝了一口红酒撇撇嘴：“酸度有些高啊。”

我也喝了一口，没什么感觉，但是也学着她的样子撇撇嘴：“是有点儿。”

“你放心。”杨帆晃着酒杯继续说，“后初不喜欢露露，只是他父母喜欢她。他们之间没可能了。”

“嗯，放心。”我嗫嚅着，但心里感觉有点儿奇怪。

“他父母现在和他哥哥住在一起，在北京。”杨帆笑着又来咬了耳朵，“特别难伺候的老头老太太。”

“啊？”我惊讶地望着她，她难道“伺候”过他们吗？

“别担心。”杨帆看了一眼已经坐下的XXL先生又悄声说，“你的男朋友，也不是很听话的人。”

一顿饭吃下来，我还真是收获颇丰。除了一个细节：我准备和XXL先生一起送杨帆回去的时候，她先拉开了副驾驶座的门。

虽然之后，她立刻恍然一脸抱歉地看着我，但我莫名觉得自己也上车，对他们是一种打扰了。于是我摆摆手说刚接了一个工作电话，要回去处理下邮件，就目送他们驶出了小区。

心里的感觉怪怪的。

我喊XXL先生，从来没有什么固定称谓。“Handsome（英俊的）”“帅哥”“猛男”“小甜甜”乱七八糟地都喊。

等他回来后，我也试着喊了他一声：“后初啊，晚上我们看个电影吧？”

肉眼可见，他打了个寒战。

第十二章

我们的生活层层叠叠

1

今天公司的slogan是：“**明天和意外，你不知道哪一个先到来，所以每一个现在都要穿得美。**”

国庆促销已经过去了半个月，我正在跟XXL先生聊中午吃什么，稽核部的副手谢宽过来敲了敲我的桌子。

我不是第一次跟他打交道，之前因为邹明宇的事情，也进过几次他的办公室。

与他本人的严肃刻板相比，他的办公室倒是显得温情，甚至有一把躺椅，让你可以在犹豫无措、一筹莫展或者是心惊胆战的时候，在上面躺上那么半个小时。

哪里又出了问题？坐下来的瞬间，我仔细地想，应该是促销数据。我上交上去，审计部门没有审计，又经过公众号发出来，差距有些离谱，成了业界笑话。又因为公司正值上市，处于敏感期，证监会正在考察，稍有不慎被戴了帽子，就前功尽弃。所以才一层一层地下来查。

“所以说，不是你的问题，那就是郝丽的疏漏了。”谢宽只有在问话的时候才笑眯眯的。平时见他，团建也好，培训也好，开会也好，都是面无表情。

“我已经被降级，数据库查不全，有些数字确实是得郝丽来填。我只能保证，我经手的都是正确的。”我平静地说。

“但郝丽说当天她不上班，并给过你电话和授权。”

“我确定郝丽并没有给过我授权。她就算休息，很多工作也会在家处理。”

“但你的通讯记录里，那天确实有郝丽给你打的电话。”

“电话里，她交代的是别的事情，并没有提授权的事儿。”

“但我们刚刚试上了你的工号，你确实已经被授权。”

“怎么可能？”我站了起来，“除非是她刚刚授权！”

“请坐好。”谢宽摆摆手，“你知道稽查调查是一层层地往下查。郝丽我们已经约谈过了。郝丽给你的评价是，自从她升职后，你对工作和对她，都不够尊重。”

我冷笑了。

如果，想要得到爱的方式是付出爱，那么对有些人来说，并不适用。对小郝，原来是我一厢情愿了。

我自问被降级后从未找过她什么麻烦，甚至没有跟别人讲过是非，哭诉也隐忍着只找过邹明宇，尽量说服自己继续心平气和地与她共事。当然，再无以前的那种亲密。我知道，有些感觉变了，就永远变了。在与她的交往中，自始至终，我都问心无愧。

我不明白。

“其实上次从邹明宇的事情看，我就发现你是一个很有毅力的人。”谢宽倒了杯水给我，“从你嘴里基本撬不出来什么东西。”

“因为本来就没有什么东西可说。”

“你知道邹明宇在干什么吗？”

“我不知道。估计在钓鱼？”

“你们没有联系吗？”

“影响到朗意了吗？”

谢宽笑得开了些：“王等等，你是老人儿了。我来得晚，又做得是这样的工作，你看不上我也属于正常。但这是我的分内工作，所以请你理解一下，咱们说话尽量不要带情绪。”

“这么说吧。”我端起水杯，“冤枉与屈辱就是我此刻的情绪。当然还有不被信任的心寒。你也知道，我在朗意七年，我和公司一起成长，我还有股权，我只会盼望它好。我为什么要造假数据呢？造假数据对我有什么好处？”

“我们只是调查，并不是已经确定责任人。”

“我只说事实，不会杜撰，也不会栽赃。”

从稽查室出来的时候，我遇见了方若兰。显然，在我之前，她已经被谢宽深聊过了。

“一起去吃饭？”她挑挑眉毛。

“走啊。”已经过了饭点儿，但此刻还讲究什么饭点儿？工号都被锁了，连邮件都处理不了。

就在公司附近的一家湖南饭店，我们点了菜，方若兰还点了啤酒。

“现在喝啤酒？”

“对啊。”方若兰点点头，“大不了不干了，谁怕谁？”

“那我也喝点儿吧。”

方若兰把半杯啤酒一饮而尽：“在这个节骨眼上，我们俩摆明了就是被欲加之罪。郝丽太有心机了。”

“也许不是她。或者，就算是她做的，但她只是失误。走到这个位置，她更患得患失，不可能是故意的。但事情已经出来只好把罪责往下属身上推。谁没背过锅呢？”

“果然你是当炮灰当出快感来了。”方若兰给我一个白眼，“邹明宇让你们背过锅吗？”

“倒没有。”我仔细地想了想，“邹明宇才是背锅侠。”

“你没发现邹明宇身上有一种佛性吗？”方若兰又喝了一杯，“一天到晚那种我不入地狱谁入地狱的表情。”

“哇。所以你喜欢他这个表情？”

“喜欢啊。”方若兰悠悠地叹一口气，“但我们没开始过，所以我其实并不了解他。但他走后，我就时常想，我一生中就没有遇见过几个他这样的人。所以，还是因为没有得到他而感觉到遗憾。”

“为什么我们要聊邹明宇？”我瞪着她，“我们现在正在共患难啊。”

“你如果确定不是你的问题，那我们确实算是共患难。但如果真是你的问题，我就是被你害死的。”她又一饮而尽了。

2

我微醺地趴在办公桌上，看着那盆小翠云。它真的太好活了，我上次休假五天没有浇水，此刻它竟然又发了新芽。

成年之后才发现，人与人之间的竞争是什么呢？不过是要活下去的信念，那种老人与大鱼与鲨鱼，与整个海洋，与整个世界，与全部的自己搏斗的生命力。

小郝的生命力果然是高过我的。但我不能被辞退，我一定不能，所以，我不能忍气吞声。

借着些微的酒意，我爬起来在电脑里收集各种证据，并写了一封檄文准备发微信给老板王梁源。

檄文写完，我发给了邹明宇、楚良歌和XXL先生，让他们看看我是否足够声情并茂。

楚良歌帮我改了几个句子，邹明宇劝我别乱来下班了见一面，XXL先生立刻打电话过来。

躲在公司的楼顶和XXL先生打完电话，我望着灰蒙蒙的天。城市真大，从四十五楼的顶层可以看到最南边的那座小山。人和车在马路上都像蝼蚁。活着真的是一件要时刻小心的事。

要下雨了。下吧。就算没有伞，我也淋得起。

但下班时分，一切似乎发生了变化。谢宽再次出现，带走了小郝，我的工号可以重新登录系统。微信上，方若兰也发过来一个笑脸。

难道是我的邮件起了作用？不对哦，我还没有发给王梁源。

外面果然下雨了。我站在窗边看着雨，XXL先生说来接我。

一场秋雨一场凉，旺季又要到了，新的广告海报明天就可以贴上了。

身后一阵窸窸窣窣的起立声："王总！"

回头看到同事们在和背着手的王梁源打招呼。王梁源朝我摇摇手，喊我过去。于是我去了他的办公室。好久没有去过他的办公室，跑步机旁边多了一台椭圆机。

我坐在王总的豪华茶台前，有些讶异地看他用非常袖珍的紫砂杯给我倒了杯铁观音。

"等等啊，晚上一起吃饭吧。"老王从不喊我小王，大概他作为老王，怕与我之间有什么令人误解的关系。此刻老王竟然还亲自把茶杯递给我。

"啊？"我捏杯子的手都要颤了，"鸿门宴？"

早些年，我刚进公司的时候，我们经常一起吃饭，开玩笑。

"什么鸿门宴，这么好的员工受委屈了，自然要安抚一下。"

"委屈也不是您给的，怎么好意思让您请吃饭？"

"还生气啊？要不是了解你的品性，一般我不会受人之托。共事那么久，和同事之间有些误会说清楚就好了。"

"受人之托？谁找您说情了？"我有些意外，是邹明宇？

"你想知道是谁，晚上就一起吃饭吧。嗯，你把小张也喊上吧。"

"哪个小张？"

"你男朋友，张后初。"

我震惊了。

于是吃饭的时候重逢了杨帆。她是那个帮我说情的人？我望着XXL先生一头雾水，而他只是笑笑。

“等等你好啊。”她站起来朝我伸出纤纤玉指，“又见面了。”

我被她捏着手坐在了最靠近她的位置，依然一头雾水。

她继续笑着说：“后初给我发了你写的那个文章，我立刻就发给了哥哥。哥哥说，你这是受了多大的委屈，六月飞雪这样的词儿都用上了。”

“哥哥？”我望着两鬓斑白年近半百的王梁源，她喊王总“哥哥”？看来小郝也不是全没说实话，她就是王总的那个像仙女一样的红颜知己了吧。怪不得第一次见XXL先生，是在品牌店，而第一次见杨帆她穿的是我们品牌的衣服。也怪不得第一次和XXL先生吃饭，他会问我老板是个什么样的人。还有，他那次去救她，说她的男朋友不太方便。确实是她救了我。XXL先生找了她，她找了王梁源。

也许我目瞪口呆的时间太长了，杨帆喊我：“我们先点菜？等等你来点，你想吃什么？”

我听话地拿起菜单，老王咳嗽了一声：“你自己的饭店，你不知道什么菜好吃吗？赶紧点了。”

老王说话太威严，吓得我把菜单赶紧递回给了杨帆。

“你是怕吃不到你喜欢的板栗烧鸡吧？”杨帆用近乎宠溺的语气对老王说，“知道了，这就帮你点！”

3

一顿饭下来，我像是莫名打入公司内部核心的奸细，各种信息量都太过强大，似乎有点儿积食了。

回家坐上XXL先生的车，我便开始不停地打嗝儿，怎么都止不住。

“深呼吸一口气，心里数到二十，再呼吸试试。”他指导我。

“试过了，不行。”

“喝一口矿泉水再憋住数到二十，试试。”

“还是不行。”

XXL先生把车子停在了路边。

“那没办法了。”他解开了安全带，然后吻了过来。

嗝儿终于止住了。

“好神奇。”我长长地呼出一口气后说。

XXL先生得意地笑了。

“你是不是以前用过这种办法治好过别的女孩打嗝儿？”我不满地问他。

“什么？”他假装没听见。

晚上睡前接到邹明宇的电话。

“事情解决了吧？”他在电话里问。

“你怎么知道？”

“下班的时候在楼下等你，看到你坐老王的车走了。”

“你来等我了吗？”我不好意思起来，“那你怎么不打我电话？我没看到你。”

“没关系，事情解决了就好了。”

“嗯，现在应该没事儿了。”我说，“你最近在干吗？继续钓鱼吗？”

“在忙一些事情。”

“忙什么？”我问，“需要我帮忙吗？”

“需要的话你来吗？”

“当然，一个电话的事儿。”

那边笑了一会儿，又聊了几句别的，就挂了。

和XXL先生道过晚安后，我躺了好一会儿也睡不着。想起入职的第三年，我在促销会场整理挂件到深夜，跟同事告别后一个人走出商场，在非常冷的街头等出租车的时候，小郝骑着电瓶车在我身边出现。

“就想着能不能遇见你。”小郝下车从电瓶车后置箱里拿出一个头盔递给我，“送你一程？”

结果，冻得我差点儿少了半条命。所以中途电瓶车没电了，不知道算不算一件幸事。离我家更近，于是小郝跟我回了家。那时我还在跟雅妮合租。工作狂雅妮也加班刚回，我们仨在楼下撞上了。

“这个时候要是能吃上火锅就好了。”我和雅妮不约而同地说。

小郝拍拍胸口：“我会做啊。”

她真的会做。回家后，她硬是用冰箱里剩余的食材捣鼓出了一个简陋的干辣椒油涮菜泡面锅，三个人还喝了啤酒聊到半夜。

吐槽老板和邹明宇，吐槽一些奇葩的顾客和同事，吐槽那些在我们生命中出现了一下又消失的男人。我忘不了彼此大笑时快乐的脸。

那时真是年轻，也真是真挚。那时大家都以为，那欢笑和真挚会永远持续。

第二天上班，小郝没来。她办公室的门大敞着，同事已经开始议论纷纷。大概是情况不太妙。

下午她才出现在办公室，紧接着人事部下达通知，她被暂停工作。数据是她在家工作的时候出了疏漏。她老公急着打游戏，没有保存就关掉了她的表格。她收拾了一箱子东西离开后，再也没有在办公室出现。

下班的时候，她发微信给我，要和我一起吃饭。

“我们之间还有什么好说的吗？”我拒绝了她。

“现在我就坐在楼下我们常去的那家小酒馆，你来不来，我都一直等你。”

下班后，路过那家小酒馆，我还是进去了。小郝正趴在桌上，再抬起头来，泪痕似乎还没干。

于是我还是心疼她，跟老板要了杯热水，看她喝了。

“你知道我老公，”小郝喝完水，把散发顺了顺捋在了脑后，不过一个月，她瘦得几乎脱了形，“我老公，他是一个不能吃苦的人。他工作总是干不了太久，一有不开心就辞职，比如和领导有矛盾了，被同事抢单了。他每次辞职我都不说什么，我很宠他的，我很宠他。结婚的时候，我就跟他说，我会扛起这个家。”

“我一辈子都是老好人。胖子好说话，大家都这样认为。他也这样认为。我好说话。你见过我老公的，对不对，又高又瘦。我从小就喜欢瘦子。因为我胖啊。”小郝笑得很大声，“瘦子都脑子灵，是不是等等，他虽然很多事情上很蠢，但有些事情上真的灵。”

当年是小郝追的她老公。那男生之前的公司就在楼下，是一家餐饮机构，他最开始的时候是做大堂经理，后来开始做加盟店销售。有一天小郝去吃饭，就喜欢上了他。为了追他，小郝天天去吃饭，“喜欢一个人会瘦”的情形，在她身上根本没有发生。

后来我们再见那男生穿着我们品牌的休闲服时，就知道成了。小郝经常会买公司的打折过季款给自己，给那个男生却从来都是买新款。

后来男生因为和老板吵架辞了职，之后就再也没有在哪个公司上班超过三个月。

如此，就是小郝在养他了。他也离不开她了。

“他想的办法，那五天，他想的办法。孩子也是他做的决定。”小郝苦笑着说。

一个麦克白的故事吗？麦克白是听顺了女巫的蛊惑还是他内心里本来的声音在借女巫的口挑明？

“坐上了那个位置后，我没有一分钟是开心的。小时候我爸跟我说，人一辈子最傻的事就是损人还不利己。我就是傻子，我就是损人不利己。”

“但这次，是我。和他在一起太久了，我也学会了。我把事情推到你身上。但你知道吗，从我开口的那一刻起，我就知道我一定会有这样的时刻，我会坐在你面前哭。”小郝又哭出来，“人为什么会这样呢？明知道不该做，却还是做了。我不是坏人，等等啊，我不是坏人。”

“都过去了。”我忍不住安慰她，“都过去了。你不是坏人，但这件事你做错了。”

“从小到大，我和谁都合得来。开始的时候我们为什么会成为朋友？因为我知道我们是一样的。我们都是不会欠人情，永远不会让对方吃亏的那种人。”小郝擦了擦眼泪，“那个胡乐飞，我喜欢他，喜欢了他好多年，可是他不喜欢我。开始的时候，我真心想把你们撮合成一对，后来……人不能做坏事啊。王等等，你也不要做坏事，千万不要。”

“我这辈子除了你还有我那个孩子……我就只亏欠过你们两个人。

“你们两个对我最重要的人。

“看到你和方若兰在一起，我可吃醋了……”

小郝又喝了个烂醉，絮絮叨叨着。

我打电话给XXL先生，想让他来接我们送小郝回家，可电话没接通。

小郝的电话响了，打来的竟是邹明宇。

小郝醉得厉害，我接听了电话。半个小时后，邹明宇赶过来。我买单的时候，回头看到邹明宇坐在小郝身边，小声地跟她说着什么。小郝一边强忍着眼泪，一边用力地点头。

安慰人这事儿，邹明宇一直很厉害。

我们一起把小郝送回了家。她老公开门的瞬间看到我，眼神躲闪又一言不发地把小郝接了进去。

房间里很乱，有呛人的烟味，大屏电脑显示器上显示的是游戏页面。

我站了站，不知道该说些什么。婚姻生活本来就是冷暖自知，于是，我转身出去带上了门。

下电梯的时候感觉到胃疼，我不禁皱了皱眉。邹明宇看到说：“你是又胃疼了吧。刚刚是不是没吃东西？”

我点点头："刚才就只喝了半杯酒。"

"那我们去喝点儿粥？"

"好啊。"我其实很想回家，因为XXL先生的手机打不通。

"你真的让小郝去你那工作吗？"坐上车后我问他。

"她有工作能力，我也需要她。"

"没想到你第一个邀请的竟然是她，而不是我。"我瘪嘴假装生气。

"你，我可不舍得请。"邹明宇好脾气地笑了。我仔细看他，发现他头发又白了一些。

"帅吗？"邹明宇目不斜视地开着车，扬扬嘴角问我。

"嘁！"我转头看向了窗外。

我刚开始工作的时候，每天跑卖场，基本上就没有按点儿吃过饭，胃渐渐就不好了。去医院检查，医生说是慢性萎缩性胃炎，除了好好吃饭慢慢养，没什么好的治疗方法。

之后邹明宇便经常带我去喝潮汕砂锅粥。我爱喝皮蛋瘦肉粥，他口味一直淡，只爱喝白粥加小咸菜。

"现在公司几个人？"把粥盛到小碗等粥凉的时候，我问他。

"暂时就我和一个设计师。"他正看着手机，"原本也想做独代，但投资太大了。其实很多国货也不错，上周考察了几个厂家，有一些有不错的设计能力，催生出了很多网红店。做嘛，肯定还是做品牌。毕竟，你知道我对品牌推广是有能力的。目前我是准备只做一家实体店，主要做网商。今年大经济不好，特别是进出口贸易，但稍微有点儿规模的网商都很不错。当然，我也准备也签几个年轻漂亮的小姑娘，做网红引流。"

"签我吧。"我恬不知耻地指着自己说，"年轻、漂亮、小姑娘。"

他无语地看了我十秒钟，然后把手机推过来："就是这个人，他做的衣服挂在那普普通通，但穿上就很不同，有设计感但又不突兀。"

我翻着图片："不错唉，感觉比朗意的还好看。有没有样衣？"

"后备厢里恰好有两件，等会儿送你一件穿。"

"太好了，谢谢老板。"我开心地说。

"其实方若兰的品牌经验也很丰富，你怎么没找她？"我们喝着粥，继续聊。

"人家工作得好好的。"

"说说看，你和方若兰到底怎么回事？"

"方若兰还问过我和你是怎么回事呢！"

"我和你，不就是清风明月？"

"也行。"邹明宇淡淡地笑着，又问，"你怎么总看手机？"

"我交了个男朋友。"我呼一口气，"今天联系不上了。"

"才多久就交了男朋友？"他似乎是收回了惊讶，继续保持着笑容。

"缘分来了挡不住嘛。"我扣上手机，"就上次国庆大促聚会的时候，你送我回家，第二天确定的关系。"

"所以，你那次喝醉是因为他？"

"我当时并不知道五瓶啤酒就喝晕了我。"我不好意思地点点头，"可能那天就是传说中的酒不醉人人自醉吧。"

"你还记得那天你喝醉后回家发生的事儿吗？"

"什么事儿？"我挠挠头，"哦，我喊了他，他送我回家，在我家门口，他吻了我。"

邹明宇点点头，没说话。

在他面前说出"吻"这个字的我，也有些不好意思，只好开玩笑地说："感觉我单身这么多年，就是为了等这么一个桃花运。"

邹明宇又笑："他就是一个桃花运？"

"哈哈，不是这个意思了。"我更不好意思起来，"就是很珍贵了。"

"你也很珍贵。"他收住笑，"别再因为男人喝醉了。"

回到家，XXL先生依然没有消息，他手机已经关机了。我上楼去敲了他家的门，甚至爬去顶楼喂了乌龟，都没有找到他。

我焦躁得睡不着，快午夜的时候忍不住发了条微信问杨帆，她很快回了：“我马上让他回去。”

我心里咯噔了一下，立刻语音通话过去。

“抱歉啊，等等。晚饭的时候店里有人闹事，我这边的保安年纪大了，只管停车。老王有应酬，我只好找后初来帮忙了。他手机摔坏了，让我跟你说一声，我忙忘了。后初一直在帮我善后，刚刚忙完，现在他已经在启动车子了。”

“哦，没事儿就好，”我回她，“就是有点儿担心。”

深夜的秋风已经很凉了，我披了件开衫站在楼下，等了许久，他才出现。

看见他，我忍不住火大，扭头就走。奈何还得等电梯，我被他从后面抱住了：“对不起。”

“下次再敢这样，我炖了你！”我咬牙切齿。

“清蒸吧。”他嬉皮笑脸，“毕竟我还算小鲜肉。”

4

我又要出差，跑三个城市。走之前XXL先生抱着我问要不要陪我去。

“可是你不是也要出差吗？”他已经准备做少儿科普实验培训机构，要出差去考察学习。

“我只出差两天。”他说，“但你要出差一周。一周就是七天，一百六十八个小时，一万零八十分钟，六十万四千八百秒。”

“嘿。”我笑着推开他，“别告诉我你是心算出来的。”

“这个还要算？”他有些不屑地说，“这不是常识吗？”

我撇撇嘴，咽下了这个“我连常识都不懂”的羞辱。

我没让他去。毕竟我们也不是分分钟都要腻在一起，分分钟都要了解行踪的年轻时的热恋情侣，有时候也想体验一下感觉安全的思念。

于是那奔波的一周，我还是感觉到了甜蜜。我们每天都会微信聊几句，睡前视频说个晚安，似乎一切都很好。

回程的那天，他说来接我。我雀跃地走出站，想象着如之前所看过的韩剧里会有的那种情节，要一下跳到他身上，享受被抱起来的快乐。但左顾右盼了十分钟，我却没有看到他的身影。

电话拨到第三遍，他才接了。他说临时有事，暂时不太方便听电话。我说好，便挂了电话。

我坐在出租车上，生气渐渐变成了伤心，这一刻，我一周的思念，行李箱里装的要送他的礼物，都感觉到被辜负。

从前慢真好啊。那时候车马慢，等待一封信是漫长又甜蜜的焦灼，一生只够爱一个人。可有实时通讯的现在不一样了，你不回我的微信超过一小时，我就以为你不是死了吧？

不管是什么原因，为什么就不能提前跟我讲一下呢？

没有得到许诺地站在时间尽头的等待，感觉是最差的。在家坐立不安的我决定去找楚良歌。

她顶着一头乱发开了门，挡在门口："你来干吗？"

"想你。"我谄媚地笑着想进去。

"我在赶稿。"她靠在门上，伸出长腿，挡住了路。

"我不打扰你。"我举手发誓，"你就当我不存在，我是小透明。"

她无奈地翻了个白眼，只好放我进去。

房间里大概熏了什么香，我忍不住打了个喷嚏。楚良歌瞪了我一眼，我只好双手合十沉默地道歉，然而，又打了个喷嚏。

她在书房写稿，我自觉地去找了条毯子，躺在了沙发上。茶几上有几张被写得密密麻麻的白纸，一张是她画的什么思维导图，一张是人物关系线，还有一张写着简短的故事大纲。

看着看着，我仿佛发现了什么，跳起来就去敲书房的门。

“你写的这是我？”

“一点点。”

“什么一点点？”我气急败坏，“女主名字就叫等等，男主就叫XXL，你不能换个名字吗？有你这么懒的作者吗？”

“为什么换？”楚良歌推推眼镜，“对我来说，这个世界上的一切能拿去写才是存在的意义。”

“我存在的意义就是被你写？”我气得也推了推眼镜，“那你为什么要把我的故事设置成悲剧？我和XXL先生为什么会是悲剧？”

“那你想怎么样？”她回头继续打字，“八块腹肌，八辆车，年薪八十万，生八个孩子，婚龄八十年？”

“不管怎么样，你必须给我改了！”

“不要！”她依然头也没回，“我很喜欢我笔下的等等，她是一个勇敢的姑娘。她可跟你不一样，就算她被虐了一遍又一遍，依然甜似初恋！”

“给我改！”

“不！”

“你完全不能以旁观者的心态来看待恋爱吗？你是有多幼稚？每一次都是永远吗？哪有什么永远？”吵到不可开交的时候，她又开始轰我，“如果你们现在真的特别好，你为什么来找我？！”

我终于被哽住，一言不发地从她家出来了。

下雨了。我站在单元楼下，看着雨帘。XXL先生和楚良歌是一样的，他们只想拥有的是现在，而我，太贪心了，我竟然想要很远很远的以后。活着就会心生妄念啊。对美好和希望的翘首以盼，大概是人类品质中最有生命强度的一件事。所以，我哪里有错？

单元门两边就是两棵桂花树，雨打落了金色的桂花，花朵散落在潮湿的地面上。我想起前两天在朋友圈看到的段子：“爱情就像秋天，早晚都凉。”

此刻的感觉很秋天。

雨越下越急，我不想被淋成落汤鸡，于是又上楼了。

我怕直接敲门楚良歌不给我开，于是干脆地用密码开了。

开门进去，她正在打电话，看了我一眼后说：“现在她在我家，如果半个小时内你不出现在她身边，你就完蛋了！”

“你怎么拿着我的手机讲电话？”我惊呆了，然后鼻子又一阵痒，“阿嚏！”

“你怎么知道我的密码？”她也惊呆了。

连名字都不换的那么懒的作者，会刻意去想不同的密码吗？我敢说她的银行卡密码也都是这几个数字。

“手机还我。”我伸出手，“借我一把伞。”

“没伞。”楚良歌把手机扔在沙发上，“你上次拿走了我的伞还没还我呢。”

“唔，好像是。”我看着通话记录，XXL先生刚打过来，他们通话了一分半钟。

“你们聊了什么？”

她不理我，又往书房走去。

我跟了过去，谄媚地笑：“亲爱的，你们聊的内容是什么？”

“内容就是你有多讨厌。”楚良歌坐下，又拿一个后脑勺对着我，“你去客厅等着吧，半个小时内，他准来接你。”

“好！”

“不许发出声音啊！”

“是！”

等待XXL先生，就像因下大雨被困在教室等家长来接的小学生。

终于在可视对讲机看到他的脸时，我之前的生气竟然一扫而空，甚至雀跃地奔下了楼。

看到我，他就伸开双臂。而我从他的臂下走了过去。他举着伞追上来，罩住我。

“讨厌你。”我说。

“对不起。”他说。

“我要解释！”我气哼哼。

“就是一件不会影响到你我之间的小事。”

“怎么不会影响？你都放了我鸽子！”

“我没去接你，就是为了让这件事不会影响到你我。”

“到底怎么了？”我站定看他，“必须说！”

他温暖的手握住我的半边肩：“我爸妈来了，还有露露的爸妈。他们是突然袭击的，当时在酒店里。”

“啊？”我站定了看他，“然后呢？”

“放心吧，我态度很坚决了。”他握我肩膀的手紧了紧。

晚上我悄悄躲在洗手间给杨帆发微信问她情况。

“嗯，是的，我知道，”杨帆说，“露露的父母非常生气，后初准备接你的时候，他们正在酒店。后来，后初急着去见你了，是我送他们走的。”

“明白了。”我回，“谢谢你。”

他不愿意我知道的事情，杨帆却都知道。这虽然让我感觉到不爽，可又感觉到了某种温柔。那种令人烦恼的事情不能让爱的人知道的温柔。

还记得高中的时候，我爸因为升职的事情一个人在深夜悄悄地喝酒。我半夜起床去上厕所时问他怎么回事，他只说：“嘘，爸爸又落选了，不能让你妈知道也跟着我一起烦恼。”

大致是这种温柔。

“我爱你。”我在洗手间里喊。

“什么？”他走过来，“没纸了吗？”

“我爱你！”我又喊。

他打开了洗手间的门，一脸生无可恋：“你确定要坐在马桶上说这句话吗？”

5

下午还说讨厌你，到了晚上又说我爱你。

我是分裂的。我不是我。

可是他从没有回应过我相应的“我爱你”。当然，也没有说过“讨厌你”。

“他有对别人说过这三个字吗？”我忍不住又和杨帆聊天，以期能了解他更多。

“别生气，”杨帆回复我，“他就是个不会表达的人。”

他确实是不爱喊口号的行动派。除了最初在一起时的那几句，他几乎没有跟我说过情话。

几天后，一起吃完午饭，我们手拉手走到了一个池塘边。一座独栋的二层建筑就在池塘边上，是之前的售楼中心。

周边环境很好，有一大片草地，池塘上还搭建了石桥，一人一狗正在过桥。

仲秋的荷叶还余几片在空荡荡的水面，芦苇已经泛黄。池塘对面是一片竹林，还有一座亭子。

“这里真好啊。”风吹着吃饱的我，很惬意。

“要不要进楼里看看？”XXL先生竟然掏出了钥匙。

“你怎么会有钥匙？”

“我租了下来。”他打开门，“因为想和别的培训中心做得不一样些，所以没选在商场和写字楼。怎么样，是不是特别棒？还有免费的停车位。”

门推开了，映入眼帘的是一大片落地窗，正对着那片池塘。刚才经过的那一人一狗已经不见了踪影，只有芦苇随风摆动。世界静谧，干净，又阳光。

“真好啊！”我走到落地窗前，感受着午后的阳光晒在我的额头印堂上。

“会有六个教室和三个实验室。”XXL先生指着楼上，又在我们站的地方跺跺脚，“这里会放满书，做一个阅读角。那边做家长休息室。”

“不错不错。”我拍手赞他，“苟富贵一起贵啊，张总。”

从我喊XXL先生张总的那一刻起，他就真的忙起来了：装修，出差观摩学习，前期推广。

我们一起吃饭的次数越来越少了。

但我会觉得安心。

就算女人不管怎么说恋爱就只是单纯的恋爱，但其实也很关心男人的上进心和事业前途。因为这是两人关系中非常重要甚至是最重要的一部分。除了像楚良歌那么混不吝的，大概所有的女人都更喜欢有工作的男人，而不是没工作的。

一想到他现在的努力与我们共同的未来有关，我便更想对他好，想照顾他，想私人拥有他，想让我们缔结的关系更深一些。我还想变成他身上的寄生者，也想让他变成我身上的寄生者。想在很多个片刻，我们只是因彼此而存在。

天气好的时候，我会在家准备好便当，中午我们就在培训中心外面的草坪上铺上毯子，一起吃便当。吃饱饭，各自躺在对方的肚皮上晒太阳，翻一本闲书读给对方听，或者把那书盖在脸上，偷偷隐藏起因为在一起而不时上扬的唇角。

有一天在池塘边的草坪上躺着，我读了《朗读者》里的一段给XXL先生听：“我们的生活层层叠叠，下一层紧挨着上一层，以至于我们老是在新鲜的遭际中碰触到过去的旧痕，而过去既非完美无缺也不功成身退，而是活生生地存在于眼前的现实中。”

XXL先生若有所思地看着远处，不知道为什么，那一刻的阳光下，我看到他眼中一闪而过的刺痛。

第十三章

所有的幸福都是短暂的吗

/

小郝走后，公司从别的大区调过来一名总监，又招了一个新的督导，由我带，并交接小郝之前做督导的工作。

新督导是个三十岁的小伙子，叫霍然，很时髦，烫了卷发，喜欢戴各种时装眼镜，穿衣风格用回头率来形容的话，差不多得有百分之九十。他说话十分动听，喊人都是“这位少女”“仙女小姐姐”“亲爱的”，并且喜欢频繁使用肢体语言，深受其他女员工的喜欢。

我要带他出差的那天，XXL先生刚好也要出差。我和XXL先生在高铁站告别时，正好遇到这位霍然。他看见我就喊：“亲爱的，你可来了。”

眼见XXL先生脸色不太好看地问我：“王等等，你改名叫亲爱的了？”

我一脸讪笑地拉走了霍然。

因为有霍然，所以这次的出差闲暇时光要比之前丰富得多。

有一天晚上，我们忙完，一起在江滩附近的酒吧街坐了会儿，而坐在我们前面的一对男女正在聊天。

男的说：“他不是出差了吗？你还回去干什么？房间我都开好了。”

女的说：“真的，我不想我们到那一步。”

男的声音挑衅又油腻：“不到那一步你怎么知道我有多好？”

女的羞涩没有回话。

之后两人买单起身离开。

我和霍然正面面相觑，就看见那对男女又在离我们不远的江滩的栏杆前拥抱。男的主动，女的先是推开了他，但又被抱住。真的是，亮瞎了我的“钛合金狗眼”。

“喂！”我忍不住喊了一声。

男女大概离我有十几米远，我一喊后，他们立刻分开了并四处张望。我连忙转身，端起了杯子又喝了一口。

女的显然更紧张。少顷，男的确定了没危险，又拉住了女的一个熊抱。

这次换霍然更大声地“喂”了一声。

这下女的使劲推开了男的，大概再也不敢心中有所侥幸，转身就走。男的一边骂骂咧咧地看向我这边，一边追了上去。

我和霍然哈哈大笑。

“人间那么大，好人那么多，为什么不去找正常的情感关系呢？脑子是不是进水了？”霍然很不满地评论道，“哦，不对，听说大脑的水含量比率更高。重新来，脑子是不是缺水了？”

2

其实如果不能见到XXL先生，我也总感觉到自己有点儿脑子缺水。特别是当我看到杨帆的朋友圈也定位在XXL先生出差的那个城市的时候。

出差那天，我们一起走的，我并没有看到杨帆，XXL先生也没有提起。那她是后来去的吗？她为什么也要去呢？

“你也去S市了吗？”我在那条朋友圈下问。

“嗯。”她回，毫无遮掩，甚至没有解释。

我有些不开心：“你怎么也去了？”

“我和老王吵架了，来散心。”杨帆说完，停了好一会儿又说，“如果你也在就好了。”

霍然晚上有约会，我一个人回到酒店，趴在床上给XXL先生打电话。

“这边的投资人有些难搞，她来帮我。”XXL先生在电话里解释。

“可她说是和老王吵架了去找你散心。”

“那就算是两个原因。”

“为什么遇到麻烦和她说却不和我说？”

那边沉默了一下：“我马上要赶第二场酒局，先不说了。”

为什么当时没有在那片刻的沉默中找到真正的答案呢？

洗完澡出来，我看到杨帆又发来微信：“对不起啊等等，我大大咧咧惯了，没考虑到你的感受。别不开心，我和后初不是你想的那样，更多的时候，我们对彼此来说，更像是对方的避难所。”

你们是彼此的避难所，那我是谁呢？我震惊地捏着手机不知所措。

杨帆又发过来一条：“也许是因为这几年他都在国外，刚回来后，我们都有些依靠对方吧。”

“你有男朋友，为什么要依靠我的男朋友，为什么要和我的男朋友互为避难所？”我把字打出来，又删去，如此反复了几次，却只回了一个“好吧”。

我躺在床上久久没睡，好不容易睡着，又醒来，感觉愤怒和思念就躺在我的旁边。我所看过的和经历过的所有的经验和意志都在不断地为他开脱，又不断地推翻。

顶着两个黑眼圈，我四点钟爬起来，又打电话把还死睡着的霍然喊起来，就往卖场赶。

一早上搬箱子、摆赠品堆码、挂气球、换海报、陈列到位……在九点商场开业前，我们终于搞定了活动现场。不知谁给了我一个包子，我跑到露天走廊悄悄吃，一边吃一边看着楼下等待的人群。卷帘门被翻上去，保安打开了侧门。

在一群等着进商场负一楼超市抢菜的老人们中间，有一个身影分外打眼。邹明宇正推开另一边侧门，然后退到门边让那些老太太先进来。

我立刻打电话给他："嘿，你现在在哪儿？"

"在N市，怎么了？"

"你猜我在哪儿？"从楼上可以看到他四目张望的样子。

"楼上。"我朝他挥挥手，他终于看到我，也朝我挥挥手。

邹明宇在朋友的介绍下，来学习一个国内小众品牌的店面陈列，刚好也在这个商场，没想到竟然遇见了。

午后我们一起吃饭。

"你不知道这位小姐姐力气多大，搬得动三十公斤的箱子。"霍然自来熟，对邹明宇说。

"我当然知道。"邹明宇说，"她的最高纪录应该是四十公斤。"

"汉子。"霍然朝我竖起了大拇指。

"所以你们要给我证明，"我打着哈欠说，"以后如果我的腰不好，算工伤。"

吃完饭出来，邹明宇看着我："要不要找个地方眯一会儿？吃个饭你打了二十个哈欠。"

"有吗？"我又打了个哈欠。

"来吧。"邹明宇拉住我，又对霍然说，"你先顶着。"

霍然点头后，邹明宇带我去了楼下一个有卡座的咖啡馆。竟然真的睡着了一会儿，醒来时，我看到他正在电脑上工作。

"认真工作的男人还是很帅的。"我坐起来。

"擦擦口水。"他看我一眼，把纸巾盒推过来。

我擦了擦："你什么时候回去？"

"明天。"

"那晚上再一起吃饭？"

"今天不行，要请朋友吃饭。"他看了看表，"但吃完饭有时间，九点半以后。"

“好，到时候我约你。”

“嗯。”他没抬头，继续敲着键盘。

3

一整天我心情都不好。昨晚和XXL先生打完电话后，他竟然没有发来只字片语。我也不想先做那个低头的人，感觉做什么都好像在云上飘。

晚上和邹明宇又去了江岸边的小酒吧。我点了长岛冰茶，他点了茶。看来我就是想醉，而他只想清醒。

“小郝在你那怎么样？”

“非常认真。”

“唔。”我沉默了一会儿。

邹明宇也没有说话。我们就那么吹着风，各自烦恼着什么。

“你为什么一直不谈恋爱？”等有点儿酒劲儿的时候，我问邹明宇。

邹明宇喝着茶说俏皮话：“我这个年纪，能谈钱就不谈感情，因为谈感情更伤钱。”

我笑了一会儿。

“恋爱是费洛蒙的吸引，力比多的催化，多巴胺的获取，是一种激素反应。”邹明宇食指轻轻敲着桌子说，“但就算再相爱的男女之间，这些激素也会慢慢消失。所以，没有什么爱情可以是永远的。”

“你真是没有浪漫的体质。”

“浪漫的体质又不能当饭吃。”

“可是你不寂寞吗？”

“人的寂寞并不相似啊。”他悠悠地端起了茶杯，扫了我一眼，又看向江岸边，“不在一个频率的寂寞是没办法以在一起的形式来缓解的。”

“什么是在一个频率的寂寞？”

邹明宇笑笑，指着江岸边：“他们也许就在一个频率。”

江岸边的那对男女正在拥抱和接吻。和上次见到的那对相比，他们大胆、甜蜜、旁若无人。他们吻了好久，才心满意足地分开。我看着他们，心里很羡慕，鬼使神差地拿手机拍了一张照片，想发给XXL先生，想先说想他了。

然而因为夜晚，手机竟自动打开了闪光灯。于是那对被打扰了的男女，朝我们看过来，男的还气势汹汹地走过来。

邹明宇笑着挪了挪椅子：“你是想让我活动活动筋骨？”又说，“把手机收起来。”

我看着越来越近的那个男人回答：“不用了，这张照片我会留着的。”

邹明宇站起来，我低头喝酒，觉得大脑轰轰一片。

那男人原本气势汹汹，但认出我后转身就走，没有说一句话，甚至没有等刚才还在拥吻的女伴，只留她急急地追了上去。

他是常年出差在外的，我的大学同学，吴英伟的老公，小石头的爸爸，一家电脑公司的区域销售总监，韩一川。

“你认识他？”邹明宇看着我的样子，非常吃惊，“你男朋友？”

“是英伟的老公。”我只觉内心非常愤怒和酸楚，眼泪已经夺眶而出。

韩一川不是第一次了。

上一次是英伟在怀小石头的时候。当时英伟在我们面前哭诉的画面还历历在目。韩一川跪在地上说再也不会了，会永远对英伟好，做牛做马一辈子赎罪。我还记得楚良歌跳过去捶了他好多下，雅妮立刻联系了律师。我搂着英伟和她一起哭。后来英伟还是原谅了他。雅妮、楚良歌和我都反对了。特别是楚良歌，她对着英伟吼：“狗改不了吃屎的道理你不懂吗？有第一次，就有第二次！立刻给我离婚！”

后来孩子出生了，英伟的整个身心都被孩子所占据，韩一川也一直都表现得不错。有一次英伟说，他每次回来都会给她打洗脚水，帮她洗脚。两人从大学相恋，算是彼此了解到深刻的地步。可了解又怎么样呢？经历了怎样的内心旅程，英伟再没有说过。大概觉得没面子，大概想要尘封这段记忆。

可现在有了第二次，或者是第三次、第四次，也许更多次。楚良歌说对了。

是力比多、费洛蒙、多巴胺这些激素在他们之间已经完全没有作用了吗？为什么呢?

邹明宇沉默地递过来纸巾。我沉默地擦着。

“不是你的错。”久久他才说，“但我理解你为什么难过。”

我用力地擤掉最后一点鼻涕，站起来说：“我们回去吧。”

4

“所有的幸福都是短暂的吗？”站在街口等车的时候，我忍不住问。我想起了最早时韩一川曾经真挚地爱着英伟，英伟那些隐藏不住的幸福的欢笑的瞬间，也想起了我和XXL先生那些让我感觉到幸福的片刻，以及感觉他离我很远很远的此刻。

“别这样想。”邹明宇的声音在夜的街头听起来也像是遥远的，“幸福虽然可能是一个片刻，但它不会离去。幸福的回忆会在你痛苦的时候滋养你。”

我们面对面站着，我没有抬头，看到地上我们的影子。邹明宇的手想搭在我肩上，却又收了回去僵在了半空中。

最后他轻轻地放下了手，叹了口气：“回去好好睡一觉吧。”

回到酒店，我无视韩一川发来的一条又一条的微信，打给了XXL先生。

当我听到他声音的那一刻，之前对他生的气竟在片刻间烟消云散，只剩下了委屈：“为什么此刻我们不在彼此身边？”

此刻，我多想你也是我的避难所。

已经午夜，他像是还在车上奔波：“怎么了？”

“我好想你。”我低声温柔地说。

要表白，我想，还是要表白。

年轻的时候有时间去纠结冷战，可成年了，不可以。就像开始时，眼神涌动所带来的悸动可能只止步在悸动，而交往后不明所以的误会也可能让关系戛然而止。成年人没有血脉、没有利益而只剩下感情的关系是脆弱的。

“明天就见到了。”他低声温柔地安慰了我。

5

“如果人和人之间建立了某种真正的连接的话，”在回程的高铁上，霍然说，“其实倒更有可能成为灵魂伴侣。但必须有充分的了解、充分的同情和充分的信心。”

“唔，是吗？”我捏着手机，韩一川的微信又发了过来，就好像我才是那个必须被解决的问题的源头。

任凭手机叮咚作响，我翻着英伟的朋友圈，看着上面她每日分享的小石头的日常。孩子多么可爱。翻了不知道有多久，我打开了父亲节那天的一个小视频，小石头搂着韩一川的脖子，甜甜地说着：“爸爸，我爱你。”

哪个孩子不爱他的父亲呢？可如果他知道他的父亲在如此地伤害他的母亲，他的世界会塌吗？

我不知道该怎么办，我不知道要不要告诉英伟这件事，但我怕她像上次一样妥协。为了孩子，她一定会再次妥协。既然她会妥协，我为什么要让她知道，让她伤心呢？她不知道不是更好吗？

可我又很愤懑，不能忍受她这样被伤害，不能忍受韩一川的卑鄙。我的闺密楚良歌、关雅妮还有我，从来不认可的一个观点就是“女性是弱势群体”。可在这个当下，我觉得真的是。被欺侮的，被蒙骗的，被暗地嘲笑的，被拒绝的，被不怀好意地物化的，被觊觎的，被被迫承受与担负的，就是我们。

邹明宇和我们坐的是同一班高铁，但座位离得很远。

车程过了半小时，他穿越几个车厢走过来，对霍然扬扬眉毛。霍然理解力极强，立刻站起身来，扛起了自己的大包：“哥，你坐。”

邹明宇坐在了我的旁边。

但霍然走后，我们几乎没有交谈。我看着窗外，他闭目养神。就这样过了好一会儿，我扭头再看他，突然间有一种很奇妙的感觉。在并不遥远的过去，我们已经有过数次类似沉默相伴的经历。我总觉得，这沉默的相伴，会再次不断地重现，即使在还看不清的未来。霍然说的“充分的了解、充分的同情和充分的信心”，我和邹明宇之间有吗？如果有，那为什么我们之间没有爱情发生？

“太帅了吗？”他闭着眼睛问。

“嘁。”我继续扭头看窗外。

6

回到家后我就打电话给楚良歌，但又怕她惊惊乍乍地闹得人尽皆知，所以就在开口前先约法三章，并尽量平静地说了我看到的。

楚良歌并没有气急败坏，她只是戏谑地说：“哦，这样哦。那他干什么，英伟也可以干什么。我马上给英伟介绍个男朋友。”

果然，不管怎么样，时间都会让人有所改变。四年前的楚良歌，估计会立刻摔了我的电话打给韩一川骂他，会不停地讲狠话，“我不弄死你我跟你姓”之类的。

“这不对。”我说。

她吼了起来：“怎么不对？我说错了吗？男女平等！”

我被哽住了。

她继续吼着：“你不知道吴英伟什么情况吗？四年前我什么话没跟她说过？是她自己选择的。你以为上次没有离开他，这次就能离开了？不可能的！”

“我们这是在商量如何解决，”我尽量心平气和地说，“现在最好的结局只有两个：1、韩一川立刻结束婚外的关系，彻底地回归家庭，英伟永远不知道这件事；2、英伟已经完全不爱他了，知道这件事也不会有过激的反应，会理性处理这个问题。”

“我觉得可能都不是。”楚良歌终于不吼了，“也许英伟早就知道了，只是已经麻木了。而韩一川那个混蛋刚好就有恃无恐，得寸进尺。”

我还没说话，楚良歌又说：“我刚发了条朋友圈，‘艾特’了韩一川。”

“你什么情况？”这下轮到我吼了。

“放心，我屏蔽了英伟的。”

我打开手机，朋友圈里，楚良歌发了一句话：“时隔四年，再次验证了狗改不了吃屎！”

对话框里，韩一川的语音更疯狂地发过来了：“你出差回来了没有，我们见一面吧，求你了等等。”

“求你了。”韩一川在和英伟恋爱的最初，第一次在酒店的房间里，他也是这样说的。

英伟回来后说，一个说出“求你了”的男人，就像一条毛茸茸的小狗，眼睛扑闪扑闪的全是可怜，怎么能说得出“不”？

求婚的时候，他也说“求你了”。

第一次出轨后，他跪在英伟面前，也说了“求你了”。

“无压力的屈从”心理实验提出过一个登门槛效应：如果一个人要进你的家门，一旦他把一只脚踏进了门槛，那么你就很难拒绝他的整个人都进入到你的家里。如果一开始，你怀着委屈与不甘愿就接受了他的要求，那么就会习惯于为了满足他而牺牲自己的意愿。你会被他控制，你会一次次地妥协。

他说了一次一次的“求你了”，英伟一次又一次地让他进了门。

但我不会屈从，因为我不会觉得他像毛茸茸的小狗，眼睛里扑闪着可怜，我只会觉得他可恨。因为，我对他并无任何温柔之心。

在去见韩一川的路上，经过了一家花店，我买了一束玫瑰和郁金香。

我到的时候韩一川已经在等着了。他看上去很焦虑。焦虑好，焦虑说明能预见自己会失去的一切。

我坐下后，他先是客气："你点点儿什么吧。"

我合上了菜单开门见山："不用。我只告诉了楚良歌，还没有告诉英伟。"

他立刻松了一口气。

"行，你先跟我说清楚，这是第几个，第几次，什么时候开始的，对方是谁，怎么认识的？"

"等等。"韩一川四处瞧了瞧，非常要脸的样子，"不过就是在外面随便玩玩，逢场作戏，我真没当真。"

"什么叫当真？你出轨的事实已经成立，都亲成那样了，你要不要脸？"我真想替英伟抽他几个耳光。

"我错了。"韩一川双手合十地求我，"我不要脸，我不是人。我真的没当真。"

"那你告诉我，你是要结束前天我看到的那段真没当真的婚外恋关系，还是结束你的婚姻。二者只能选其一。"

韩一川立刻表示，他绝不会放弃英伟和孩子。

"一周内，你把你在外面的所有花边儿都切断干净。明天你就把你的工资卡和银行卡的绑定手机号换成英伟的。你也别想着转移财产，我会想办法查你一年内的所有的流水，当然还有你的开房记录。我这边有照片，楚良歌的公众号粉丝也不少，炒一下，十万多的阅读量没什么问题。你想让人看笑话，大家都喜闻乐见。"我毫不客气。

韩一川表情很难看。

我继续说："雅妮虽然在国外，但我相信她可以找到本市最好的律师跟你打官司。你们两套房子，现在住的那一套是婚前英伟父母帮她买的，和你没什么关系；婚后的这套，我相信你也占不到什么便宜。还有孩子，孩子是英伟一个人带大的，你们家一直以来不就是丧偶式育儿吗？我想法院也不会把孩子判给一个对婚姻不忠诚的人。对，英伟现在是没上班，但以她的能力，你觉得一周内她不能找到工作？”

韩一川抹了一把脸：“你说的，我都会尽力去做。我找你就是要给你保证的。”

“你给我保证有什么用？”我吼他，“我这么做不是为了你。”

想起我们还是大学同学的时候，韩一川给英伟写的那些情书，那些带着玫瑰印迹的信纸像雪片一样在宿舍里摊开。我还记得抢过来的一封信里的字眼，那样真挚坦率地说着两人必会经历的未来。我当时好羡慕英伟，谁能想到那些他字眼里的未来，会以今天这样的方式呈现。

十三年过去了，那个站在楼下等英伟，看见我会腼腆一笑的少年去哪儿了呢？眼前的这个人，眼睛里闪烁的狡黠与自得掩饰不住，那强装出的懊悔与真诚也显得虚伪油腻。也许邹明宇说的是对的，爱情，不过是男女之间的一场激素反应。激素会消失，没有什么是永远。

起身之前，我把花递给他：“把花送给英伟，她最喜欢郁金香。”

7

从商场出来，我接到XXL先生打来的电话，发现自己的手指竟然在抖。

“我回来了。”他说，“你在哪儿？我去找你。”

我说了商场的位置，然后就坐在商场门口的椅子上等他。

半个小时后，我才看到他挺拔的身影出现在人群中。我朝他挥了挥手，他小跑着过来。

望着他，我一时间竟然感慨万千。无论是英伟、我还是XXL先生，甚至是韩一川的人生都是一样的。你不知道你会遇见什么，你不知道你的遇见是不是就是映射在你眼睛里的样子。你看着你遇见的那些人的脸，你想象中的他的故事，也许都与他无关。甚至，在那些遇见后，你想象出的自己的故事，也与自己无关。每个人都是一个行星啊，爱你的人不过是卫星。看着你看着你，绕着你绕着你。

我和XXL先生手拉手一起走着，很满足。我要看着他，绕着他，一天、两天、三天，到最后一天。

“低头。”我心里像蹿出一只猛虎。

他低下头看我，我踮起了脚。

我揽住了他的脖子，在他耳边低语：“再下来点儿，我够不着。”

他干脆把我抱得离了地。然后在大脑的轰鸣声中，在有行人经过甚至有些嘈杂的路边，我主动地吻了他。

我想通了。在和XXL先生还没有确定关系的最初，我只想爱他。在确定关系之后，我却在不知不觉中开始找他的麻烦。我找他的麻烦，就是找我自己的麻烦。我让他痛了，我自己会更痛。既然费洛蒙、力比多和多巴胺这些激素总归会在我们两人之间消失，那么我为什么还要追求永远？我要充分利用起我的这些激素。

晚上，我们一起在一家名叫海底世界的餐厅吃饭，饭桌周围都是热带鱼。

“还生气吗？”XXL先生帮我把龙虾肉舀出来，放在餐盘里。

我摇摇头。

“相信我吗？”他说。

“我只相信在我面前的你。”

“不在面前的话就不相信了吗？”

“嗯，不相信。所以当我们吵架的时候，请立刻出现在我面前。”

“我们吵过架吗？”他伸手刮我的鼻子，“小傻瓜。”

我笑笑没说话。

像游戏删除了人物又重建了一样，我要重启这场游戏，并且，这次我要掌握主动权。

“1、只要还有最后一口气，就不可以在我找你的时候找不到。也就是说微信最好秒回，电话最好秒接。

“2、我不反对你和杨帆交往，但以后见她，我要在场。

“3、有什么烦恼要和我说，起码我可以给你捶捶背。

“4、每天都要见面。如果在出差，就在视频里见。”

“5、我想想……”可最后也没想起来什么了不起的，“5、今晚你可以在我家睡。”

XXL先生一直在认真地点头，听完“5”，终于忍不住扑哧笑出声来。

第十四章

理解太累了，接受就够了吗

I

第二天我约了英伟和楚良歌吃饭。临去前我已经和楚良歌打了招呼，要一唱一和地鼓励英伟去上班。英伟肯定也是相信韩一川的吧，否则为什么她见我们的时候一脸满足感。

楚良歌一见到英伟就咋呼：“姐妹，不过一个月没见，你肉眼可见地胖了五斤。”

英伟无奈地摇摇头：“要知道我现在每天接送孩子去幼儿园，都是与老头老太太为伍。每天跟他们一起买菜和探讨烹饪技巧，我的做饭技术在叔叔阿姨的指导下突飞猛进。我能不胖吗？”

“你还养花、养鱼、养鹦鹉。”我打开电脑说，“你是提前过上了老年退休生活吗？”

“那我怎么办？孩子喜欢鱼和鹦鹉啊，他们同学家里有，回来就朝我闹。再说，我还能有机会去做职业女性吗？”

“你当然有机会。”我开始在电脑上找英伟的简历。

“要有危机感啊，姐妹。”楚良歌目光炯炯，“你知道你离真正的老年还得三十年。你难道不想你的人生再次充满挑战吗？”

“不想。”英伟斩钉截铁地摇摇头，“我喜欢老年生活。”

“每天面对老头老太太有什么意思？”楚良歌继续说，“你不想遇见令人怦然心动的帅哥吗？在家可是遇不上的哦。”

“我？”英伟自我打量了一番，又斩钉截铁地摇了摇头，“帅哥令我自卑，我不喜欢自卑。”

“职业女性对孩子也有正面影响。”我说，“等孩子越来越懂事，会觉得妈妈为什么每天在家不用工作，那么他长大了是不是也不需要工作。虽然辛苦一点儿，但对于你个人和孩子的成长来说，女性返回职场绝对利大于弊。”

“不行。”英伟再次摇头，“这两年他上幼儿园，中午不用接，我确实能去工作。可是等他上了小学，中午要接，下午放学早，我还是得辞职在家。”

“孩子可以吃小饭桌。”我提议。

“怎么可能舍得他去吃小饭桌？”英伟瞪着我，“恶毒的女人，竟然让我孩子去吃来源不明的油炒出来的来源不明的菜。”

“总之，”我把电脑推给她，“我刚才已经帮你投了简历。”

“我不去哦。”

“去吧。”楚良歌用可怕的微笑看着她继续劝说，“去吧。”

英伟愣神了大概半分钟，然后也用可怕的微笑看着我们说：“说吧，韩一川又怎么了？从他上次给我送了郁金香，我就开始怀疑了。”

2

不得不说女人的第六感真的无法解释。出乎我意料的是，英伟这次根本没有像之前那样屈从与软弱。饭也没吃，她便走了。我们要跟上去，被她狠狠瞪住：“不许跟着我！否则你们就是韩一川的同谋！”

那天下午，英伟就去银行打了流水，查了信用卡账单，又找朋友查了开房记录。晚上回到家，她和韩一川喝了酒，趁他熟睡后用指纹解锁了他的手机，下载了全部的聊天记录、邮箱邮件和各种软件上的记录。第二天她便开始参加面试，第三天她复试通过，第四天上班。周末，她联系了律师。

周一她请了半天假，准备和韩一川去民政局办理离婚。不过没办成，就是在民政局门口，两人接到了电话，韩一川的父亲在赶着和人去下棋的路上被一辆闯红灯的机动三轮车撞飞了。

就算是要离婚的两人，英伟却还得尽她一个儿媳妇的义务。

韩一川是独子，母亲早逝，只剩下这一个老父亲。老人明事理，不愿意和儿子住在一起，怕打扰他们，平时生病了就自己去医院或者找护工。闲暇生活也打理得很好。退休金不舍得花，给孙子买了教育基金。韩一川犯浑的时候，从来都是护着英伟，对自己的儿子毫不偏袒。

这样的老人，英伟没办法放手就走。

小石头托给自己的母亲照料，英伟在医院不分昼夜地守了七天，老人还是没抢救过来。因为这七天，韩一川跪在英伟面前痛哭流涕，他说自己已经没有爸爸了，英伟和孩子是他唯一的亲人，他如果再犯浑，就不是人。

“离吧。”英伟说，“离了，咱们还有机会做亲人。”

葬礼那天，我和楚良歌都去了。楚良歌小声对我说：“这次，英伟肉眼可见地掉了十斤。”

葬礼结束，我们拽着英伟去吃饭的时候，她悠悠地说：“生老病死，谁都逃不掉。我渐渐发现，生老病死这件事，不仅是关乎自己，身边人的也要负责。而这件事大部分都落在女人的肩膀上。生孩子，养育孩子，照顾老人病人，甚至葬礼的操持，是不是大部分都是女人的事？男人做什么呢？男人以工作为借口，就可以推给女人。不仅如此，男人还会对女人提出各种要求，比如要保持年轻，要保持身材，孩子要带好，老人要照顾好，要面面俱到。还要给他面子，要体谅他、理解他。就因为他是男人，要养家糊口，便是功臣。而女人做的一切，都是应该的，是义务。”

“所以，我就不结婚。”楚良歌撇撇嘴，“早说了和我一起做霹雳姐妹。”

“但我不后悔结婚。”英伟说，“结婚让我有机会更了解生活的真相，也更理解我的母亲。我还有了最珍贵的小石头。韩一川只是多情又心软，但除此之外，他是一个不错的男人。我们在一起的时间太长了，有时候我俩一起出去，总会有人说我们长得像。我们每天一起吃饭一起睡，连身体里的菌群都相似了。这不就是亲情吗？”

“是亲情。”我不懂但还是理解地点了点头，“为什么你这次会坚持离婚？”

“其实，他不喜欢我的时候，我也不喜欢他了。”英伟说，“我每天都在劝说自己，你很幸福，你有一个超可爱的宝宝，也不缺钱。虽然是“影子丈夫”（形容家里只有丈夫的影子，妻儿需要的时候丈夫都不在），但他把工资卡都给你了。你不缺钱，你很幸福。邻居的老公因为借网贷，把房子都搭了进去，而你的老公没有。你很幸福，吴英伟，你没什么好抱怨的。我每天都在这样说。在婚姻关系中，不要试图去理解，接受就够了，理解太累了。”

理解太累了，接受就够了。

那天英伟和我们吃完饭，先去了一趟幼儿园。小石头刚午睡完，正在操场上体能课。他很认真，很努力地在跳着操。阳光下，他额头上的汗珠闪闪发光。英伟朝他挥挥手，突然觉得自己并不是那种最好的母亲。

最好的母亲是什么样呢？

最好的母亲不应该是自己现在这个样子。不是委曲求全，抓住一张饭票，而是独立的光彩的自我。有养活自己的能力，无论何时何事都能独当一面。

“以前一想到小石头，就想变成鸵鸟，就想委屈自己，只为他能拥有一个完整的家。”英伟继续说，“可一辈子太长了。一辈子太长了，我除了是妈妈，我还是谁的女儿，我还是一个女人。”

“做得好。”楚良歌抱住英伟说，“你会以一个女人的身份被谁重新爱上，你会收获另一种幸福。”

“嗯。”我也抱过去说，“小石头也不是没有完整的家。从一个意义上说，全心全意才叫完整。”

每个人都有趋利心理，英伟通透，选择的一定是她自己最能接受的。我为她的勇敢鼓掌。

也许婚姻是一艘船，夫妻共渡的是一生的海。但如果她中途下了船，我们在海里接她。

3

好几天没有和XXL先生约会了，今天我们终于都有了时间。

“想吃什么？”他一早就问我。

“去撸串子吧。”我说，因为可以撸很久，可以坐在月色下，看风吹过他的笑脸。

他同意了。

可到了下班他接我的时候，却又临时变卦要去吃蒸汽海鲜。

“你想吃蒸汽海鲜？”

“听说这一家的特别新鲜。今天的食材全是早上空运来的，明天去吃就没有今天这么新鲜了。”

“你怎么知道？你认识老板？”

“杨帆给我推荐的。”

我愣了：“我们约会，你也告诉她？”

“上午刚好在一起谈事情，就说了下。”XXL先生大概看出来我不太高兴了，“她也是好心，还特意给店长打了电话。”

“感觉好像别人也参与了我的约会。谈什么事情？”

“她想入股。”

“你钱不够吗？”

“当然拿不出那么多。”

我沉默了，我为我的银行卡存款数字而感到了羞耻。

XXL先生看我没说话：“那我们还是去撸串吧。”

“还是去蒸汽海鲜吧。”我郁闷地说，“她都打过电话给人家店长了，不去也不好。但下次你要陪我去撸串。”

“善解人意。”XXL先生赞许，“通情达理、温柔贤淑、乖巧可人……”

“别误会啊。”我连忙打断他，“你说的这些可不是我。我可不善解人意，我脾气可暴了。”

“都有都有。”

到了那家饭店，谁能想到店长竟然亲自在门口迎接，什么杨总特意交代过的，杨总的朋友就是小店的贵人，真是把我吓了一跳。如果真没来，倒确实是不好看。不过，杨帆这么厉害的吗？

“你是不是以为那家饭店，是王梁源送她的？”XXL先生一边帮我剥虾壳，一边问。

“嗯。”我不好意思地点点头。

“那是她自己的。”XXL先生说，“她和王梁源经济上是分开的。”

“这么厉害？”我觉得不可思议了。之前王梁源身边的女朋友，哪个不是为了钱和他在一起的？

“嗯，她家庭条件不太好。大学的时候就开始打工，走到现在真的是吃了很多苦。”XXL先生有些怜惜地说，“她内心非常有力量，并且耐力非常强。你知道我每天早上晨跑，其实这是大学的时候跟她练出来的。”

“是吗？”我望着他问，“你们以前一起晨跑吗？”

“那时候她很苦。”XXL先生眼睛里泛着笑，像是想起了最美好的回忆，“有不开心的事情，她就去跑步。我第一次跟着她跑，差点没跑吐。我那时候，身体不太好，跟她跑了几年，就健康起来了。”

“你喜欢过她吗？”我忍不住问。

XXL先生没有回答。

“喜欢到什么程度？”我追问。

“我和她……”XXL先生脸上带着某种迷茫，“真的很让你困扰吗？”

“哈哈。”我假笑了，“吃饭，吃饭。今天这个虾真的很不错欸。”

一个真的浑然不知的人，我当然没办法计较，何况他还长得那么帅。

每年公司的年会总会提前开，我从包里拿出年会邀请函给他看：“请女士盛装出席。P.S.可携带家属。”

“要不要陪我参加啊？”我眨巴着眼问。

“好啊。”他答应了。

4

第二天傍晚XXL先生接我去酒店。他西装革履起来，真是帅到我的眼睛在他身上根本移不开。

只要是帅就好了，我什么都原谅。帮他整理领带的时候，我默默地想。

晚宴声势浩大，有红毯可以走，也有专业的摄影师在拍照。

没想到邹明宇也来了。因为每个人的座位都已经在椅背上贴好了名字，所以他只是远远地跟我挥了挥手。

而王梁源压轴出场时，杨帆竟然也挽着他的手臂一起出现了。这是他第一次带女朋友在这样的场合出现。

“不会是老王要借机求婚吧？”我悄声问XXL先生。

“杨帆不会嫁给他的。”XXL先生悄声但笃定地说。

“为什么？”

他没答，只是淡淡地笑了下。

“告诉我嘛。”我拽拽他的袖子。

“因为他求过一次了，杨帆拒绝了。”XXL先生小声说。

“为什么拒绝？”

XXL先生笑笑，再次没答了。那种我们之间有个透明的屏障，他锁死了他那边的拉手的感觉又出现了。我心里恹恹地听完各项发言，去了趟洗手间。出来的时候，我就看到杨帆坐在我的位置，和XXL先生正头抵着头地聊着什么。

“你男朋友挺帅的。”身边有人说话。

扭头一看，是邹明宇。

“呃。”我看他旁边的位置空着，就也坐了下来，“你怎么也来了？”

“老王嘛，不就是爱嘚瑟。”

我点点头。

“老王的女朋友和你男朋友，他们怎么认识？”邹明宇又问。

“他们是认识了很久的同学加朋友。”

“女孩真漂亮。”

“所以，从男人的角度看，她确实是很漂亮，对吧？”我瞅着邹明宇，“我可是很少听你讲哪个女孩漂亮呢。”

“爱美之心嘛。”邹明宇笑了，和我一起看着那两个看上去如此赏心悦目的背影。

老王正往那个位置走去，不出意外的话，他应该是要带杨帆去舞台前的主桌。一个服务生从后面端着托盘也往那个位置走去。

一切是在瞬间发生的，服务生拿起托盘砸了过去。如果我没看错的话，服务员砸的是XXL先生，是杨帆替他挨了那一下。

顷刻间我和邹明宇还有别的很多人都朝那个位置跑去。虽然XXL先生在瞬间制服了那个服务员，但之后场面依然非常混乱。已经搁浅的交响乐声，主持人的安抚声，女人“血！血！”的尖叫声，保安的对讲机声，那个服务员的挣扎咒骂声，还有老王和XXL先生对杨帆不断的呼喊声，此起彼伏。

我提着裙摆还没跑到那地方，XXL先生已经一把抱起了杨帆，往外冲去。我们迎面而过，XXL先生却根本没有看我。

一眼也没有看我。

5

我赶到医院的时候，杨帆正在急诊室处理伤口。全程她都紧闭着眼睛，靠在XXL先生怀里。王梁源并不在那里，XXL先生看着我，我说不清他是什么表情。也许他并没有察觉到我的委屈，也许他所有的行动，都源于他骨子里的那种英雄主义和那种对“家人”的关切。他疲惫地朝我笑笑，好像我是一个围观的陌生人。

对，那种我们是陌生人的感觉如此清晰地出现在我的脑海里。我们明明已经都向前迈了一步，我们变得亲密，也有过了身体上的纠缠，有过亲吻和说晚安，有过说早安时你就在我的枕边。但即使如此，我们离相爱的关系，大概还差很远，很远。

爱是浓厚的，是时间才能练就的。所以，一见钟情，钟的大概就是那一丢丢的好感。一见钟情向爱的转变，是无数个共进退，无数个妥协与成全，无数个欢欣与恐惧，无数个非你不可，无数顿饭，无数句话，无数个纠结与纠缠，才能达成的。

现在我想明白了这件事，可在急诊室的那个当下，我并不明白。

“无论生活还是感情，所期望的与所抵达的，总会有一段距离。而这长长短短的距离，就是生活本身。”我坐在他们对面，来来去去的，脑子里想着的就是这句话。

杨帆的额头被包好了，终于睁开了眼睛，她这才看到了我，她不好意思地坐正：“等等你来了。”

“你还好吗？”我怪不了她任何事情，她是替XXL先生挡的那一下，“靠着吧，舒服一点儿。”

“还好。”但她并没有再靠上去，“我没事儿。”

“对不起。”我想拉她的手，但还是罢了，“谢谢你。”

她笑了笑：“不要这样讲。我很高兴我替后初挨了这一下。如果反过来，他也会替我挡的。”

我语塞了很久，才转移了话题：“那个动手的人是谁？你认识他吗？”

“我之前开饭店用过的服务员，很偏执，一直在骚扰我。上次后初帮我处理事情，也是因他而起的。”杨帆虚弱地说，“没想到会在晚宴上撞见。”

护士过来喊号，她要去做CT。我们在外面等她的时候，XXL先生才问我：“你还好吧。”

他的声音很温柔。我觉得我也怪不了他任何事情，忍不住伸出手去摸了摸他的脸。我抚摸着他的脸，想象着他为了她能做任何事的那种暗暗的决心。这故事里哪有什么输赢，连我都要感谢她，感谢她救过他。

“我没事儿，”我说，“希望她也没事，要不然就是欠她一辈子的情了。”

CT显示，有轻微的脑震荡，之后杨帆坚持不再做任何检查。XXL先生送她回了家。

“你自己回去没事儿吧？”临行前，XXL先生非常不好意思地问我。

“当然了。”我懂事地说。

从医院大门出来，一辆停在路边的车朝我嘀嘀了两声，一扭头，我就看见邹明宇打开车窗喊：“上来，送你回家。”

“你在等我吗？”我看了看手表，“已经快十二点了。”

“对啊。”他说，“给你发了好多微信也没回。”

我摸出手机，才看到他发的：“没事儿吧？”

“检查怎么样?

“我在门口，要不要进去找你？”

“你为什么等我啊？”我笑着问，只觉得内心有些酸楚，鼻子似乎也酸了。

“如果这事儿是发生在我身上，你不会等我吗？”邹明宇没有扭头看我，大概我强颜欢笑的表情比较尴尬。

“回去好好睡一觉，什么都不要想。怎么一遇到感情的事情就失控呢？你之前可不这样。”

一路都沉默的邹明宇，直到我下车的时候才又说话。

因为失控才是真正的喜欢啊。无心可猜的不叫爱情，明月直入的磊落并不动人。

“我是想多了吗？”我忍不住站在车前问邹明宇。

“开心的话，就在一起，不开心，就算了。”邹明宇拍拍我的肩，“恋爱也不是生活的全部。”

6

一个人回到家，站在镜子前，我看着自己。我今天穿得超美的，甚至还特意做了指甲和头发。可为什么此刻的我，看上去是如此灰头土脸？就像一只打了败仗的公鸡。

当晚XXL先生没有任何消息。

第二天到办公室，我便立刻被八卦包围。我们赶去医院的时候，王梁源被忽然涌入的一伙人围住。

他年初离婚的时候，牵扯到他前妻家族的一些利益，令很多人不满，昨晚不过是借机闹事。那个砸人的服务员，是之前杨帆开饭店时的一个员工，也是追求者。两大八卦牵扯在一起，人人都两眼放光，唾沫飞溅。

我躲在了茶水间，又遇到方若兰。

“你男朋友和王梁源的女朋友，砸人的服务员，还有你，再加上王梁源？”方若兰掰着手指头两眼放光，“所以，你们是五角关系？”

“我们是五角大楼。”我没好气，“防御功能爆表，再问，就派出F-35战机。”

“你知道什么瓜最好吃吗？”

我翻出一个白眼。

“就是吃瓜吃出参与感。”方若兰像小孩子那样拍拍手，雀跃的表情溢于言表。

“好累。”我却苦不堪言。

还好，在这场八卦中我不是风暴的中心，王梁源和杨帆才是。

“杨帆今天还好吧。”中午的时候，我给XXL先生发了一条微信。

“嗯，好多了。”他说。

少顷，杨帆又发来一条语音：“生龙活虎又是一条好汉。”

他们果然还在一起。我没有再跟XXL先生联系。

下班回到家，就看见楚良歌靠在门前。

“我在家不想写东西。”楚良歌可怜兮兮地看着我说。

“所以，你来我家写？”

“姐妹，”楚良歌拽住了我的手臂，“求收留，会暖床。”

结果，我开了门，她就躺在了我的沙发上。

我干脆把吴英伟也喊了过来，我们开了个深夜酒会。今晚没有男人的我们仨，准备喝个烂醉。

我觉得啤酒是最好的，但英伟要喝白的。

“自虐？”

“我已经五年没碰过酒了。”英伟倒了一大杯，“从怀孕到现在，我容易吗？”

而楚良歌已经毫不犹豫地开了我最好的一瓶红酒。连喝酒都要坚持自我的我们仨，为啥要一起喝酒呢？

“离婚的感觉怎么样？”楚良歌问英伟。

“正在拉锯战。”英伟说，“每次我请了假去民政局，他都放我鸽子。”

“工作的感觉怎么样？”

“我原本以为我会需要一段适应期，其实根本没有，我非常享受工作的感觉。”英伟跟我碰杯，“感谢这位姐妹，是你帮我发了简历。”

“客气了，这位姐妹。”我点点头，痛饮一杯苦酒。

“现在的我……”英伟一口喝完了小半杯白酒，辣得眼泪都出来了，“就只关心我的小石头。我，重生了。”

听着闺密们的聊天，我却不断地看手机，手机上那么多纷繁复杂的东西，却没有一条是我想要看到的。

喝多了的楚良歌，兴致勃勃地做了一个艰难的决定：“我要禁欲半年，你们支持不支持我？”

我和吴英伟“哇哦”了一声，便不再理她了。

喝多了的我也兴致勃勃地做了一个艰难的决定：“和张后初的这场恋爱，将是我人生的最后一次恋爱！”

楚良歌和英伟也“哇哦”了一声，不再理我了。

于是我们又视频连线了雅妮。刚起床的她，一边刷牙一边说昨晚写作业到三点。努力的人的夜晚原来是这样度过的。

几个酒疯子，约雅妮老了一起住，像某个公众号里写的那样，建一座大别墅，陪伴养老，天天一起打麻将。

“可是我有男朋友了。”雅妮一脸抗拒地说，“和你们仨老太太住一起有什么快乐？”

我的闺密雅妮，一直职场得意，情场失意，从未真正恋爱过却总是对恋爱颇有微词，说出“恋爱是一场发烧时的战争，就算迷糊了心智，最终论的还是输赢”这种话的我的闺密雅妮竟然恋爱了？！

我们仨面面相觑地也“哇哦”了一声，便挂了视频，也不理她了。

7

英伟和楚良歌都在我家留宿了。

早上上班的时候，我才发现门把上挂着早餐。

他回来了。

回来了就好，我想。几乎没有迟疑，我便上楼去找他了。

在任何关系中，都没有什么全部程度上的一拍即合。要磨合，要长时间地相处，甚至要驯服。但驯服这种事，也是相互的。驯服对方是一种利己的自私，是要掉眼泪的。就算是用最温柔、最心平气和的语言，也会让人掉眼泪。我和XXL先生，如果我们要在一起，要么我驯服他不再做谁的蓝颜知己，要么他驯服我接受他有一个红颜知己。

可太累了。我不想理解，不想要磨合，也不想要驯服。

英伟说得对，理解、磨合和驯服都太累了，接受就够了。

我敲着门。迫切地，真挚地，努力地，下定了决心地。

他开门的一瞬间，我便跳到了他怀里。

他正穿着浴袍，大概刚洗完澡。

“别说话。”我抱着他。

他安静地没有说话，我安静地抱了一分钟。

之后，我放开了他：“我去上班了。”

“等等。”他在身后喊我。

“怎么了？”我扭头问他。

“没事儿。”他笑笑说，“今天不能送你上班了，路上小心。”

“嗯！”我跳出门。

直到到电梯里，我才感觉到他今天的笑里，带着一种我从来没有见到过的撕裂。

有什么我不知道的事情发生了。一整天我都在想。

我不时地翻着朋友圈，他的空无一物，杨帆的也空无一物。我看着他头像上的那座雪山，下载，放大，仔细地看。我又点进去杨帆的朋友圈，下载了她的朋友圈背景，放大，仔细地看。然后，我把两张照片拼接在了一起，发现，这是一张照片。

他的是雪山，她的是雪山下的湖。

“从前，有个像山一样的男孩子。就叫他山吧，他爱上一个像湖水一样的姑娘，就叫她湖吧。他们爱得很深，想一到婚龄就结婚。可是湖的父母不允许。湖的父母嫌弃山家里穷，又比湖大太多，所以怎么都不同意。湖一怒之下远走他乡，山却留在故地，一直等着她。好多年后，湖回来了，可山已经有了女朋友，并准备结婚。湖这个时候才明白，他们之间永远回不到过去了。也许，等她老了，自己也老了，没有那么多阻拦之后，他们才有可能在一起吧。”

XXL先生曾经讲的这个故事，才不是什么瞎编，只不过对象反过来了，杨帆才不是什么“像亲人一样的朋友”，他们是曾经的爱人，没有办法在一起的爱人。

“特别难伺候的老头老太太。”

“她内心非常有力量，并且耐力非常强。你知道我每天早上晨跑，其实是大学的时候跟她练出来的。”

“她不会嫁给他的。”

“我们是彼此的避难所。”

“如果反过来，他也会替我挨的。”

……

他们曾经错过了对方，还以为可以是“像亲人一样的朋友”。因为得不到，所以以“亲人一样的朋友”这样的身份在对方的世界里，每天出现。

人类的情感是如此复杂的东西，你费心建设的一切，只需要一个瞬间，一个契机都可能崩塌。

我的手开始抖，站起来就往外跑。

我一口气跑到XXL先生还在装修的培训中心，门开着，里面一个人也没有。我喊了几声，然后站在落地窗前，看着窗外。那石桥上，正站着两个人。在桥的中间，他们抱着对方，女的头上还有绷带，肩膀耸动，哭得厉害，男的一言不发，只是把她搂了又搂。

他们那么绝望，那么艰难，却又那么好看。他们只是站着，就好像已经把全部的故事讲遍。

我不知道就这样看着他们有多久，直到他们转过身来，朝这边走来，也看到了我。

第十五章

硬币与天启

1

门铃声一声接着一声。

我站在门口看着可视对讲机上，XXL先生紧抿着嘴唇的脸。每当他紧抿起嘴唇，他的整个面容就显得悲悯起来，像是方若兰形容邹明宇一样，那种“我不入地狱，谁入地狱”的悲悯。

楚良歌终于受不了了，从我的书房里冲出来：“你就开门吧，有什么话不能好好说？你又不是十八岁，搞什么逃避主义？”

我开了门。

“她要当面和你解释。”这是XXL先生对我说的第一句话。

“不用解释。”我说，“我懂。”

“可她就在小区门口的咖啡馆坐着等你，已经等了两个小时。”这是XXL先生对我说的第二句话。

“那去吧。”我竟然不舍得他为难。

他像她的代言人，他怕她纠结，怕她难过，怕她一直等下去。

“豆子我们选瑰夏好吗？不那么酸。”在咖啡馆，戴着帽子的杨帆讨好地问我。

“我喜欢酸的，请给我耶加雪菲。”我对服务员说。

“对不起等等，今天我情绪失控了。”杨帆挤出笑来说，“又让你误会了一次，以后我和后初都会注意的。”

“你们觉得男女之间有真正的友谊吗？”我也笑了问。

他们都没有说话。可我感觉，他们在脑海中交谈，而我什么都听不到。也许我永远听不到。

“我觉得有。”我努力地继续挤出笑说，“不就是你们之间像亲人一样的朋友这种吗？”

“等等，”坐在我旁边的XXL先生拉我的手，“别这样。”

“你不觉得人与人之间的了解很奇妙吗？”我深吸一口气看向他，“你曾经跟我说过的那个故事，那个山与湖的故事，其实就是你和杨帆的事儿吧。你们的头像是一幅画的两边。你们在向全世界暗示，你们是爱人。”

“那是很久之前的事了。”XXL先生解释，“人都有过去的啊。我们现在就只是朋友啊。”

我把他的手拿开，深深地呼了一口气，才继续说：“人与人之间的了解很奇妙，但其实人与自己了解的过程也同样奇妙。你们觉得你们是朋友，可有一天你们会发现你们之间根本不是。到那一天，你们会明白这种冲击力，它会吞噬掉你们之间发生过的所有的细节。你们会恍然大悟，于是一切都有了解释。不，我说错了，你们本来就不是朋友。”

“不是的，我很笃定现在的我们是另外一种。”杨帆也急忙解释说。

“好吧，你说的另一种大概不是常规意义上的，这所谓的另一种是你自己所定义的吧。而我也有我的定义。我的定义是，没有血缘关系的异性之间，一个人为另一个人浪费过的时间总和超过某个数字，就是爱情。”我指着他们，“你们之间超过太多了。”

XXL先生再次拉起我的手：“我们先回家吧，我跟你解释。”

我扭头看他。他真好看。只一眼，他就吸引了我。我曾经为此感动。之后，我们试图进入彼此的生活。我努力了，不知道他有没有。这一切的发生就像是一个长而缱绻的梦。那么现在我还在梦中吗？我已经醒了。虽然我并不想醒，虽然我揉揉脸闭上眼睛就可以在梦里再缱绻一会儿。可是一会儿又能多长？

开始的时候他说：“你不觉得能拥有现在，就是最好的了吗？”而我要的是更远更长。所以，从一开始，这段感情就是不对等的。

“我自己走。”我把他的手轻轻拨开。

我往外走出十几米，XXL先生追过来抓住我的手臂：“你冷静一点。就因为一个破头像吗？我马上换掉行了吗？”

我看着他，他气急败坏的样子，竟然让我体验到一点成就感。可这成就感又有什么用，我甚至可以看到，这样的情形会发生一次，再发生一次，会贯穿我们恋爱的始终。而我不想要这样的恋爱。

“以前你说刚认识我的时候，我是一个不会随时随地都在看手机的人，可我现在每时每刻都在看手机，因为我在等你！”我拨开了他的手，继续往前走。

“你不能就这样一个人回去！”他再次抓住我的手臂。

“那你陪我回去吗？”我望着他，害怕着，等待着，像无数次等待那样，等着他来偏爱我。但等待就像是硬币在桌上旋转的片刻，正反结果只有一半的概率。我只是凡人，硬币的结果却是天启。

他沉默了一下，回头看了眼杨帆：“她一直在发烧，我得送她回去。”

我苦笑：“我只是参与了你们之间伟大的爱的过客。祝你们幸福。”

“那你是要和我分手吗？”他也苦笑，“你经过我的同意了吗？”

“我管你同意不同意。我清清白白，没有对别的异性有任何过度的挂念。就此一点上，对于我们的关系，我比你更有选择的权利。”我再次拨开他的手，“我选择分手，而你，没有不同意的权利。”

如果开始的时候考虑要不要开始就已经算开始，那么结束的时候考虑要不要结束，其实已经算结束。也许我在开始说服自己“理解太累了，接受就够了”的时候，从我意识到他们那么亲密是联起手来欺负我，并感觉到屈辱的时候，其实已经结束了。

我真觉得奇妙，人是不能立誓的。昨天喝酒还在吹牛，说我和张后初是人生的最后一场恋爱，呵，今天就结束了。难道我以后都不能谈恋爱了吗？我是不是也太惨了！

躺在沙发上，我看着电视发着呆。人类怎么会这么厉害呢？发明了电，发明了马桶，发明了手机，发明了胶囊咖啡机，发明了电梯，发明了一切让人类可以活得更便捷更舒适的东西。但人类还是会被困在过去里，困在某个心结里，困在爱里。

2

圣诞节快到了。平安夜那天，我和楚良歌一起吃完饭从商场里出来，发现好多人在往圣诞树上挂许愿袋。于是两个人也嘻嘻哈哈地领了红色的许愿袋，写了几句话挂上去。

挂的时候，有一只许愿袋掉了，楚良歌偷偷地打开看了一眼。大概是一个女孩写的：“希望我更美、更瘦、更有钱，遇到一个我认准了，也认准了我的爱人。”

许愿袋重新挂好后，楚良歌悠悠地问我：“你写的啥？”

“和她写的差不多，但没有后半句。”

“失恋让你感觉到了艰难吗？”

“是的。”我说，“爱情已经从人生目标中消失了。”

“呵。”楚良歌怀疑地看着我，“你知道真正的英雄主义是了解爱情的真相，而依然渴望爱情吗？”

“不是了解生活的真相而依然热爱生活吗？”

“爱情是生活的一部分，热爱部分才能热爱全部啊。”

“行吧。”我恹恹地说。

圣诞节到元旦之间，我一直在出差，因为各地的促销都如火如荼。每当深夜一个人躺在酒店的床上，无论空调怎么调高，我都觉得手足冰冷。

XXL先生发来了好几条微信：

“对你造成了伤害，我很抱歉。

“不能见我一次吗？

“我还可以解释，我不想我们就这样结束。”

我都没有回。

后来他又发来一条：“她为了让我们好好地在一起，答应了王梁源的求婚。”

这次我回了：“呵，好了不起。”

出差完回到家，开始下雪了。我和XXL先生分手后，楚良歌就窝在了我家里没走。

“我发现你家风水比较好，可能和我八字比较合，我在这里写东西文思泉涌。”她这样说。其实，应该也有一部分原因，她是怕我失控，想陪着我。

晚上，我们借着“红泥小火炉，能饮一杯无”的诗韵，对饮了一番。

“连这点儿感情的小挫折都受不了，怎么对得住自己吹过的牛？”楚良歌十分同情地望着我，“伟大的毛姆说过一句话，一个人陷入爱情，而又不使自己成为笑柄，三十五岁是最大的年龄。王等等，咱们还有时间。来来来，嗨起来。”

我们玩石头剪刀布，谁输了谁喝酒。不喝的那一个为对方鼓鼓掌，喝的那一个可以随意骂谁。

我骂了不少人，初中不喜欢我的化学老师，高中骂我“女魔头”的那群男生，考研时抢了我座位又一脸无辜的女生，工作后总是刁难我的行政经理。我甚至还骂了一个在地铁上一人躺了四个座位的陌生人。原来，所有细碎的微小的伤害，在让我们大怒或隐忍后，在被时间隐藏后，竟依然存在。回忆太幽深了。大多数时间我们被当下所裹挟，而某些瞬间，一个不请自来的契机，就带领你重新再走一遍曾经的路，再体会一下当时的屈辱。只是年岁不同，理解不同。曾经认同的，此刻却可能窥到谬误。而曾经遗憾的，此刻也能找到另一种新生。

楚良歌就厉害了，她骂的每一个都是有名有姓的前男友。前男友有两位数。

“你还记得那个会写诗的陈德光吗？他有口臭，好严重。他一张口，那可是十米开外，寸草不生。”

“还有那个总是穿紧身衣的油头Tony，一天到晚在意自己是不是翘臀的那个，他现在在混时尚圈了。”

“还有上次那个嫩豆腐，眼瞎了，心堵了，脑子也不开化了，竟然敢跟我先提分手。”

“他先跟你提的？你不是说你先让他滚的吗？”

“呃，总之他是个傻子。”

可是我没办法骂XXL先生。我的内心对他依然温柔，我暂时还没能化解这种温柔。我依然觉得他是我遇见过的我没办法不喜欢的人。我生气，我不甘，我难受得要死要活，有好多道理指引我，可还是舍不得。

3

前一天的小雪似乎只是预告，第二天中午才又卷土重来。雪下得特别大，到傍晚才停。下雪的傍晚，天空是清亮的，不似大多数的冬日，黑暗会一股脑儿地卷来。

下班经过小花园的时候，不禁惊呆了。好多树都被厚雪压得折了枝条，几个保洁员正在清理残枝。我往里走着，所到之处，都能听到头顶窸窸窣窣的雪团滑落的声音，还有，树枝咔嚓咔嚓脆弱的声音。

待到一个保洁员朝我喊“这里很危险，别过来”的时候，我头顶一个树枝发出一声咔嚓的脆响。饶是我已经跳开了好远，但树枝太长，边梢还是砸到了我。我跌倒在地。

雪好软，我躺在雪里。如果不是有树枝挡着，我还想伸开双臂和双腿，像那幅著名的达·芬奇的画《维特鲁威人》。

但我只躺了不到半分钟，一个保洁大叔就朝我跑来。他吓到了，他可能以为我被砸死了。

“喂，你没事儿吧？”保洁大叔喊，却不敢靠近我。

“没事儿。”我悠悠地说。

“没事儿赶紧起来出去。”保洁大叔没好气地说。

我只好坐起来。这次可没那么幸运了，我刚坐起来，又一个断枝砸了下来，本能让我先护住头，但手臂被砸到，疼得龇牙咧嘴。保洁大叔帮我捡起树枝。我看到断裂处的粗壮，也是吓了一跳，还好腿脚都没事儿，只好忍痛爬起来快快逃离小花园。我以为只是手腕伤到了，一开始没注意，走在路上才发现手掌正在滴血，回头看，血在雪里有点儿触目惊心。

我站在单元楼下，在去诊所包扎一下还是先回家自己洗洗之间犹豫的时候，XXL先生从电梯里走出来。一周多没见，他瘦了些，下巴的胡楂让他看起来很颓废，眼睛里还有红血丝。

看到我，他吓了一跳：“你怎么了！”

“受伤了。”我笑笑说，“我回家自己包一下就好。”

“什么包一下？流这么多血！”他从口袋里掏出手帕给我摁上，“去医院吧。”

“不用。”我说，“旁边诊所就行。药房也可以包扎。”

他不再说话，帮我摁着手往外走，我只能跟了过去。

“你怎么搞的？”在路上他问。

“就是一个no zuo no die why you try（不作就不会死，为什么你还试）的故事。”我自己摁住手帕，假装已经放过自己也放过他地说俏皮话，“你有事儿就去忙吧，我自己去就行。”

“我没事儿。”他有点儿生气地说。

为什么生气呢？我想，我们之间还是能随便生气的关系吗？

包扎的时候，XXL先生就坐在我对面。他一直看着我的手，却没有再和我对视一眼，本来都不绝望的绝望感又一次出现。

我要搬家，我想。我要住楚良歌家，这里就给她住好了。我要搬家。

回去的路上，雪已经结冰，滑倒的人可真不少。我全神贯注只想不要摔跤，可还是一个趔趄，但被XXL先生扶住了。之后他就扶着我一直把我送到了家门口。

“谢谢。”告别的时候我说，“注意休息，瞧你都有黑眼圈了。”

他摆摆手，笑了下就进了电梯。

我站在家门前，等到电梯门合上了，我也没去开家门。

我走回电梯前，想目送他乘坐电梯时那些不断攀升的数字离开，离我越来越远。

但等我走回电梯前的时候，发现电梯依然停留在六楼。他没走。望着电梯那个“6”的数字，我只觉得心跳得很快很快。一种我以为已经不会再出现的心痛，此刻疼得具体又清晰。

他会在这个密闭的空间里待多久。他在想什么？在挣扎还是在犹豫？

我觉得我的手指都是颤抖的。我知道如果我摁下按键，我就会看到他，那这痛苦就会更疼更清晰。

我犹豫着伸出手指，不知道要不要摁下去，可终于在准备摁下的那一刻，电梯开始上行。

4

回到家后我非常难过，分手后第一次这样难过。

他是个你不可能不喜欢的人。一生中你会遇见几个人可以让你这么说？在以为我们已经失去了所有的缘分之后，我每天晚上坐在楼下的紫藤架下，看着一个个人从我身边经过。哪一个人都不是他，哪一个人都不如他。

我敲开书房的门，问正在电脑前奋笔疾书的楚良歌：

“我可以上楼去找他吗？”

“不行。”

“我可以给他打电话吗？”

“不行。”

“我发个微信可以吗？”

“不行。”

“那我可以干什么？”

“可以哭一会儿。”

于是哭了一小会儿，我又去敲了书房的门：“为什么我不是那个他认准了的人？可我已经认准他了啊！”

楚良歌跳过来抱住我：“会有那个人的，会有的。我马上把小说大纲改成大团圆。我们上次说的话都不算数，毛姆说的话也不算数，什么三十五岁之前恋爱才不会是笑柄。呸呸呸。我也才不要禁欲半年。呸呸呸。张后初更绝对不是你最后一次恋爱。呸呸呸。”

“呸呸呸。”我擦干净眼泪说。

5

雪化了后，我休假两天，想回趟老家。楚良歌要和我一起。我的唯一要求是她不要打扮得那么妖艳，被我的乡邻指点。她只好穿了我的毛衣和牛仔裤，但她手长腿长，手臂露出一截，脚踝也露出来了。

“另一种时尚。”她对着镜子满意地点头，把大波浪扎起来，露出了干净的脑门。

我也满意地点点头，然后我们开着“鸭宝宝”去超市买了点儿东西带着。一路上，我们都觉得身心俱疲，谁也不想说话。音乐开着，就那么安静地走，美好的惬意的感觉慢慢地出现了。

我说："咱俩过一辈子算了。"

"才不要。"她毫不犹豫地拒绝了我，"我喜欢男人。"

我撇撇嘴："没有什么男人能像女人一样了解女人。"

"为什么非要男人了解。"楚良歌也撇撇嘴。

虽然我对她的言论不能苟同，但我还是不发表意见了。

倒霉的是，到家后我发现三舅妈竟然也在。幸亏我带来了"人形武器"楚良歌。三舅妈不再批评我没有和那位条件超级好年薪五十万的工程师相亲，转而对看上去纯白无害的楚良歌递出了一根月老的红线。

"好啊好啊。"楚良歌高兴地拍手，"舅妈，您说的这人条件是不错，但长得怎么样啊？"

我在一旁一边陪小侄女下飞行棋，一边等着楚良歌放出她的炮弹。

"可精神了。"我三舅妈很快在手机上找到了照片，"你看，像明星吧。说是像那个谁？吴，吴什么？"

"吴尊啊！"小歌子喊，"是啊，好帅。您把他微信推给我吧。"

"这小伙子呢，已经三十三岁了，家里就是想让他尽快结婚，最好半年内能成。"

"结婚？"楚良歌要放炮弹了。

"对啊，相亲就是为了结婚啊。"

"可是我不结婚。"楚良歌放出了她的炮弹。

"怎么不结婚呢？"三舅妈满目疑惑。

"我是不婚族。一辈子不结婚不生孩子，我就想谈恋爱。"楚良歌的炮弹打在了我三舅妈的胸膛上，五十六岁的她一分钟没有说话。

"我加上他了。"楚良歌说。

"不行，不行。"我三舅妈喊起来，"你不能加，不能加。人家是要结婚的，你加了不等于害人家了吗？"

“舅妈，怎么叫害人家啊。结婚才是害人家，谈恋爱那是疼人家。”楚良歌天真无害地说。

我三舅妈捂住了胸口，略带求助，又略带厌恶地看着我，那眼神里明明在说：“你这认识的什么人？”

我妈把我拉进了厨房里：“上次在你家见到那个小伙子，你们怎么样了？”

“什么小伙子？”我假装忘了，打马虎眼。

“在你家，半夜，你们抱在地上那次！”我妈狠狠地瞪我。

“没有啊。”我抓起一个苹果开啃，“你记错了吧，是看电视剧的情节吗？”

我妈拿起菜刀：“你别跟我装啊！”

“哦，分手了。”我说。

我妈的菜刀朝我挥舞过来：“你们都那样了，说分手就分手，你是人吗？”

我拔腿就逃去了客厅。

客厅里已经是另一番景象了，楚良歌和我的三舅妈已经坐下来心平气和地论战了。反正楚良歌有的是歪理，一会儿就把我三舅妈说得不停点头。连“婚姻是坟墓”这样的话都说出来了。

吃饭的时候，我妈没给我好脸色，我爸也不怎么说话。但楚良歌已经和我的三舅妈达成了统一意见，婚姻不太人性，但有个孩子是极好的。

吃完饭我刷着碗，我妈忽然走过来对我说：“你把那小伙儿的联系方式给我。”

“干吗？”

“什么干吗？你都把人家带家里了，你不得对人家负责？”我妈认真严肃，且十分有责任心。

而我简直要当场去世。

我和楚良歌一起回家的路上，在车上更沉默了。我是一肚子委屈没地儿放，她是已经在微信上和那位“吴尊”聊开了。

刚走进市区，她就要下车。

“干吗去？”

“我们约了。”她扬扬手机。

我内心飘过千言万语，包括脏话，但还是点点头，把她放在了地铁口。一句歌词涌上我的心头：“得不到的永远在骚动，被偏爱的都有恃无恐。”

真应景。

车进了地库后，我许久没有下车。我对角处的一辆车，也坐着一个人。他抽了根烟，看了会儿手机，然后茫然地看看外面。直到他的手机响起来，他才依依不舍地下了车，接听电话往外走：“嗯，刚停好车，马上就到家了。行啊，放西红柿也很好，一定很香。”

在车里独处的他和接电话的他是同一个人吗？我不禁想。也许每个人都戴着一个玻璃罩子。你看得到我，却永远感受不到全部的我。就算我们每天朝夕相处，就算我们同床共枕，就算我们一起养育了孩子。也许这才是人与人之间最真实的关系，也许这才是每个人都有特别的魅力的原因吧。

我的手机也响起来，是英伟：“明天上班吗？”

“不用。”我说。

“那中午一起吃饭？”

“好啊。”

“我想请邹总，然后你作个陪。”英伟说。

“邹明宇？”我有些诧异，“为什么？”

“他公司请兼职财务，找了我。”

“他主动找的你？”

"是啊。"英伟说，"说对我放心，毕竟跟你这么熟。真的挺意外也很感谢。活不多，收入也不错。"

挂了电话，我哑然失笑了。为什么一瞬间里，我会有"邹明宇是自己人，不用请"之类的念头？也许我看自己，也像戴着一个玻璃罩子吧。

6

我回到家洗完澡出来，手机上多了几条微信。两条是楚良歌发来的，一张照片，一声吼叫："我去，真的好像吴尊啊！"一条是邹明宇发过来的："有没有什么特别想吃的啊？"

我倒在床上，似乎感觉更寂寞了。

我完全无视了楚良歌的吼叫，回了邹明宇："你找英伟怎么不告诉我？"

"这是我个人的事儿，为什么要告诉你？"

我被气得语噎："哼，每个人都戴着玻璃罩子。"

"人与人之间本来就像是隔着一个宇宙。"

"所以孤独才是人生的本源。"

"所以你到底想吃什么？"

"啥都行。"我说。

要去的那家饭店的车位又小又挤又难找，我用了十几分钟才把车停好。进了包间，邹明宇正跷着二郎腿刷着手机，一脸谜之微笑。

"干吗笑得这么野？"我满腹狐疑地问，"英伟还没来？"

然后我手机响了，他发来了一个视频。汗，竟然是我在楼下乱七八糟停车的视频，不过速度调快了五倍。

"你的驾照是买的吗？"他揶揄我。

"这个你要去车管所核实。"

"不如我们先点好菜等英伟，然后我下去教你如何完美地侧方位停车？”

“我不由得想起了我刚进朗意的时候，你教我怎么做堆码的事了。”

“是不是很美好的回忆？”

“我辛辛苦苦堆到半夜，第二天你喊导购过来说，瞧，这就是典型的错误示范，请大家拍照做留念。”

他笑起来，笑了好一阵才说：“但那时你认真犯错的样子，我也印象很深刻。后来我不是请你吃饭道歉了吗？”

“但你请我吃的是变态辣的烤鸡翅，我因肠胃炎住了三天医院。”

“啊，这个事情我怎么不知道？”

“善良的我当时没有考虑去揭穿。”

“人生需要揭穿。”

“但人更需要善良。”

“善良，善良。”他说，“现在的我也是善良的，走吧，我今天将功补过。”

下了楼，他坐副驾驶座，座椅往后调到了底，头和车顶无缝链接。

“不错。”他说，“再小一点点儿，我就不能坐了。你买这车的时候，是不是考虑到了我？”

“对，这车就是为你量身定做的。”我给了他一个白眼，开始颤颤巍巍地把车开出去。

可是正值饭点儿，这个时候练停车简直就是自找麻烦。什么车倾斜20～30度角，什么后视镜与右侧车的B柱对齐（什么是B柱啊？就是那里啊，你看到了吗？两个车门中间的那条线），什么方向盘打满后，后视镜要看到后车的全部车头……

眼睛跟不上指令，而脑袋似乎被糨糊封住了。

我试了一次又一次，要不被后车的喇叭逼命，要不就总是到不了两车之间的安全距离。

“我不学了。”我气急败坏。

“做得很棒。”邹明宇说，“再试试，再试试。”

我只好又试了几次。

“打满，打满！”邹明宇指挥。

“我打满了啊。”

“打不动了才叫打满。”

“我知道什么叫打满！”

邹明宇伸手过来，又给我向左转了一圈：“这才叫打满！”

我顿时生无可恋。

我没想到会遇见轻尘。

“等等姐，好久不见了！”轻尘很兴奋地跑过来，“我来吃饭，你也来这里吃饭吗？后初哥呢？这位是？”

我打开车窗介绍：“这位是我的同事，我们来参加一个工作饭局。那你先去吃饭，有时间我们再约。”

“好啊，好啊。”轻尘的头都要伸进车窗里来，对邹明宇喊，“你好，我是魏轻尘。”

邹明宇点头说：“你好，邹明宇。”

轻尘又把手臂伸进递过来一张名片：“我换工作了，这是我的新名片，很高兴认识你。等等姐有我的微信，需要的话，可以加我哦。”

“没问题。”我点头。

轻尘满意地把头缩了回去：“我朋友在等我，那我先走了。常联系啊，等等姐。”

“嗯嗯。”我继续点头，等她走出去十米远，才长长地舒了一口气。

邹明宇读着名片上的字：“魏轻尘，女神直播网常驻主播，网络评选带货红人Top3，微博粉丝十六万。看直播请扫二维码，商务合作电话……”

“这么厉害。”我忍不住赞叹。

“不错啊，你还认识网红啊。”邹明宇认真地把名片放进口袋里，“把她微信推给我，我正找人帮忙给我公司带货。”

终于停好了车，我们一路互怼着回到饭店。

我坐下后就望着窗外发呆，想到上次见到轻尘时她喝醉了又哭又笑的样子。

“想啥呢？”邹明宇问我。

“凡所有相，皆是虚妄。若见诸相非相，即见如来。”我说。

“说人话不好吗？说什么禅语？”

“佛系多好，看得开。”

“人本来就是欲望动物，佛系不过是一种对现实的逃避。”

“行行行。”我摊手表示息战，“你有你的生存法则，我也有我的，求同存异。菜都上齐了，英伟怎么还没来？”

“今天去不了了，家里有点事儿，替我跟邹总道个歉。你帮我买个单。”英伟在电话里说。

“怎么回事？”

“我妈知道我们要离婚的事儿了，在这儿闹着呢，韩一川又跪下了。”

“那你好好处理吧，加油！”

吃完饭，买单的时候我才发现，邹明宇已经买过了。我只好转账给他：“我不付钱，英伟知道了会讲我的。”

“你们姐妹感情真好。”

“你就没有兄弟吗？”

“有啊。”邹明宇说，“但他们都已经结婚了，在付钱这件事上，不会你争我抢，因为回家还得跟老婆对账。”

“所以你不结婚？”

他扬了扬眉毛。

7

我还是忍不住要借此机会问一下邹明宇，以男性的角度来分析一下，到底是XXL先生不正常，还是我不正常。毕竟我只有这么一个异性朋友。

“你现在不忙的话，请你喝个咖啡咨询个事儿？”吃完饭我向邹明宇提出了邀约。

“好啊。”

我们就近找了个咖啡馆，坐下来后，我便问他：“你心里有没有一个白月光？”

“什么是白月光？月光是白色的吗？”

“张爱玲说的，男人一生会有至少两个女人，一个是白玫瑰，一个是红玫瑰。娶了红玫瑰，白的就变成了‘床前明月光’。”

“那红的呢？”

“你是多没有文学素养？”为什么每次跟他说话，我都要气炸，“红的就变成了墙上的一抹蚊子血。”

“这样啊。我想想，”邹明宇故意逗我，“大概有好几个白月光吧。”

“算了。”我放弃了，“跟你没什么好聊的。”

“站在我个人的角度说，我不想对你的恋爱发表意见。”他说，“因为个体和个体是不同的。我也不会说你的这位男朋友的任何不好，毕竟我一点也不了解他。我只见过他一次还是两次，嗯，长得挺帅。”

“哦。”

“但我希望你快乐。”邹明宇说，“恋爱快乐的话，你就去恋爱。恋爱不爽的话，你就停止。就是这么简单的事情，你不要想得复杂。”

“已经停止了。”我说。

“那你现在快乐吗？”

我沉默了好一会儿才说：“也不快乐。”

“其实，人所有的烦恼都来自于对未来的恐惧。”他说，“但恐惧也是一种生产力。我们控制自己，努力赚钱，不过就是为了让未来不那么难堪。”

我苦笑：“嗯，又开始讲道理。”

“讲道理是中年男人面对小姑娘时的不二法则。”

“虽然你喊我小姑娘我很开心，但请别油腻。”

“油腻？”他揉揉头发，“还记得有一次下雪，货车在路上抛锚的事儿吗？”

“嗯，记得。”

“那次促销活动，紧着要货。你骑着电动车每次拉三箱，跑了六七趟，跑到电动车彻底没电。”

“那次是因为公司的车都去了N市，实在没办法，也临时租不到车，而我完全就是个小机灵鬼。”我赞美我自己。

“然后货车司机还生病了，去了医院，半车的货没人看守，拖车也拖不了那么大的车，我们两个人就在车里过了一夜。”

“记得啊。”我说，“我们不是听了半夜的郭德纲的相声吗？”

“嗯。”

“怎么了？你好像还有别的话说。”

“那好像是我们唯一一次一起在早上醒来。那一次，早上醒来的时候……”他停住了，看着我。

“什么？”我看着他，等着，不知道为什么竟然心怦怦跳，很紧张。

“那次早上醒来的时候，你的头发才叫油腻！”他得意地笑了。

我抓起抱枕就砸了过去。

那天我心情很愉悦地回了家。可当家门关上的那一刻，脸上的笑容似乎在瞬间消失了。

那次之后，我再没有遇见过XXL先生。那个我曾经以为赋予了我们缘分的神奇的电梯，也再没有给过我们缘分了。

你知道如果两个人的缘分消失了，那么就算离得不到五百米那么近，也不太可能遇见了。

我也不止一次觉得自己有些太过任性，很后悔。**当后悔的情绪产生时，我感觉绝望也更深了一点点。我感觉自己，连爱人的能力都没有。**

于是我又喝了酒。

楚良歌不在的晚上，喝了酒的我，思念的感觉更甚，就像我最早对他心动的时候一样。

我发现，分手似乎让我更执着，想他也想得更强烈了。我不确定这是不是我的好胜心在作祟。也许每个女人，就算在爱情里，也会有好胜心。**如果我没有让你着迷的能力，那我就输了。**

一个人的音容笑貌怎么会有这种杀伤力呢？痛苦几乎重塑了我的想象力，我想象着XXL先生会不会也在想我，会不会因此而为难，会不会像我一样失眠。但想象并不能给我安慰。我想立刻跑上楼，不管不顾地去敲他的门，什么都不说，抱住他，拥吻，用尽力气，把痛苦和思念全部消耗殆尽。

可渐渐地我又开始想，他已经放弃我了。他放弃了我这个想法，让我更加痛苦，让我觉得自己是一个不被爱的女人。为什么没有人爱我呢？为什么没有人以我能为之笃定的方式爱我呢？虽然努力了，可是还是不能接受自己也不被爱啊。

没有爱着的时候才能接受自己也不被爱吧。爱着的人，怎么可能接受？

跟“吴尊”约完会后的楚良歌回来的时候，我正在楼下的紫藤花架下坐着。

想再见他一次，再见一次就好了。哪怕偷偷地看上一眼，就好。他会经过吗？会吗？我就是这样想着坐在那里，不知道过了多久。

“你是不是神经病？”楚良歌拽着我冰凉的手，拉我回家。

在电梯里，她摁了“6”，又取消，摁了“18”。

她拉着我，像拉因为糖果全掉了而伤心的小孩子那样拉着我，站在XXL先生家门口开始敲门。

只是门没有开，门内没有人。

第十六章

接受自己是一个普通人，接受自己也可以不被爱

1

我正在工作的时候，被老王喊了过去。

“王总。”我站在他的办公桌前，毕恭毕敬。

“等等啊，”老王搓着手，“杨帆去旅行了，好像是和你男朋友一起去的，说什么是婚前的最后一次单身旅行。这两天她手机关机了，你帮我联系一下你男朋友，看看他们去哪儿了，这两天没事儿吧？”

“对不起，王总。”我毕恭毕敬，“我和张后初已经分手了，我不能再找他。”

老王震惊了一下，又搓着手：“啊，这样啊。你们为什么分手啊？”

“性格不合。”我说。

老王摆摆手：“那不耽误你工作了，你回去吧。”

我往外走，到门口的时候，老王喊住我：“你有没有感觉你前男友和杨帆怪怪的？”

“他们是亲人一样的朋友。”我并不是要隐瞒老王，我只是把他们传达给我的明面上的信息转达，但有时我也不太相信我自己的判断。

“我只是觉得他们在一起的时间那么长，我都怀疑他们是不是要私奔。”老王开玩笑地说。

“那你为什么同意他们一起去呢？”

“每天那么多事儿，哪有时间精力去管女朋友和谁一起出去玩？再说了，杨帆都喊他弟弟，还介绍他回来接手邹明宇的位置。”

“明白了。”我退出了办公室。原来小郝没有骗我，XXL先生竟然真是小郝口中的那个新晋小舅子。

我不能理解和接受的，也许别人可以理解和接受。

“男女之间真正的友谊啊，”方若兰捧着咖啡杯摇摇头，“连我这种恋爱小白都知道，这是骗人的鬼话。”

“你好像有故事哦。”

“不问风月，而纯粹的关心，分享烦恼和幸福，一起打发无聊时间，也觉得对方可以依靠。我和一个高中同学就是这样。”方若兰陷入怅惘，“我不喜欢他但也不讨厌他，所以相处很愉快。我们经常一起过光棍节，看电影啊，短途旅行啊。但是有一天，他突然跟我表白，我吓死了。”

“然后呢？”

“我拒绝了他。”方若兰更怅惘了一些，“半年内，他就相亲订婚，很快结婚了。”

“唔。”我也怅惘了。

中午吃饭的时候，我还是走到了XXL先生做培训中心的那个地方。装修大概过半，有工人在里面忙碌。

“这里会有六个教室和三个实验室。”我依稀还记得XXL先生跟我介绍时他兴奋的脸。

在我们一起午餐过的草坪上坐了会儿，我看到两株池塘边种的梅树开了花。那天正好立春。

我奶奶以前说，春打在年前了，这一年就没有春了，叫寡妇年，不适合结婚。

我默默地笑了好一会儿，想起一个日本电影《百元之恋》，被里面的歌词打动：完结是因为开始过，失败是因为战斗过，分手是因为相遇过……又感觉非常孤独，思考了一会儿“意义”。各种意义，活着的意义，工作的意义，家人朋友的意义，独居的意义，爱情的意义。

后来我又开始想为什么罗曼·罗兰会说“有些人二十岁就死了，等到八十岁才被埋葬”。也许是二十岁的时候，内在就已经注定了。我们之后的所谓“成长”，一方面是各种外在能力的加持，另一方面则是在心里建立了某种可以与自己和解的意志力。

接受自己是一个普通人，接受自己也可以不被爱。

2

英伟开始上班后，因为公司离得不远，经常约我一起吃午饭，有时也会来我公司食堂蹭个饭。

“你没发现所有事情的发生都是有因果轨迹的吗？”这天，吃着吃着，英伟说了一句很有禅味的话。

“也许并不是一切都已注定，但确实一切都有迹可循。”我也跟着说了一句很有禅味的话。

“仔细想想，”英伟说，“我和韩一川走到今天，我也不是没有责任。”

“干吗怪自己？”我撇撇嘴，“不要用别人的过错来惩罚自己。”

“人活着，其实是一种受教育的过程。每当有事情发生，大概就是之前的错误有了结果，而上帝在给机会改正。”英伟苦笑，“韩一川被裁员了。那个女的，是他的下属，也一起被裁了。”

“哇哦。”我笑了，“咎由自取。”

“你知道他公司太大了，办公室政治很复杂。那个女的，是他的对手花钱请来主动接近他并勾引他犯错的。”英伟扬扬眉毛。

“他这么说你也信？”

英伟放下筷子，开始擦嘴：“信不信的，还是多留个心眼吧。社会很复杂，人心也是。我们都还是太单纯了。总之，我答应了韩一川。”

“答应什么？”我也放下了筷子，“你不会心软了吧。”

“我答应他，陪他一起先走过这段最难的日子。”

我捂着头看着她，不知道对这位犟劲儿上九头牛都拉不走的闺密说些什么。

3

又到了休息日，楚良歌出去约会了。在家里太闷了，我决定出去走走。路边的树正在告诉我冬已深。好久没有旅行了，有时间的话，我真想去冬的深处看看。

路过了一家宠物店，我进去逗了会儿猫狗，看上了一只很可爱很美貌的金吉拉猫，才三个月大，我非常想要。但是我不知道我出差的时候，可以把它放在哪里。楚良歌对宠物过敏。既然无法给它稳定可保证的生活，是不是不养它比较好？照此说，如果无法拥有一个美好的结局，是不是不恋爱比较好?

我胡思乱想地撸着金吉拉。

宠物店老板是一对情侣。两人先是小声地讨论，大致是女孩说，想去考MBA。讨论了一会儿没谈拢，男孩吼起来：“都三十了，考什么考?你还能成为谁？”

女孩说：“如果我六十岁，你说出这句话我可能还会犹豫，可是我才二十八，我想成为谁就成为谁！”

女孩摔了帘子去了里面给宠物洗澡的地方生闷气。男孩在外面烦躁地摔着鼠标。

我沉默地看着猫。

少顷，听见男孩在喊：“说吧，你考哪个学校？我查一查。先说好，到时候你要是考不上，可别跟我这儿哭鼻子。”

女孩笑着出来了，一把揽住了男孩的脖子。这是真实的亲密，会发脾气，会吼叫，会妥协，会嘲笑，会一针见血。

最终，我没有买猫。我买了两个猫罐头，然后喂了它。别的猫可怜地喵喵叫。

“你只喂它一个？”女孩问我。

“嗯。”我说，“偏爱。”

不禁有些心酸，三十岁之后，我还可以成为谁?

从宠物店出来，我又坐上了地铁，虽然我也不知道要去哪里。今天穿的是掐腰红色毛呢裙，前年买的。为了刺激自己减肥，我特意买小了一号，今年终于穿上了，也算是失恋福利。我扫着手机，看到一个网红咖啡馆，便下了地铁，去了那家咖啡馆。兜兜转转地找到地方，坐下来，我总有一种说不出来的感觉，胸口像是窝了一个鸡蛋。就在不知如何消磨掉这个鸡蛋的时候，我听见了熟悉的声音。

邹明宇带着一个十三四岁的女孩进来了，我往里缩了缩，希望他们没有看到我。

他们点了单，亲密地手拉手，坐在了靠窗的位置。八卦的我忍不住悄悄地换了一个座位，然后听到了两人的聊天。

邹明宇说：“以后不要逃学了，你跑出来，你奶奶会担心的。”

“我会在放学点儿回去的，奶奶不知道。”女孩吃着蛋糕，在高脚椅子上摇着腿，腿又细又长。

“为什么逃学啊？”

“和别人吵架了。”

“吵架就吵架了，为什么你要逃？”

“觉得吵输了，心烦呗。”

邹明宇恨铁不成钢道：“吵架这种事儿，哪有什么输赢？吵架就是双输。”

“行，知道了，别婆婆妈妈了。”

“为什么吵呢？”

“为了偶像。”

“你的偶像是谁？”

“反正你不懂，我不告诉你。”

邹明宇一脸慈爱地揉了揉她的头发：“等下我开车送你回学校。”

“不要你送。你给我钱我自己叫个车就行了。”

邹明宇掏出了钱包，女孩把钱包抢了过去，毫不客气地抽出了纸币。

“拿这么多钱干吗？”邹明宇问。

“你不懂。”女孩已经吃完了蛋糕，从高脚椅上跳了下来，“我走了。”

“我等下给你班主任打电话问哦。还有晚上，我会打电话给你奶奶。”邹明宇说。

女孩摆摆手，头也没回地推门走了。

腿好长的小女孩到底是谁呢？我思索着，连邹明宇站在我旁边都没发现。

“听得还清楚吧？”

我差点儿从沙发上栽下来。

“你怎么知道我在这儿？”

“我进来的时候就看见你了。你坐的是窗边，大姐？”邹明宇似乎对我十分无语。

“收回去。”我生气地说。

“收回什么？”

“大姐。”

“好吧，收回去大姐。”

“刚刚那个是你女儿？”

“我有没有女儿你不知道？”

“那你要是藏起来了我很有可能不知道。”我咬着吸管。

“我大哥的孩子，和家里人都聊不来。大哥在国外，嫂子离婚走了，就我妈七十多了带着她。正值青春期，叛逆、任性、成天惹事。”

“给你点个赞，国民给钱好叔叔。”

邹明宇笑：“你在这干吗？”

“今天照镜子发现自己超美，所以就出来乱晃，回报社会。”

他笑起来：“不错的责任心。”

“准备回报社会多久？”他坐下来，“开车了吗？需要我送你吗？”

“不用，我自己回去。”

“回公司还是回家？”

“回家，今天休假。”

“算了，跟我走吧，我带你出个外勤。”他招呼我，并往外走去。

4

我们一起开了很久的车，去了一家服装厂。我惊讶地发现，邹明宇的审美和品位在提升。

已经下厂的几件衣服板型都非常惊艳，摄影室内，两个模特正在试穿摆拍。看来在朗意坐冷板凳的那半年，他也没少做功课。

忙完了，从郊区回去的路上，有卖草莓的，邹明宇停下来买了两盒草莓。坐在车上，我吃着草莓，分析自己已经好转的情绪。我觉得当一个人陷于如我这般的痛苦时，关系再好的同性可能也无法慰藉，但一个不讨厌的异性却可以。一个不讨厌的，还能看到他对自己有好感端倪的异性，就更好了。虽然不知道这是什么逻辑，但对XXL先生和杨帆，我似乎真的生出了一丝理解的意思。

邹明宇开着车，用车载电话拨了一个号码，是他侄女的班主任。打完电话他脸色不太好看：“熊孩子，竟然真的没回去。”

然后他又给他的侄女打电话，但打过去小姑娘就挂断，根本没接的意思。他让我帮忙打开微信发了条微信语音给她：“你再不接电话，我立刻报警。”小姑娘也没有回。

总之从那一刻开始，气氛变得紧张起来。他一直没有收到回复，一路上，我拿着他的手机继续给那孩子打电话。可孩子一直没接。

车子开到了我家附近，他让我先回去。可是那个情况下，我怎么可能会回去?

我说："我陪你再等等吧，找个能停车的地方等一等。说不定在打游戏，或者看电影去了。"

"我大哥一直在国外务工，这孩子是我看着长大的，她甚至就是我养大的，和我女儿没区别。"他非常难受地揉着脸，"我是不是把她惯坏了，我就不该给她钱。"

我安慰他："我们再等等，就等二十分钟，别着急。二十分钟后如果还联系不到她，我们就找老师要一下别的孩子的联系方式，打电话给她的好朋友，然后我们再去她可能会去的地方找一找。你先平复一下情绪，也许事情并没有你想象中那么复杂。"

"那我们就等二十分钟。"他把车开到了一个停车场。

车子停好后，感觉天地万籁俱寂。我们都在沉默地等着手机响起来。他依然揉着脸，我真的很想把他的手拉下来，皮肤那样揉的话，不怕松吗?

终于，我忍不住了，拉开了他的手："别揉了。"

他的声音带着点儿崩溃："你不觉得这个世界对小女孩来说有点儿可怕吗？我都不知道怎么保护她。"

"这个世界是每天都有坏事发生，但坏事一定不会落在我们头上。宇宙是有力量的，要有这样的信念。"

"你知道我失去过什么吗？"

"活着不就是一边得到一边失去的吗？"

"这是文艺青年说的屁话。"他苦笑，"有的失去是上帝最严重的惩罚。我曾经也有过一个女儿。十年前，我和我前女友有过一个孩子，我们准备结婚，但怀孕到四个月的时候，她有一个升职的机会，然后根本没有经过我的同意，为了升职，就决定放弃孩子。我因此不能原谅她，也不能原谅自己。”

我看着他。

“我没想到小郝竟然做了和她一样的选择。你们女人都这么狠心的吗？”邹明宇看着我，苦笑着问。

在一个男人展露他脆弱的情景之下，我发现我的语言是如此匮乏，我找不到可以说的话，我觉得安慰十分徒劳，只好轻轻地拍了拍他的肩膀。

他没有看我，头趴在了方向盘上，但握住了我拍他的那只手。他的手汗津津的，我没有抽回，安静地被他握着。

我们就这样坐在车里。我看着车窗外，车来车往，人来人往，感觉到一种焦灼的宁静。我想，也许我从来都不知道人生到底是个什么东西。**你为爱而疯魔，而爱歪曲一切事实，你看不清灵魂的轮廓。**

直到邹明宇的电话再次响起的时候，他才放开了我的手。是他侄女。他在电话里喊：“你在那待着别动，我立刻接你回去。”

车子很快启动，我们去接那个孩子。她竟然去参加了某个明星的见面会，邹明宇打电话给她的时候，她的手机被统一没收放在了外面。但出来后，当她看到邹明宇打来的几十个电话吓坏了，立刻联系了他。

邹明宇真好，我还以为他会揍她一巴掌，谁知道他只是揉了揉她的头发，然后说：“追星也可以，但要适度，我不会骂你，也不会告诉你爸爸和奶奶。班主任那，我也会给你圆谎。但是，你以后去哪儿必须跟家里人报备，我是认真且严肃地跟你说这件事情。你自己好好想想，让爱你的家人担心你，对一个十几岁的姑娘来说，是不是不应该？”

孩子哭了。

我们把孩子送到了他父母住的小区门口，让她自己回了家。他又开车送我回家，路上气氛有些尴尬。之后他又开始揉脸，揉完了，认真地看着我说：“如果不是你陪着我，我真可能会失控。”

“是你自控力强。”我故作轻松地说。

可是他并没有把车开到我家小区，而是开到了小区附近的水库边。从这里走回去，其实也挺好的。我解下安全带，准备下车，但车门是从里面锁了。

“开下锁。”我说，“你车子怎么在里面锁了？”

“之前看过一个新闻，一个男孩因为和父母吵架，从车上跳下来跳江的那个。后来我就开始锁车了，怕我侄女也想不开。”

“怎么会，你们关系那么好。”我继续开门，但车门依然锁着，便扭头看他，“干吗，想留我请我吃晚饭啊。”

“回来的时候，我一直在想。”他说。

“啊？”我开着玩笑，“想晚上吃啥吗？”

“为什么我会愿意跟你说我从来没有跟别人说过的事情。”他看着我，也解开了安全带。

“每个人都要有情绪的出口啊。”我移开目光说，“我不也总是找你吐槽吗？”

“不，你不是我情绪的出口。我怎么会把你当作我情绪的出口？”他继续注视着我，“你刚才看我的微信没发现什么吗？”

“发现了。”我说，“你把我的名字置顶了。”

“你怎么不问为什么我把你的名字置顶呢？”

“好吧。”我扭头看他，“为什么把我的名字置顶？”

我们平时聊得，几乎只是有事的时候才会说话。之前一起工作的时候，聊得倒是更多些。而现在，我们既不是工作伙伴，也没有情感羁绊。他把我的名字置顶，我似乎明白，又不太明白。

他看着我。

“说明我对你来说，是多么重要啊。”我笑嘻嘻地隐藏了紧张，“让我感觉自己也没那么差嘛。”

但他依然看着我。像是被他沉默又有力量的目光定住了，我无法动弹，也不能说话，内心像是有一头幼狮，看到岸边的芦苇在动，不知道接下来映入眼帘的是带回晚餐的父母，还是更为凶猛的野兽。一阵期待，又一阵恐惧。

也许我的表情太过肃穆，他竟然笑了，笑了好一会儿，才说：“瞅你吓得。”

好吧，没有晚餐，也没有野兽，经过的只是风。

“无聊！”我的心跳渐渐平缓，“快给我开门。”

他开了门，我下了车。

我走得很快，像是怕被发现内心自己也无法确定的什么。一会儿我似乎听见他在身后喊我，但又没听见他喊的是什么。

没多久我又听见关车门的声音，他跑过来追上我说：“喂，你手机忘了！”

我的手机正在响。我接过来，看到他的名字。

“好玩吗？”我捏着手机问他。

“嗯，好玩。”他说，“你先接上，别挂啊。”

我接通了电话：“喂。”

他小跑着回到了车旁边，耳边听筒里传来他的声音：“王等等。”

“干吗？”

“你一直往前走。”

“我肯定往前走，你以为我要回头啊……”

“好了。”他说，“停下来。”

我停了下来。

“看天。”他又说。

我开始看天，傍晚的天空只有夕阳。

“数三秒。”

听筒里邹明宇大声发出“嘿，咻咻”的声音。我再抬头，一群也许原本在草地里找草籽的冬日的鸟，呼啦啦地结队从夕阳前飞了过去。

我笑着挂了电话。

我还可以成为谁？芦苇晃动，我会遇见晚餐还是危险？

我不知道。不知道才是活着的妙处。我笑了起来。

第十七章

存在

1

早高峰的地铁上，我遇见一个四十多岁的女人。她胖胖的身体上半身几乎全都挤压在了一个柱型扶手上，惬意地看着手机。当然，这是她的地铁舒适法则。因为靠上去，她超过一百六十斤的身体重心，就转移到柱子上，自己就不那么累了。但这样的话，站在她身边的很多人，包括我，就没有地方可以抓了，就只能双腿展开与肩同宽地站着，然后，在地铁开始运行加速和减速停站的时候，尽量保持平衡，而不让身体因为惯性倾斜，甚至来一个狼狈的趔趄。

一切似乎又回到了之前。一个单身女性兵荒马乱的早晨，在观察和总结众生相中开始。

在不知道踩了谁一脚，又被谁踩了一脚后，我总算找到了一个吊环，可以欣赏下漆黑镜面上的自己。今天我穿了燕麦色大衣，黑色打底裙，还戴了毛呢帽，自我感觉比较美。

公司今天的slogan是：**失恋后更美更优秀，才是对前任最好的打击。**

不知道方若兰是不是我肚子里的蛔虫。不对，我这么美，一定没有蛔虫。打卡进办公室后，我竟然感觉十分抖擞，连被摔过的手都感觉不到疼了。不恋爱真好，我想，我胡汉三又回来了。

效率很高的一上午过去了。中午去吃饭，食堂里已经没什么人也没什么菜了。坐下来的时候，我还听了几句八卦，是来自于公司新来的管培实习生。她们有着很年轻的没见过的面孔，满脸的胶原蛋白和青春的气息。

“出去培训之前有一次我中午出去吃饭，经过那个小池塘边正装修的小楼，看到有个帅哥一个人在草坪上铺个毯子吃午餐。”一个说。

“这么冷的天，铺毯子吃午餐？”另一个问。

“我是说天气好的时候。哎，这不是重点好吗？重点是真的好帅，好心动啊。”

“搭讪了吗？”

“没有。”

“下次去勾搭下。”

“好啊，好啊。你陪我去。”

“我陪你？万一人家看上我了怎么办？”

“哈哈哈。怎么会，你想多了。”

我沉默地笑了，然后长长呼出一口气。

XXL先生无论什么时候都会遇见这样的花痴吧。想当初，我不也是这个样子？他和杨帆的旅行结束了吗？

下班回家，出了地铁后，我没骑单车，慢慢地往回走。路上我遇见一对老年夫妻，阿姨大概中风过，一只脚使不上力气，走得很慢，叔叔站在前面等她，然后埋怨：“来不及了。”

阿姨说：“那你回来牵我的手啊。”

叔叔便回去牵了她的手。

长期的情感关系大概就是这样吧，我可能会走在你的前面，可如果你呼唤我，我还是会回去牵起你的手。但短期的却不会，短期的情感关系像是烟花，狂喜之后便是烟消云散的空寂。你可能也会走在我的前面，但我不会再呼唤你，因为你可能不会回头。

2

XXL先生一直没有消息。他的朋友圈和杨帆的朋友圈都空白一片。

就这样，又过了半个月。

楚良歌过生日，约了我和英伟一起吃饭。

吃饭的时候，楚良歌看了我十秒钟，又捏捏我的下巴，开始了河东狮吼："我们是不是朋友了？"

"什么？"

"你怎么可以这么瘦？"

我已经瘦得让我风姿绰约的朋友嫉妒了吗？不过，最近我们不是住在一起吗？所以她平时是多不注意我？但我还是满意地点点头："失个恋，你就可以拥有。"

"真的吗？"楚良歌眼睛亮了。

"是，你看我瘦了二十斤了。"英伟也得意地说。

"我明白了。"楚良歌也重重地点了点头。我不禁开始替那位"吴尊"担忧。

吃完饭，她又闹着去KTV，中间那位"吴尊"也来了，还带来了他的朋友，都很帅。三男对三女，大概是楚良歌刻意的安排。但感觉不到什么荷尔蒙的刺激，于是早早散了，我和英伟一起走在夜色里醒酒。

"认识了一个人。"走着走着，英伟突然柔声说。

"哇。"我站住看她，"什么样的人？"

"是我家附近的花店老板。"英伟笑着说，"其实早就认识了，之前我每周去他那买花，他总是会多送两支给我。"

"然后呢？"

"韩一川他爸出事那天我守了一天一夜，后来回家换衣服，思绪特别复杂，就一个人走路回家，走到他家花店门口，就进去了。"英伟的声音淡淡的，"其实那天，我根本没有买花的心情，但我鬼使神差地就进去了。"

"嗯。"我认真地听她说。

“就他一个人在。”英伟说，“其实平时他也是一个人。他正在看书，一本什么关于平行宇宙的书。”

“哦？”

“他看到我的样子，就没像之前那样问，今天想要什么花之类的。”英伟说，“他煮了一杯咖啡给我，让我坐坐，休息一下，说我看上去非常疲惫。”

“嗯。”

“不知道为什么，我看着他的样子，我就想倾诉。我把我正在经受的痛苦一股脑儿地倒了出去。”英伟说，“我还哭了。除了韩一川，我没在别的男人面前哭过。”

“然后呢？”我说。

“然后我当时有一个特别邪恶的想法，”英伟说，“我想勾搭这个花店的老板。我想报复韩一川，我想把他给我的伤害全部还给他。”

“英伟。”我拉了拉她的手。

“别担心，我什么都没做。”

我看着她。

“但是我想了。”英伟继续说，“我真的想了。在我哭着骂人的时候，他把店里的门拉下了，好像世界只剩下我们两个人。我说了大概有一个小时吧？他就一个小时没做生意。”

“嗯。”

“你觉得奇怪吗？”

“不，不奇怪。”我说，“我能理解。”

“从他花店里出来后，我就觉得，我永远也不会再进去了。我丢脸丢到陌生人这里了。如果我没说，我还可以表现得像个不错的家庭主妇，一个有闲情逸致每周买花的太太。可是我让他知道了我是个可怜的人。我非常后悔，也很羞愧，我再也没有去过他们家买花。其实我也不买花了，我甚至不从他们家门前经过了。我会走马路的另一边。你知道吗，等等？我的这种心理，真的非常微妙。除了韩一川，我没有谈过别的恋爱，没有过别的男人。我一直睡眠不好，可是前几天有一天晚上，我竟然想着这个花店老板睡着了。”

“是心理寄托吗？”

“不，不是。我的心理寄托应该是我的孩子。”英伟说，“我也不知道。”

英伟的脸上带着某种不同于韩一川对她伤害的那种痛苦，那种痛苦让她看起来非常美，也非常脆弱，她苦笑着问：“人是怎么样的动物？”

“别自责。”我安慰她，“发乎情，止乎礼。你做得很好。”

“所以，我就非常混乱。”英伟继续说，“送走了韩一川他爸，我和韩一川开始拉锯战，下雪前有一次下雨，我被困在外面。我站在一家店门口躲雨，恰好那个人的花店就在对面，当时他看到我了，就拿了一把伞冲过来，塞到了我手里，然后又自己淋着雨回去了。”

我认真地听着。

“真的，等等，你不知道这件事对我的震撼。”英伟说，“看着他在雨里奔跑过来的样子，我的心跳从来没有这么激烈过。”

“你大概是动心了。”我说，“他是单身吗？”

“我不知道，我什么都不知道。”英伟依然淡淡地说。

“你可以先确定一下他是不是单身吗？”

“不是的，你没明白我的意思。到现在为止，我没有丝毫与他恋爱和与他一起生活的想象。我根本不了解他。我是摩羯座。我想不出来。”英伟又说，“我就是感觉很混乱。我大概有十几年没有对谁这样动心过了。我非常混乱。”

“英伟，你有恋爱的权利，有追求新生活的权利。”我说，“但前提是你单身，他也单身。”

“我明白，等等。”英伟说，“我比谁都更在意这个。”

“嗯。”我喃喃地又残忍地说，“人其实是很脆弱的动物。在需要温暖的时候，如果有谁给你披上一件衣裳，你会错以为这就是爱情，但也许他只是善良。”

“不管我和他之间到底是爱情还是善良，我突然间又有了活着的动力。不同于小石头给我的那种动力，不是那种为母则强的动力。就是，我是一个女人，是一个还不错的，还可以被谁爱上的女人的那种动力。你明白吗，等等？”

“我明白。”我抱了抱英伟。被爱永远都是一种肯定，特别是对女人来说，特别是对一个被世界忽视了太久的女人来说。

3

我和邹明宇好几天没联系了。有一天，他给我发了一张英伟在他公司工作的照片，问：“你猜英伟想你吗？”

我还没回，他又发来一条：“英伟说她不想。”

我笑着关掉手机，干脆地没回。到了休息日，我抽空买了两盆绿植，去他公司看了看。花店的人帮忙把绿植抬了进去，刚放好，我就听见一个熟悉的声音：“等等姐，你来了！”

是轻尘，邹明宇竟然真的签了她。

“怎么样？优秀吧？”邹明宇端来一杯咖啡给我，一脸赞许地看着轻尘。

轻尘穿着春装新款，感觉竟比之前见她多了点儿高级感，果然人靠衣装。

“青春、美貌、热情、活泼。你捡到宝了。”我点头赞许。

“我是说衣服。”

“衣服也棒。”我依然赞许，“小郝呢？”

“去巡店了。”邹明宇打量了我一番，“看你状态也不错。”

“你是想说我胖了吧。”我喝了口咖啡，“最近早上起来，就觉得饿，脑子里想的都是小区门口炸得热热的素春卷，加了辣子和酸豆角的油茶，还有热气腾腾的海带肉包子。”

“嗯，也优秀。”邹明宇认真地点了点头。

他们正忙得厉害，所以我站了站就走了。

已经饭点儿了，于是我又善良地点开了外卖APP，多点了几份邹明宇喜欢吃的，给他公司送去。

晚上我还兴致勃勃地看了轻尘的直播，滤镜下的她更是美得令我咽下了嫉妒的口水。确实青春、美貌、热情、活泼，且带货能力一流。我把直播链接转发给了方若兰：“瞅瞅老邹的公司模特。朗意找老外，又贵又不会说，咋想的？”

方若兰久久回了一句：“这女的长这样，会不会勾引邹明宇？”脑回路十分清奇。

吃了我送的外卖后，邹明宇大概觉得良心难安，晚上都快十点了，又约我出来。

“不吃。”我说，“我饱饱的，并且懒得换衣服。”

“不用换衣服，”他在电话里说，“你穿睡衣下来就行。我马上到你们小区门口。”

于是我便穿着鼓囊囊的蓝色小鹿图案的棉袄棉裤和雪地靴下了楼。显然，他看到我的时候，讶异了一下，但还是点点头说：“不错的居家风。”

“评价女士衣着不礼貌。”

“可是我说的是不错。”

我们坐车去吃了一个户外的围炉炭火烤肉。天真冷。我发着呆。

冷到底存在不存在呢？存在。

为什么存在又看不见摸不着呢？

爱情到底存在不存在呢？存在。

为什么存在又如此玄幻让人总挠头呢?

可是感受得到啊。我们感受得到时间，感受得到空间，感受得到冷与热，感受得到喜悦与心痛，感受得到爱与恨。人不仅是世界的物质的一部分，也是自我的精神的一部分。

此刻，冷这个看不见摸不着却又让每个人都能感受得到的形而上的东西，正在劈头盖脸地打着我。

邹明宇把烤好的一串肉递给我："又想啥呢？"

"在想给这串肉起个什么名字。"我咬了一口，开始认真地想，几秒钟内终于想到了，"叫'冬天的存在'怎么样？"

"不错。"邹明宇很捧场地鼓鼓掌，"愿不愿意兼职？"

"什么？"

"我家的衣服准备每一件都有一个特别的名字，你要不要来起名字？待遇嘛，就是一件衣服一顿饭。"

"天哪，那你不是得每天请我吃饭？"我瞪大了眼睛。

"也不是不可以。"

"说吧，今天为什么来找我？"我看着邹明宇，知道他半夜找我，才没有这么简单。

"那个，轻尘在我家。"他讪笑着说。

"所以说，她说她房子到期被房东赶出来没有地方住，你就让她住在了你家。但是你忽然发现，孤男寡女不太方便，所以你就不想回家，就来找我？"我激动地站起来，"你想住我家？"

"坐坐坐！"邹明宇拉我坐下，"你如果愿意我暂住在你家当然我很乐意，我是说，让她住你家一段时间。我正在找员工宿舍，最多半个月，找到了就让她搬走。"

"我不要！"我立刻拒绝，"半个月就过年了，你上哪儿找房子！"

"好吧。"邹明宇说，"那我住你家！"

“也不要！”

“帮帮忙！”邹明宇双手合十，“就帮我这一次。”

“讨厌死了你！”我气得要踹凳子。

“众生皆苦，只有你是西瓜味。”邹明宇安抚我，“8424（知名西瓜品种）味儿。”

“那你今晚怎么办？”

“去你家？”邹明宇谄媚地笑着，“看，你肉都吃了。”

邹明宇果然是有备而来，下车的时候，竟然还提着轻尘粉色的行李箱。我们到家的时候，楚良歌正穿着我的另一套黄色小花的棉袄棉裤在客厅吃橘子。

“你怎么又来了？”我震惊地问。

“呃……”楚良歌艰难地咽下了一口橘子，又指了指我和邹明宇，“打扰了……吗？”

“一个沙发，一个客房，你们俩商量，不要烦我。”我跳进卧室拿了被子出来，发现这俩人竟然自顾自地倒好了小酒开始猜拳。

我调好空调温度，铺好沙发的当儿，他们已经决出了胜负。两人愉快地击了一掌，碰了杯之后，楚良歌开心地跳进了我刚铺好的沙发上：“不错啊，很舒服。王等等，你为什么从来不帮我铺床？”

我拿抱枕砸了她，她回击。打了六个回合后，我觉得好无聊，再看邹明宇，他已经目瞪口呆了。

4

轻尘第二天就搬了进来。楚良歌从上到下地把她打量了一番，然后说：“那个，有几个事儿先跟你约法三章。”

“嗯，姐姐，你说！”轻尘乖巧又甜甜地说。

“1、不许进女主人的卧室；2、不许带其他人回来；3、主动打扫卫生帮女主人解忧；4、会做饭吗？”

“会。我会西红柿炒鸡蛋！”轻尘认真地点头。

“这样吧，天天吃西红柿炒鸡蛋也不行，你就周四做西红柿炒鸡蛋吧。”

“嗯，姐姐，还有其他的吗？”

楚良歌看看我，眨巴眨巴眼睛，大概是真的没想到什么，摇摇头：“没了，没了。勤快点儿，有眼力见儿点儿，嗯，把在这里借宿的这些天，当成你的一次寄人篱下的人生锻炼！”

寄人篱下？写小说的都这么会用词吗？

“嗯！”轻尘继续乖巧地点头，毫无反抗意识。

楚良歌满意地拍了拍她的肩：“那你先收拾吧，把几个房间先擦一遍。除了主卧！”

“好！”轻尘答应。

“不用做。”我拉拉轻尘，“你把自己的东西收拾一下就好了。”

楚良歌拉着我出了门。

在楼下的紫藤架下，我们坐着。

“说说看，”楚良歌不无挣扎地说，“我二十二岁的时候，是不是比她好看？”

“当然。”我说，“你一直都是人见人爱，车见车载，花见花开。”

“那现在呢？”

“现在也是你好看。”我又用力地点头说。

想了想，我又说：“她就是张后初救了的那个姑娘。”

“风尘？”楚良歌恍然大悟，“我说名字怎么这么熟。”

她啧啧了一番，看了看我：“那张后初为什么看上你了？”

我气得捶她。

她只好告饶：“要不要我上去告诫小丫头片子一番。”

“告诫什么？”我摇摇头，“我们都已经分手了，甚至不知道他回不回来这边住，不如自然点儿吧。”

“也行。”楚良歌说，“这小丫头片子要是不合规矩，你跟我说，我立刻来帮你削她！”

“好。说话东北大渣子味儿了……哈？”没想到我竟然学小沈阳那么“哈”了一声。

“哈……”楚良歌也学了一声，我们笑成了傻子。

我与轻尘的同居生活挺好的。因为要直播，她每天都很晚才回来，所以，我一口西红柿炒鸡蛋也没尝到过。但因为家里多了个人，我会觉得内心柔软许多，时间不再难熬，经常会煲点儿银耳汤、红枣粥之类的放在保温壶里，给她留着。

有时我起来上班走了，她还没起床，冰箱上会有她贴好的便笺：“银耳汤好好喝，谢谢姐姐。”“买了水果放冰箱里了，姐姐记得吃哦。”诸如此类。

关于XXL先生，除了最开始时我告诉她我们已经分手，我们都没有再提起过他。

5

是在快放假的时候，老王突然下发了正月初九的结婚请柬，连带喜糖和喜饼。

那天的公司slogan也十分应景：**衣服穿得靓，结婚有方向。**

但看着结婚请柬上杨帆的名字，我心里还是紧了紧。我的放手，并没有成全他们，那我到底做对了吗？

下班后，我不知不觉地又走到池塘边。然后，在一张长椅上看到了背对着我坐在那里的XXL先生。他并没有在看手机，也没有做别的什么。他双手交叉着，大概是看着什么出神。他的背影让他看起来似乎没有平日里那么强壮，他像是缩小了一圈。

“嗨，在干吗？”我朝他先挥了挥手。

看到我的那一刻，他抬头笑了，阳光下，我看到他眼角的纹路，他的笑让那些纹路挤在了一起，是我未曾参与过的时间的沟壑。

寒暄之后，他带我参观已经硬装结束的培训中心。

拉开落地窗的一面窗帘，我们正对着池塘。冬末了，窗外并没有什么风光。但不可思议的是，在高楼林立之间，竟有这么一个地方，能看到完整的夕阳。

我们并肩站着，看着夕阳。

“你们去哪儿了？”我问。

“她有点儿婚前恐惧症，我带她去旅行了。”

“我还以为你们私奔了。”

“怎么会？”他苦笑。

“我走了。”沉默了一下，我说。

“回家吗？”他问，“一起吧，我开了车。”

他锁门，我等他。大概锁不太灵了，弄了好几次，还是一推就开。过了几分钟，他变得有些烦躁，眉头皱着，也越来越使劲儿，沉默地继续与门作战，像是面对一个非常强大的敌人。

我不知道为什么会想起韩剧里的情节。如果情况正好相反，我们被锁在这个空荡荡的建筑里，不是关不上门，而是锁上了门，那会发生什么呢？我们之间会碰撞出什么新的可以改变的火花吗？

“不着急的。”我忍不住要安慰他，“我等你。”

他转身抱住了我：“这几天，我一直在想你。”

“别这样。”我推开了他。

“我和她在一起的时间越长就越害怕。”

“你怕什么呢？怕她嫁人了，和你不再像以前一样亲密吗？”

“大多数时候我什么也不怕。去过那种非正常的生活，去做一个非主流不够社会化的人，这些我都不怕。穷、孤独或者别的我也都不怕。”他的目光移开，“我怕有一天，我再也不能像想你一样，想别的人。”

“每段感情结束都是这样的。”我安慰他，“你会遇见别的人，能接受的人，能无论如何都等你，又无论如何都会转身找你的人。”

“你为什么不能等我？你为什么不转身找我？你离开的时候，根本连解释的机会都没有给我！”

“那你为什么不能和杨帆彻底结束？！”

他不能。

我们的生活层层叠叠，下一层紧挨着上一层，以至于我们老是在新鲜的遭际中碰触到过去的旧痕，而过去既非完美无缺也不功成身退，而是活生生地存在于眼前的现实中。

你以为你爱上我的那一天，你开始怪我。

第十八章

每个人都是一个宇宙

/

我把他送到了车上，等他平复情绪后，他启动了车子。

他一手握着方向盘，一手拉着我。车里自动播放着一首歌，一首《夕阳醉了》。车子滑入车流，没有开导航，漫无目的地开着。不知道开了多久，才回到小区的地下停车场。直到下车的时候，他才放开了我的手。

出来，天已经尽黑。

“一起去吃饭吧。”他说。

那个当下，拒绝他似乎是残忍的。天太冷了，我们只出了小区，在马路对面的美食街找火锅店。

吃着火锅，看着氤氲的雾气对面的男人，我感觉非常孤独，也觉得他很孤独。面对面地坐着的这种孤独，大概是情感关系中最可怕的事了。

可是他一开始吸引我的，大概就是那种对爱的渴望的甚至是绝望的孤独的气息。当然，除了帅。我之所以一眼看得到，是因为，那也是我的气息。每个人都孤独，都渴望爱。爱情于生命来说，也许就是吉光片羽的存在，但那又是多么珍贵的存在。

他有什么错呢?

我又有什么错呢?

没有错啊。我们在还可以成为“笑话”的年纪，不小心成为被情感拴上镣铐的奴隶，于是身不由己。

可我还是希望他明朗起来。

“你出去那么多天，没有影响到工作的事儿吧？”我问，不再纠结于情感，而像是一个可以说得上话的普通朋友。

“没有，我都有安排的。”

“加油哦。等你开业典礼的时候，我要送花。”

“呵。”他抬头笑了笑，“好。”

2

很晚了，我依然睡不着，闭上眼睛就是那一片夕阳。

轻尘回来的时候，我便起来了。已过了午夜，她看到我吓了一跳。

“等等姐怎么还没睡？”

“睡不着。”我去厨房把上床前煮好的红豆薏仁汤端出来给她，“今天工作顺利吗？”

“嗯，超顺的！”轻尘坐下开始吹汤的热气，“卖太多了，工厂速度有限，邹总估计又得找工厂。”

“真厉害啊。”

“等等姐为什么睡不着啊。”

“没什么。”我说，“年纪大了，睡眠没有年轻时那么好了。”

“哈哈哈。”轻尘恭维我，“等等姐你明明还是少女。”

曾经还自诩“中年少女”的我，此刻，却已经不再喜欢“少女”这个词。想起我的少女时代，畏首畏尾，犹犹豫豫，永远沉浸在自己的世界里，容易受伤，又容易自伤。喜欢一个人，甚至可以不被对方知道，可是喜欢一个人为什么不能被对方知道？

所以，在适当的年纪，有适当的状态，才更好一些吧。

第二天一整天我都有些浮躁，想着XXL先生。对，我还是想他。不见面的时候，我会觉得分手其实并没有什么了不起。但如果不见面的时间再长一些，或许我对他的情绪总会慢慢地全部淡去。

可见了面，知道他并不那么快乐，我又会觉得内心像是有一根刺在扎。

“你知道有一种魔法吗？”在我家楼下的紫藤架下，楚良歌和我碰着啤酒罐说，“有一种魔法，属于人与人之间非常奇妙的磁场效应。当你遇见一个人，从第一眼，你就判断出，你们之间是不是有连接。”

“这么神奇的吗？”我不置可否，“什么样的连接？”

“会不会发生关系的连接。”楚良歌一本正经地说。

我差点儿没把啤酒喷出来，这女的是喝多了，还是胡言乱语习惯了？

“我说的是情感关系好不好。”楚良歌拍着我，“比如说爱人、朋友、伤害你的人，我说的是这种关系，不是肉体关系，你还真是淫者见淫！”

“好好好。肉体这个词，还是不要在大庭广众之下说出来吧。”

“每个人都是一个宇宙。有风，有雪，有雷暴，有晴空，有一套自己的生态系统。每个人的脸都是一张能量地图。”楚良歌抽出手来，在我脸上比画着，“这一点，这一点，这一点，还有这个，这个，组成的线就是你的能量地图。”

“你最近魔怔了，这是什么奇妙学说？”我躲开了。

“总之，每个人都是一个宇宙。”楚良歌站起来，把啤酒罐随手扔进垃圾桶，“我走了。”

“去谁的宇宙看看吗？”

“对啊，你怎么知道？”楚良歌说，“我要去‘吴尊’的宇宙看看。”

楚良歌走后，我又坐了一会儿。小区入口处不断有车子进来，每一辆车都能听到一句“欢迎回家”。机械的温柔的女声，不知道能不能抚慰奔波的辛劳。

回到家我就懒懒地趴在沙发上，让情绪开始蔓延。不知道过了多久，我接到一个陌生的电话：“您好，我是代驾，送一位张先生回来。

现在在小区门口，车上的蓝牙门禁卡可能过期了，张先生喝醉睡过去了，我也不太清楚张先生的房号，保安不让进去，您能不能下来接一下？”

“你怎么知道我的号码？”

“张先生的紧急联系人留的是您的号码。”

我甚至来不及想，为什么紧急联系人是我，而不是杨帆，就披上衣服冲下去了。

我和保安说明情况，报了房号，坐上了车，让代驾把车子开了进来。也不知道脑子里的哪根筋搭错了，我竟然对着烂醉如泥的XXL先生说了一句：“欢迎回家。”

代驾帮我把XXL先生带回了我家，我让他躺在了沙发上，盖好被子，趁他迷迷糊糊时喂了热水，用热毛巾给他擦了脸，然后看着他熟睡的样子忍不住想，为什么我不能也到他宇宙的深处去看看呢？看看他的风雪雷暴和晴空，看看他的天气系统。看看真实的易碎的他是什么样子，孤独又坚定缝补破碎的他又是什么样子。为什么不能呢？

轻尘回来的时候，我醒了，等我从房间里出来，发现XXL先生已经不在了。

“有看到张后初吗？”我问轻尘。

“后初哥？没有啊。”轻尘有些惊讶，“后初哥在我们家吗？”

我摆摆手，让她去休息了。

第二天一早，在左右摇摆了半个小时后，我决定去楼上找他。他家的门虚掩着，推开了门，却没有看到他。于是我又上了顶楼。秋日里所见过的一切，已经面目全非。乌龟池里不再有流水，已经放满了冬眠沙和苔藓。乌龟们已经冬眠。户外小桌椅已经蒙了一层灰。现在也没有音乐了，甚至这天的天空都阴霾许多。

我往楼下走，就是在楼梯的拐角处，听见了他的声音。

“你怎么来了？”

“你昨天喝太多，想看看你怎么样了。”杨帆的声音。

“不要再来了。”XXL先生的声音，“你不是马上就有家人，早就得到疼爱了吗？”

“你知道我为什么嫁给他！”

“陪你走到现在，我想我已经做得足够了。”是XXL先生的声音。

“因为王等等吗？”

“不因为任何人。”XXL先生说，“为了你老公，我们也保持某种距离吧。”

“可是你知道，我离不开你。”杨帆的声音很温柔，“我已经没有家人了，你说过你要做我的娘家人。否则你为什么要在这里买房子？老王他都理解。这么多年，这么多追求我的人，我为什么会和他在一起，就是因为他能理解。王等等不能理解我们，你可以找一个能理解我们的人啊！”

XXL先生不再说话了。

我沉默地坐在了台阶上，听见门关上，听见门里面又传来的模模糊糊的对话声，想着他们之间那些纠缠过一年又一年的眷恋。我不懂，不明白，也不想懂，不想明白了。

去他的世界看什么呢？看另一个人已经承接了他所有的风雪雷暴和晴空吗？

大概就是从这一刻起，我与XXL先生之间，就彻底地，没有任何余地地，结束了。

XXL先生十八岁那年情窦初开，爱上比自己大三岁且认识多年的杨帆。因为XXL先生母亲的反对，杨帆相依为命的奶奶因此中风去世。就此，杨帆成为再无人疼爱的孤儿，而他背负着旷日持久的负罪感和愧疚感，以另一种方式疼爱她。这是我之后才知道的故事。他和我，和任何人的感情都可能结束，但绝不会和杨帆结束。

3

午餐在公司食堂和方若兰说了我的感受，她很意外地看着我：“王等等，讲真的，我觉得我们俩在外貌上没有什么差距。性格上来说，我也是可盐可甜。气质上说，我是高冷御姐范儿。学历我可是文学硕士。为什么你同时会和两个男人有感情纠葛，而我却没有人追？”

“喂。”我很无奈地看着她，“你怎么总提邹明宇？”

“你怎么知道我说的是邹明宇？”方若兰摇摇头，“你肯定也发现了什么。来来来，八卦一下？”

其实，我最近总是会想起邹明宇。当他也展露他脆弱的一面给我后，不知不觉间，我们似乎达成了某种同盟关系，也觉得我们在互为避难所。对他，我会觉得内心更柔软了一些，经常会看他们的直播。有一次他亲自出马介绍一件衣服的材质时，我还评论了：“泉水是忽然流淌的。”

他认识我的ID，立刻笑了，通过直播对我说：“对，这件衣服的名字就叫‘泉水是忽然流淌的’。”

轻尘回来后问我：“衣服为什么要叫那个名字，明明没有泉水啊？”

我说：“因为春天是忽然到来的，泉水也是忽然间从冰冻又融化了开始流淌的。而英语中spring同时有泉水和春天的意思。你们的这款衣服是春装，人其实是感觉动物，当穿上这件衣服的那天，春天对自己来说，就真的到来了。”

“哇。”轻尘拍着手，“这也转了太多弯了吧。”

“恰好在网上看到对spring的词根解释，就想到了。”

“可是为什么邹总也知道？”

“对哦。”我想了想，“难道是理解万岁？”

我经常上的那个网站，属于很小众的网站，我在里面发很多牢骚。

我用的ID是随便瞎取的，在现实生活中，几乎没有人知道，可是邹明宇为什么也知道这个梗?

“你怎么那么快就懂了泉水的意思？”我在微信上问他。

“我很聪明？”他回说。

我没再回他，仔细地开始翻我在那个网站上的主页，互动多的ID都要探究一下。就这样咬着手指甲，我想找出他是不是也在这个网站上偷窥我。然而两个小时过去了，还一无所获。

于是我摔了鼠标，觉得自己有点儿神经质，也有点儿自我感觉太良好的公主病。

不知不觉我又开始翻邹明宇的朋友圈。之前我很少关注朋友圈，现在再看他的，发现他虽然发得不多，但也有很多新鲜的。

刷到他辞职后发的旅行照片时，手滑不小心碰到了赞。我看到赞的那一刻，头皮上简直有飕飕的小风吹过，吓得赶紧取消，不对，取消也没用了。

手机响起来，方若兰先发来三个问号：“？？？”

接着又发来：“翻别人三个月前的朋友圈，你很清闲嘛。”

紧接着方若兰又发过来：“我刚发我的冷艳自拍你都不点赞，你点赞别人三个月前的朋友圈？”

“我是不是对我们之间的情谊有什么误解?

“你也暗恋邹明宇？”

连续的炮击，让我真是讨厌死微信的这种共同好友的朋友圈评论和赞共享了。我想把我的手指甲咬秃。

不用说，第二天我就被她围追堵截。

“你真是有意思。”她毫不客气地说，“你不是因为我喜欢过邹明宇而不敢跟我承认吧？”

“这位同事，”我虚弱地说，“现在是工作时间，请回到你自己的办公室。”

“还有五分钟就可以去吃午餐。”她看了一眼腕表说，“我很有耐心可以等你。”

恰好我手机响了，是XXL先生：“一起吃饭吧？”

我看了一眼方若兰：“好，我等下去找你。”

“喂，”方若兰喊，“你不跟我一起吃饭吗？”

“有约了。”我扬了扬手机。

4

在电梯间，我遇见了杨帆。我们点头示意：“来找王总？”

“嗯。”她笑得甜甜的，“我和哥哥约了一起吃饭。”

“好的，拜。”我进了电梯，和她挥挥手。她还想说什么，欲言又止的样子，可是我已经摁关了电梯门。

XXL先生正在楼下等我，和他并肩走的时候，我闻到他身上有刚才在杨帆身上闻到的香味。他们肯定是刚刚见过。吃饭的时候，我们淡淡地聊着，我感觉他在讨好我，甚至话题都是他在找。我应付着，感觉到疲惫，连吃饭都不香了，还不如去被方若兰审问。

手机响了，是邹明宇发来的微信，一张轻尘刚试好衣服的照片，还有一句：“你猜轻尘想你吗？”

我笑着回了一个“……”，很快他又发来：“轻尘说她超级想你。”

我笑起来。

“怎么了？”XXL先生问。

“轻尘现在在我朋友的公司做直播模特，我朋友刚刚给我发来了她的照片。”

“唔。”XXL先生点点头，“她上次发微信给我说她借宿在你家了。”

“她给你发微信了？”我把手机照片给他看，“小姑娘真好看。”

“她问我，既然我和你分手了，那么我和她有没有可能？”

我愣了愣，把手机扣在桌上，再抬头发现XXL先生一直望着我。

“那是你自己的事。”我喝水掩饰。

“我和杨帆谈过了，以后我见她，都会和你一起。”

我沉默地吃着饭。他一下筷子也没动地看着我。我吃完了，擦干净嘴巴说：“我们已经结束了。”

“可以重新开始吗？”

“不可以。”我说，“你知道分手过后的两个人，如果导致他们分手的那个问题没有得到解决，那么就算复合了，他们还会因为同一个原因而分手。”

“有一种问题的解决方式就是不把它当作问题。我们之间不能不把她当成问题吗？”

“抱歉，我做不到。如果你说解决问题的方法是不把问题当成问题，那你们为什么不能无论什么问题都不会是问题地在一起呢？”我抓起包起身，“我搞不明白你们在玩儿什么过家家的游戏。我之前非常想知道，现在根本不想了。”

我一路走得太快，简直像是逃难。

我做错了什么呢？我想，我做错了什么？那些与他发生过的美好的片段又意味着什么呢？不愿意想得更深，以让自己屈辱更深。

在电梯里我又遇见方若兰，她原本嬉笑着要拷问我，可看到我的样子就沉默了。

“男人狗，男人狗，男人都是狗。”出电梯的时候，她像是自言自语般摇头晃脑地念叨着。

泛爱主义。我想，XXL先生一定就是泛爱主义。

我忍不住在网上搜“一个人可以同时爱上两个人吗”，看了半天，最终得出了结论：可以。

好吧。人类就是很复杂的动物就对了。

下班后我和方若兰一起逛街，为各自的家人置办过年的新装。回来时大包小包地提着，我就在楼下的花架下又坐了一会儿。

做得真好，王等等，我对自己说。结束一次，就会像死过一次那样重新活过，转身就会有一段新的人生在等我。

我在努力。我努力地与这一段失败的恋爱和解，与XXL先生甚至杨帆和解，与那些了解这段恋情的所有人和解，也与自己和解。我甚至懂得了努力地开始，也懂得了努力地放弃，这大概就是我这段恋爱的意义。

5

第二天早上起来我就头重脚轻的，似乎是感冒了，估计是因为昨天在楼下吹了太久冷风。

调休了一天，轻尘起来后帮我拿了药，然后去上班了。

我吃了药，昏昏沉沉地睡着，中间似乎有人来了。

不知道是不是轻尘回来了，喊了一声没人答，我就以为自己是幻听了，于是又睡了过去。

再次醒来时我出了一身汗，爬起来去了洗手间，连门也没关。之后闻到了很香的皮蛋瘦肉粥味儿，我还以为自己烧出了幻觉，蹒跚着出来，想点个外卖，然后就看到邹明宇穿着围裙正站在我的厨房。

“你怎么在这儿？”我一下就清醒了，不知道他刚刚有没有听到我如厕的声音。

“我都来了俩小时了。”他拿着勺子从锅里舀了一点儿粥尝尝，“嗯，不错。”

“问题是你怎么进来的？”

“轻尘告诉了我密码。”

“为什么要告诉你密码？”

“我跟她要的。”

“为什么你跟她要？”

“因为她说你生病了。”

我倒在沙发上，伸手拉了一条毯子，继续躺好：“你找好员工宿舍了吗？轻尘什么时候走？”

“快了快了。”他又喊，“粥里要不要放点儿香油？”

“放。”我说。

“现在吃还是等会儿吃？”

“十分钟后吃。”我说。

“现在要不要吃个橙子喝点儿水？”

“要。”

一分钟后，切好的橙子和一杯水送到了我的面前。

“不错啊。”我满意地看着邹明宇，“还会伺候人了。”

“那要看伺候谁。”邹明宇坐在茶几上，端着放橙子的盘子，递一块橙子给我吃。

“舒服。”我吃了一口满足地说。

“还发烧吗？”他接了我递出去的橙子皮儿，又递了一块橙子给我。

我一边吃橙子，一边伸手摸了摸自己的额头：“不知道，可能不烧了吧。”

我美美地吃完了一盘橙子。

“汁儿！”他喊，又扯了一张餐巾纸递过来，“流的下巴上都是。”

我擦好嘴巴，又伸手：“粥呢？”

结果半碗粥还没吃完，我就抱着垃圾桶吐了。

“太难吃了吗？”邹明宇很意外地看着自己的杰作，又尝了一口我吃剩下的，“好吃啊。”

我跑到厕所去吐了。

等我出来，他已经收拾好了餐桌，若有所思地看着我：“你不会是怀孕了吧？”

“怀孕个屁。”我气得吼，“我例假刚过！”

我坐在餐桌前，为自己刚才吼出“例假”两个字感到羞耻，也为邹明宇问出“怀孕”这样的词感到羞耻。他也不好意思起来，又去了厨房，端了两碗姜汁红糖水出来。

于是我们都有些尴尬地好久没有说话。

姜汁红糖水太烫了，我用嘴巴吹着，用手扇着，恨不得一口气喝完，赶紧逃到卧室去。可心急也并不能抵热，终于，我想起了一个话题可以转移当前的尴尬。

“你眼睛干吗？”我问。

“什么？”他没听明白。

“就是，我上次因为眼睛干去医院，医生跟我说，可以用热水蒸眼睛，蒸完会很舒服。”我说着把脸低下去，把眼睛正对着碗，“像这样。”

“这样吗？”邹明宇也试了试。

“对，就这样。”

我们就低着头，一起沉默地对着一碗姜汁红糖水蒸起了眼睛。

现在想想，那画面真是不可描述。

蒸了好一会儿，我问他：“是不是好舒服？”

“舒服。”他认真地点头说，然后又说，“有件事忘了告诉你。”

“什么？”

“刚才你睡着的时候，你前男友来敲门了。”

“张后初？”

“嗯。”邹明宇说，“他看到我在，什么都没说就走了。”

“这么奇怪吗？”我问，“你是不是说什么了？”

“我就说，嘘，小声点儿，王等等在睡觉。”邹明宇停了停才恍然大悟问，“我是不是做错了？需要我跟他解释一下吗？”

“唔。”我想了想，伸出手臂邀请他，“请继续蒸眼吧。”

6

喝完姜汁红糖水，邹明宇就回去上班了。下午，英伟打电话问我感觉怎么样了。我说吃过药了，应该明天就好了。

英伟说下班就来看我。

到了晚上，英伟和楚良歌都来了，两人提着大包小包的火锅材料。

“我感冒了，”我靠着墙虚弱地说，“我不能吃火锅。”

“我们俩吃啊。”英伟一边收拾一边说，“邹明宇不是给你熬粥了吗？你吃粥就行了。”

“电火锅的电源线呢？”楚良歌已经打开了我的餐柜拿出了电火锅。

“所以，你们吃着我看着？”

“你也可以吃啊。”英伟说，“不嫌难受的话。”

我回到了沙发上躺着。

躺着就想起蒸眼睛时不可描述的画面，我莫名其妙开始笑了起来。

我的闺密们，正在认真地讨论着是吃爆辣牛油锅还是吃中辣牛骨锅，是涮土豆片好吃还是涮红薯片好吃。厨房一片生机盎然，而我像是一个长在了沙发上的人。

“喂。”楚良歌坐在茶几上踢了下正在闭目养神的我。

“干吗？”我没有睁开眼睛。

“我今天看到你的星座走向，这个月你桃花很盛啊。”

“真的吗？”我依然闭着眼，“那么你呢？‘吴尊’还和你在一起吗？”

“在啊。”楚良歌嘴巴里吸溜吸溜的发出声音后又说，“但是你要注意会有爱在心口难开的情况发生。”

“什么情况？”我睁开眼，就看到她也端了一碗姜汁红糖水在喝。

“嗯，邹总做饭的水平不错嘛。”她满足地喊，“英伟，你也喝碗红糖水，好辣好带感，还不那么甜。”

“你这次恋爱很正常嘛。”我翻了个身看着她，“‘吴尊’很合你心意啊。”

“太合了好吗？”楚良歌又吸溜了两口红糖水说，“自从他来了之后，我家里每天都干净又整洁，他连玻璃都擦你知道吗？然后做饭又好吃，从来不和我吵架，我说什么都很认可。”

“哇，为什么？”

“什么为什么？”

“为什么你会有这种狗屎运？”

“还不是因为我美。”她笑嘻嘻地喝完，“明明是相亲认识的，对吧，你三舅妈介绍的。当我跟他说我坚决不结婚的时候，你猜他什么反应？”

“哇，太好了，我也是这样想的。他是不是这样说？”

“不是。”他说，“结婚只是一种形式，如果你不喜欢结婚，我会为了能和你继续在一起而接受。”

“为什么？”

“怎么又为什么？”

“为什么你会有这种狗屎运！”

“乖了。”她摸摸我的脸，“起来看我们吃火锅。”

“好吃吗？”我毫无食欲地问。

“不错。苕粉煮得刚刚好，麻酱也够味儿，今天的毛肚也很鲜。”一个说。

“我倒是觉得大白菜和午餐肉更好吃呢。”另一个说，“主要是这个底料炒了一下超级美妙啊。”

我回到了沙发上继续躺着。

“我离婚了！”英伟突然宣布说。

“真的假的？”楚良歌吼叫。

“喝点儿酒？”英伟喊我，“王等等，上次剩下的小白酒还在不在？”

“今天喝红的吧。”楚良歌说，“就我俩，刚好干掉一瓶。她还有一瓶好的，我上次看见了没拿。”

“我今天也不能喝酒。”我继续疲惫地抗议，“我吃了头孢。”

“没事儿。”两位异口同声，“我们喝着，你看着。”

关于英伟离婚的故事，其实差点儿演变成一起事故。

英伟上班后，便把她妈妈接来帮忙带小石头。她妈妈开始是怎么都不同意两个人离婚，但当她知道韩一川失业，而英伟工作的收入还可以的时候，就又同意英伟离婚。英伟表示等韩一川找到工作再说，她妈妈又开始焦虑。韩一川每天站也不是，坐也不是，不得不每天出门求职，之后他不敢回家，住在了已故老父亲的家里。

半个月前，韩一川父亲的老房子，突然又接到了拆迁的通知，于是她妈妈又开始教育英伟不要离婚，怎么也得等房子拆迁了再说。英伟每天对付老妈简直要精神分裂。和韩一川一合计，干脆悄悄离了算了。

这次韩一川没再多说什么，两人客客气气地去了民政局。拿了证回到家，韩一川跪在英伟妈妈面前磕了仨响头，说自己妈妈去世早，您一直那么疼我，您就是我妈，就算我和英伟分开了，但以后您还是我妈，我就是您的儿子。英伟妈妈拉着韩一川的手，哭了个肝肠寸断，差点儿没晕过去，还吃了速效救心丸。

我和楚良歌都唏嘘着。

“结婚太可怕了。”楚良歌不断地说。

“不由得竟然同情韩一川。”我感慨地说。

“还有一件事要宣布。”英伟清了清嗓子。

“你交了新男朋友？”我想起了那位花店老板。

“哪那么快？”英伟白了我一眼，“我们家小石头有干爸了。”

“谁？”

“邹明宇。”英伟扬扬眉毛，“上次我去他那加班，带着小石头，他们两人一见如故，玩得特别开心。”

“什么？”我皱起眉头，“你们互动是不是有点儿多啊？”

“你吃什么飞醋？”楚良歌打了下我，“不行你也认他当个干爸？”

“别乱讲。”英伟打了下楚良歌，又对我说，“不如这样哦，你当小石头的干妈啊！”

“啊？”我被哽住了。

“我想问一下你们俩，为什么都不愿意当我家石头的干妈？”

我和楚良歌同时“嘁”了她。

英伟喝了一口酒，若有所思了一会儿，认真地看着我：“讲真的，你不觉得他这样是因为你吗？邹明宇真的是个好男人，并且对你也很好，为什么你不考虑和他在一起呢？如果是这样的话，咱们不是亲上加亲了吗？”

“爱在心口难开，”楚良歌朝我眨眨眼，“也是一个狗屎运呢。”

7

送走了两位话很多的闺密，我坐在了电脑前。

我喜欢邹明宇吗？喜欢。喜欢并尊重。我珍惜他吗？珍惜。所以等到熟悉起来许久之后，我才开始在他面前像个小女孩那样任性。为什么我可以像个小女孩那样任性，是因为我在他那里得到了安全感，那种就算我任性，我吼叫，我说“屁”“例假”之类的词，他也不会觉得我粗俗，也不会因此离去。

可我的这种喜欢是爱情的那种喜欢吗？如果是为什么没有荷尔蒙的悸动？那就是不是。

所以我们之间到底是什么关系？

手机响了，邹明宇发来微信：“好点儿了吗？”

看到他的名字我真的吓了一跳，差点儿把手机给摔了。

我慢吞吞地回复他说：“好多了。”

“看你那么喜欢吃橙子，我买了一箱，一会儿让轻尘给你带回去。”

“好。”我说。

过了好一会儿，我还盯着我们的聊天记录。为什么我连谢谢都没有说？我们之间是连谢谢都不需要说的关系吗？吓得我差点儿把手机又给摔了。

白天睡多了，半夜轻尘回来，我还醒着。

轻尘把橙子放下就发牢骚：“邹总真是一点儿都不懂怜香惜玉，二十斤一箱的橙子让我一个人搬回来，也不说开车送我。”

他不懂怜香惜玉吗？

“幸亏在小区门口遇见了后初哥，他送我回来的。”

“你遇见他了？”我问。

“嗯，在门口玩游戏机。”

“这么晚还在玩儿？”

“嗯，刚上楼了。”

我在餐桌前坐了坐，看轻尘喝完了一碗皮蛋瘦肉粥。

“等等姐。”轻尘弱弱地抬起眼睛看我，“你和后初哥真的不会在一起了吗？”

“应该不会吧。”

“为什么呢？”

“因为……”我坦诚并简单地说了一下我们分手的原因。

“就因为这个吗？”轻尘的眼睛亮亮的，还未卸去的妆容让她在灯光下看上去特别可人。

我点头：“我是不是太矫情了？”

“我不知道怎么说。”轻尘不好意思地说，“但我可以接受。”

“接受这个分手的原因？”

“接受他身边有个这样的女性朋友。”

我一下不知说什么，对她竖起了大拇指。

“那你们怎么在一起的呢？”

“这个啊……”我忽然就想起了那个夜晚，在与XXL先生在一起之前，不知道谁吻我的那个夜晚。

“轻尘，我先出去一下。”我穿着睡衣便出了门，然后摁响了XXL先生家的门铃。

“你不会孤独终老的，你会很幸福很幸福，我看着呢。”门打开的瞬间，我便问他，“你有没有跟我说过这句话？”

他茫然地看着我：“这是哪里听来的话？我不太记得。”

“你仔细地想一想。”

他仔细地想了想：“我可能没有说过。”

我道谢离开，他喊住我：“你感冒了？”

“没事儿，快好了。”

“照顾好自己。”

“嗯嗯！”我快速地跑掉了。

回到家，我彻底地失眠了。

第十九章

活着是跳一场漫长又曼妙的舞

1

之后没几天就放春节小长假了，轻尘因为父母都在外地打工，就还住在我那儿。我准备了一些年货放在家里，告诉她，想带朋友一起回来吃年夜饭的话也可以，不要太孤独就好了。

我开车堵了大概两个小时才回到家。到家发现各种好吃的都做好了，我偷吃了一顿炸货，饱饱的，然后就躺倒在了床上，就算我的小侄女怎么拉也不想起来。

那么吵，我竟然睡着了。

奇怪了，我的这个小屋，无论我什么时候回来，都能睡得很香。特别是过年的时候，无论门外鞭炮怎么响，我也睁不开眼睛。

哦，除了和蒋韵分手的那次。那次我回到家后，不能吃，不能睡，也不知如何发泄，便每天爬我家二层小楼的楼梯。有一天晚上，我妈被我吵得睡不着，陪着我一起沉默地爬。

母女俩来来回回，筋疲力尽，最后瘫倒在了沙发上。

“在这个问题上，原谅妈妈帮不了你。”我妈说，“只能陪你爬爬楼梯了。”

本来我一直哭不出来，那天真是哭了个浑身发抖，怕吵到我爸，压抑着哭。我妈陪我坐了坐，没再说一句安慰的话。可是我已经感觉够了。无论什么时候，都有一个人在心疼我，在用自己的方式笨拙但全心全意地爱着我，我便没办法不去爱自己了。

此刻，心疼我，用笨拙的方式全心全意爱着我的人，一把掀开了我的被子。

我迷瞪着眼吼："干吗！"

"你还有时间睡觉？"

"除夕，当然有时间。"我继续躺着。

"你给我出去见人！隔壁的陈阿姨，她娘家侄子考了公务员，急着找市区户口的对象结婚，这样安排的时候就可以留在市区。小伙子我见过，很精神，你去见，约好了，下午吃完饭一点半。"

"才考公务员？"我无语，"多大？"

"二十八。"

我震惊了："上次说大三岁你就摔了我的盘子。"

"我想通了。"

看着我妈的身高似乎缩了，我终于感觉到不对劲："我的床怎么变得这么高？"

"你爸买了个一万多的据说包治百病的床垫。"

"我这个床垫一万多？"

"不是。你又没病，用那么好的床垫干吗？新床垫我们在用，就把旧床垫搬过来，也放你床上了。"

"所以，我现在是俩床垫？"

"你别给我转移话题。"我妈唬我，"吃完饭你就去。"

"我不去。"我翻了个身，裹住了被子，"我还得看春晚呢。"

"春晚是晚上！"我妈气得打我的被子，"去吧，去这一次，明天开始去亲戚家拜年你都可以不去。"

"说话算数吗？"每当去亲戚家拜年，被各种关切地问及终身大事，基本就是我最痛苦的事。

"算数！"

"你跟我爸说，别让他乱买东西，什么包治百病的床垫，都是骗人的。包治百病的话，要人家医院和医生干吗？”

“我睡了睡，觉得腰还真不那么疼了。”

“你那是心理作用。”

“当然是心理作用。但既然花那么多钱买了，不就是得夸出个心理作用吗？”我妈也爬上了我的高床坐了下来，“你一会儿出来看看，你爸还买了啥？什么刺激头皮长新头发的按摩仪、韩国不粘锅、哪个国家的来着的什么纪念币、药酒……还买了套金链子和金戒指给我，我戴了几天，掉色了……”

“这老头儿，”我坐起来，“他在哪儿买的啊？”

“电视购物啊。还有，天天出去到人家店里喝那个什么黑茶，人家让他投资六千八，可以免费喝一辈子，如果他再找到人投资六千八，就给他退一半钱。”

“这是传销好不好？”我说，“他太闲了吗？”

“老了。更年期，三句话不好听就尥蹶子。”我妈来劲了，“一会儿啊，你就说你缺钱，你跟他要，你把他钱都拿走了，我看他还能乱买什么。要趁你弟弟和萧潇还没回来。算了，你现在就去！”

“我要他的钱。”我嬉皮笑脸，“还用还吗？”

“你爱还不还，给你总好过他祸败了。”我妈想了想，“就当提前给你准备嫁妆了。”

“那你怎么不让我弟弟去跟他要？给你儿子你心里面不是更舒坦？”

“你就是缺根筋。”我妈用力点了我的头，“肯定是给过他了才轮到你啊。”

“那我要是不嫁人呢？”我依然嬉皮笑脸，“让我弟赶紧再生一个，以后让我侄子侄女去养老院多看看我！”

“你敢！”我妈瞪起了眼，“别打我孙子的主意！”

我撇撇嘴，跳下床，去找我们家老王了。

老王正在看电视，果不其然，电视购物。我的侄女小小王正在玩洋娃娃，一看见我就告状：“姑姑，爷爷不让我看《巴啦啦小魔仙》。”

“姑姑给你看。”我拿起遥控器就换台。

老王正拿着手机拨号，拨一半我换了台，气得吹胡子：“调回去，我正拨号拨到一半！”

“来，商量个事儿。”我挎住我爸的胳膊去了书房。

2

我还以为会是一场攻坚战，编的理由都漏洞百出，没想到我家老王竟然立刻同意了，拿起存折和卡就去了银行。这让我一身是劲没地方施展。

非常没有成就感的我去了厨房，对我妈竖起了大拇指。

“你爸虽然现在有些老糊涂，但对你们俩，那是恨不得把所有都给了。”我妈说，“虽然不是个好老公，但绝对是个好爸爸。”

“也是好老公。”

“天天跟我吹胡子。”我妈说，“哪里好？”

“不是都给你买金链子了！”

吃完饭我被我妈送到了隔壁的陈阿姨家。陈阿姨早就收拾好了，茶水、瓜子、水果、巧克力一应俱全。她看到我就夸：“等等啊，你怎么一点没变呢，三十多了还跟个小姑娘似的。”

“阿姨，您是几个月没见，又年轻了。”

陈阿姨笑得很开心：“坐坐，小陈在楼上，我喊他下来。”

小陈看上去是个不怎么开心的年轻人，不知道我妈怎么会觉得他很精神。也许是因为连续三年考公务员让他每日伏案，所以背有些驼。他穿着一件黑色的开衫，戴着眼镜，头发有些潦草，眼神里带着点莫名其妙的骄傲与漠不关心。

“你好。”我先打了招呼。

“你好。”他应了一声，也略带拘谨地坐了下来。

陈阿姨倒好水，介绍了一下我们，她就上楼去了。

我们沉默尴尬地坐着，我觉得我也许应该找些话题，比如贺岁片你有没有特别感兴趣的之类的。

但他一句话堵死了话题：“我从来不去电影院看电影，浪费钱。”

好吧，我只好继续沉默尴尬地坐着。一只冬日里躲在房间里的苍蝇吸引了我的注意力。那只苍蝇左飞右飞，上飞下飞，非常疲惫又非常欢脱，最后落在了小陈黑色的开衫上一动不动。

陈阿姨大概没听到楼下的动静，便从楼上下来，在楼梯拐角处探了探头。小陈见状咳嗽了一声开始说话：“小王，是这样的。我因为工作的事情着急结婚，你同意的话，我们过完年就抽时间去办证。婚礼的话，可以再商量时间来。我说话直，这次也就是为了结婚来见你的。之前相亲的女孩子都想恋爱相处一段再说，但我们老辈人不都是先结婚后恋爱的吗？谈恋爱，我谈过了。你应该也谈过了。恋爱这种东西，有时候非常阻碍人进步……”

那只苍蝇终于动了，从他左边的肩膀上飞到了右边的肩膀上。

我忍无可忍地拿起一张摊在茶几上的报纸站了起来，并走到了小陈的身后。

“我是觉得每个年龄段得有这个年龄段该做的事儿。你看我们都不小了，恋爱这种事儿，我们也可以婚后开始啊……”

“啪！”我用报纸打了过去。冬日里疲惫的苍蝇连带着它疲惫的体液从他的肩膀上滚了下来。

回到家，我被我妈骂了大概半个小时吧。

除夕夜，朋友间按照惯例要发祝福短信。群发完成之后，我躺在沙发上，美美地等着看春晚。弟弟和萧潇已经带着小侄女回他们自己家了。春晚其实并不好看，但我们大概看的是习惯或者说是情怀。之后我还收到了压岁钱，我爸给了一个，我妈给了一个。到这个年纪还在收压岁钱的，估计只有我了。邹明宇也发了个红包给我，也是压岁钱。我不禁莞尔，似乎是从第一年上班开始，每年他都会给我发个压岁红包。当然也不是只给我一个人，手底下的几个，小郝也有收。于是我也给轻尘发了个压岁红包。

最近几天都没有联系过邹明宇，也刻意地回避了XXL先生，连群发短信都跳过了他。

一切似乎更似是而非起来。那个最早的吻，那段恋爱，还有以后。

小时候每到过年，我爸都会开家庭会议，让我和弟弟把新的一年的学习计划和努力目标陈述一遍。再大一点儿，甚至要写计划书，等写好了，就把连同自己做的作息表贴墙上。可计划总是赶不上变化，计划总是无法全部完成。

小时候怎么那么踌躇满志呢？以为自己喜欢飞机，长大就可以做飞行员或者空姐。喜欢唱歌，长大就可以做歌唱家。喜欢写东西，长大就可以写出一本感动全世界的作品。可是长大后才发现，我们能生存下去已经算是了不起。

偶尔也会对自己说“再不优秀就老了”，可到底什么是优秀？每天工作琐碎，社交处理，以及各种尽力而为之后的疲惫。我虽然不是优秀，我想，但也算良好了吧。

刚开始工作的时候，闺密聚会，人人喊累，只有雅妮说不。雅妮说：“身体的累其实没有什么大不了，但情绪的累会传染，所以以后聚会，大家吃喝吐槽都可以，但不要把珍贵的相聚的时间浪费在喊累上比较好。”

之后大家都不再喊累。

不喊累的话，似乎真的承受力强了一些，似乎真的不那么累了。人的意识和身体，原来是一体的，是有弹性的。我爱上了你，我的身体都在说我爱你。我不爱你了，我的身体都在说不爱你。

此刻，当这一年终于到了头，我还是想偷偷地对自己说：“王等等，你累了，好好休息一下吧。这一年你很棒，下一年，悠着点儿。”

3

什么都不想真好。每天吃饱了睡，睡饱了吃，躺在被窝里刷一直来不及看的剧的生活真好。

除了帮我妈看孩子和跟我小侄女吵架的那些片段，我算是过了一个非常棒的，像猪一样的假期。估计是胖了，假期结束回家，坐在驾驶位上，我觉得裤子开始勒肚皮，于是小心地解开了裤扣，反正也没有别人知道。其实以前胖乎乎的时候，若上衣宽大，我也会偷偷地把包臀裙的拉链拉下来一些。嗯，会舒服许多。

回到家，我发现轻尘不在，而洗手间里她的洗漱用品和客房里她的衣物也都不在了。

“你不住我家了吗？”我发微信给她。她说有事儿走得很着急，没来得及跟我说，让我放心，她很好很安全。

我又打电话给邹明宇，问他是不是找好了员工宿舍，轻尘搬走了。邹明宇说没有啊。大过节的，中介都放假了，她根本没对他说过搬走的事儿。

我感觉有些奇怪，好像有什么事情发生了。

因为老王结婚，我们公司全体人员都是初十才上班。

老王和杨帆的婚礼，公司坐办公室的人都去了，坐着老王包的几辆大巴车集体去的。邹明宇也在邀请之列。方若兰一直挽着我，在和邹明宇打招呼的时候，有点儿不好意思。而我也一直扯着方若兰，怕如果看到XXL先生，可能会比较尴尬。

但XXL先生没有出现。

婚礼很盛大。大概是我参加过的最有排场最漂亮的婚礼。杨帆也是我见过的最美的新娘。在她和老王彼此看向对方说“我愿意”的时候，我甚至感动得流泪了。

“你知道我为什么要嫁给他！”杨帆曾经对XXL先生说过这句话。

不管为什么，但此刻她已经和另一个人说着“我愿意”修成正果了。就算她内心撕裂，就算以后会有一个令自己震惊的答案在等着，可此刻，她是幸福的。

我希望，她是幸福的。她幸福的话，XXL先生应该也会幸福吧。

回去的时候，邹明宇喝了酒，邀请我做了他的代驾。我们聊了会儿工作的事儿，他闭上了眼睛。

我安静地开着车，邹明宇好像睡着了。

“你在高架上开三十是会被骂的。”昏昏欲睡的邹明宇突然睁开眼说道。

哦，也是，路上没多少车，于是我飙了起来。

“但你也不能开到一百二啊！”邹明宇抓住了车顶的扶手。

“聊天吧。”大概是觉得自己如果真的睡着了是对自己的生命不负责任，邹明宇抖擞了精神。

“聊什么？”

“随便吧，你想聊什么就聊。”

“过年的时候相了个亲。”我说，“你想听听吗？”

“又相亲。”他有些不满地说，“你那么恨嫁吗？”

“不啊。”我说，“相亲多好，能认识很多优质的青年，嫁不嫁倒是其次。这次见的是个公务员，才二十八岁，小鲜肉了。”

“对，我是老腊肉。”

“奇怪了，你为什么要和这位鲜肉相比呢？”

“对哦，我为什么要跟他比？他一定没我帅。”

“没你头发白。”

“你以前不是还觉得我半头白发很有魅力吗？”

“那时候你是我的老板，我不得恭维吗？”

“所以，你现在觉得我不帅了？”

“嗯，现在不用恭维了。”

他气得没再讲话了。

我把他送到他公司，停好车，终于决定要去面对我们之间发生过的事儿了。

“你是不是跟我说过一句话？”我转身望向他问。

“我何止跟你说过一句话！”他解开安全带准备下车。

“你不会孤独终老的，你会很幸福很幸福，我看着呢。”我说完，看着他，“就是这句。”

他有些不自在起来：“我说过吗？我忘了。”

我摁下了车锁，看着他。

“你说过。”我依然看着他，“你说过，你还吻了我。”

“哈！哈！”他的脸立刻红了起来，好久才又说，“过去的事儿就不要再提了，都多久了。”

“也没多久，就几个月前吧，对，国庆促销的最后一天，十月七日那晚。当时我喝醉了，后来也什么都不记得，你乘人之危。”我持续地盯着他，“我觉得那是你对我的骚扰。”

“什么骚扰！”他假咳了一声，“别乱扣帽子。是你先拽住我的领子！”

“胡说。”我也感觉脸烧了起来，“我们明明已经告别了，我下了车，你上车走了，那么请问你为什么又回来了？你就是对我狼子野心！”

“车子调头后，我觉得你可能一个人不安全。所以我下车，找到你时正听到你喊一个人的名字，人家还骂你神经病。”

我仔细思索了一下，我是喊了张后初，可是那个玩游戏的人，真的是张后初吗？我当时老眼昏花，也可能喊错了人。

我摁下了开锁键："下车吧。"

"就这样？"看来邹明宇恢复了，"不继续讨论下去了？"

"好。"我转身又看向他，"我第二天不记得发生了什么，为什么你对我没有任何表示？"

"因为后来我见你的时候，你说你已经有男朋友了。"

"可是我们见面的时候，离这件事已经过去了好久。"我说，"中间那么多天，你也没有提过一次，为什么？"

"你和张后初在一起的第一天，也就是事情发生的第二天，"邹明宇说，"我就知道了。那天，你的闺密楚良歌发了微信给我。"

"呃……"

我们两个人沉默了一会儿。不知道为什么，我很生气。

我气得下车摔了车门。

等我走得远了些，我才找到我生气的原因。

在这样的场景下，为什么你不能表白？就算不表白，总能说两句擅长的俏皮话吧。就算不能说俏皮的话，你总要考虑我的感受，问一声，是否困扰你了之类的吧。

并且，我摔门走了，你竟然不追上来？！

你什么意思？

4

回到家，我翻来覆去地打滚。手机也不知道滚哪去了。轻尘走了，我也借不到手机拨号，只好又上了电脑微信，这才看见，手机就在鼠标垫旁边。可我还是灵机一动，在微信上对邹明宇说："帮我打下我的手机。"

我捏着手机，等手机响起来。

而手机响起来的瞬间，我就接听了。

“咯咯。”我假咳，“刚给你发完就找到了。”

“开门。”他说，“我在你家门口。”

门开的那个瞬间，我就被吻住了。

他的嘴唇落在我的嘴唇上的时候，我整个人都蒙了。可很快，我发现我在回应他，我在享受与他的吻。我的脑袋里乱七八糟的，我们接了个多长时间的吻啊，我都想到了什么啊。我想到，我对XXL先生，我们的互相吸引，也许只是荷尔蒙在作祟。但毫无疑问，荷尔蒙是验证男女之爱的标尺之一。我以为，我和邹明宇之间，缺的就是荷尔蒙的吸引。可现在，当我们唇舌缠绕的此刻，我也感觉到了这是一场既有满足又有依恋的缠绵。

对，是缠绵。

荷尔蒙、多巴胺、羟色胺、催产素。

我也完全想起来了那个苦涩的醉酒的晚上，想起了那个声音，想起了他的额头抵着我的额头，说：“等等，你真的很好，你要自信，要更爱自己。不会没有人爱你的，你不会孤独终老，你会很幸福很幸福，我看着呢。”

此刻的感觉，也有点儿很幸福很幸福了。

之后我追问他，是不是一直偷偷地又毫无指望地爱着我。

他肉眼可见地打了个寒战。他说真不是，就是一直以来想对我好，还说不上爱。爱大概就是从那个吻开始的。他感觉到了久违的全部身心的悸动，感觉到了不可思议。在以为自己不再年少、浑身铜臭、疲惫孤单并把这一切都习惯了，认为爱情这种东西不会再出现的时候，他感觉到了不可思议，感觉到了活着的妙处。

所以，成年之后，身体之爱往灵魂之爱的转变是完全自然而可能发生的。原来，成年之后，爱不仅是一种情绪，更是一种行为。

我当时假装生气撒娇：“你就不能说一直爱着我吗？”

“那多变态。”他转过身来扶住我的肩膀，“一直爱着你却不追求，我有那么猥琐吗？”

“可我真的拽了你的领子吗？”

“拽了，扣子都掉了。”他说，“身板儿不大，力气可真大。”

“那你为什么不能绅士一点儿推开我呢？”

“当时就是不能。”他的脸上浮出很温柔的笑意，“可能当时也非常非常想吻你吧。”

“像今天这样想吗？”

“不，今天更想。”

他又抱起我接了一个很长时间的吻。

5

之后上班，我再收到他的微信，他总算不会再以“你猜××想你吗”这样的话做开场白了，而是会直接地说“想你”“一直在想你”。

“我也是。”我便这样甜甜地回复。

二月末的时候，寒潮卷土重来，裹挟着一些细雪。邹明宇来找我时送了我一颗雪球。雪球圆圆胖胖的，我很喜欢，就把它放在碗里，并放进了冰箱的零度箱里。

第二天他问我：“感觉怎么样呢？”

“什么感觉怎么样？”

“雪球没化吗？”

“我放冰箱了啊！”

下班回到家，我把雪球从冰箱里拿了出来，慢慢地等它融化。当我看到碗里有一朵含苞待放的玫瑰渐渐出现的时候，那感觉真是太妙了。

这种笃定又安全的甜蜜感，有时也会让我感到害怕。这段恋爱像是承托起了在时间长河里我某个瞬间的期许。照此看来，也许我一直在偷偷地爱着邹明宇也说不定。

那些漂浮在海面上的细碎的情感泡沫像是找到了寄托的舟板。之前它们一直一直在寻找的什么，一直一直在渴望的什么，一直一直在朝向的什么，突然就出现了。这会让人害怕，让人不敢相信，会让人觉得像海市蜃楼一般。

所以就算开春后，团建、培训、春装展、巡店忙得不可开交时，我也尽可能地坚持每天和邹明宇见面，要摸摸他自比老腊肉一样的脸，再拍一拍。嗯，热乎的、有弹性的、真实的脸。

只是我找不到轻尘了。她搬离我家后也没有去上班，有一天她发微信给邹明宇要辞职。

邹明宇打电话给她，她说她遇见了一个非常喜欢的人，要结婚了。

我当时就在邹明宇旁边，马上要过来电话说：“真的要结婚了吗？是什么样的人呢？结婚是大事儿，稳重地多了解一下比较好吧。”

“唔。”轻尘大概没想到我会接电话，“等等姐，别担心，真的是很好的人。”

挂了电话，我更加觉得有什么事儿发生了。

6

胖了，我更胖了，红色掐腰毛呢裙似乎再也穿不上了。邹明宇带了很多宽松设计感的衣服给我。我每天都在微胖的边缘和吃与不吃的界限上挣扎又自嗨。

婚后的杨帆却依然有着苗条的身段。她开始经常在我们的办公室出现，像个甜蜜的小娇妻，带来很多她的饭店大厨做的糕点，给我的那一份总是包装更精致一些，像是我们有比别人更亲密的关系。

有一次听到王梁源吼她：“没事儿别总跑公司。”

“知道了。”她一点都不生气地哄他，“哥哥最近血糖高，不能总吃外面的饭，我特意让大厨做了适合你的粗粮，等会儿你尝尝？”

我真的很想知道，她是不是真的爱王梁源。

我一直没见到，也没有任何关于XXL先生的消息。

活着其实也是在不断重复着相似动作。爱着也是。所有的爱的行为，其实都类似。活着，就像跳着一支漫长的、曼妙的、会错乱的、却不会停歇的舞。

所以，我也会和邹明宇吵架。

有一次是因为轻尘走后，他又签了一个模特。小模特虽然业绩不太好，但很喜欢邹明宇，经常一天发几十条甚至上百条微信。我们一起吃个饭都能听见邹明宇的手机不断地嗡嗡嗡。

“你不理她不行吗？”

“行。”他说，“不理。但是如果是你的同事，比如那个总喊你亲爱的叫什么，对，叫霍然的那个男同事也跟你发这么多微信，我就不会这么生气。因为我知道虽然他喊你亲爱的，但你绝对不是他的亲爱的。你知道这叫什么吗？这叫信任！”

“那是你觉得你已经吃定我了，没有了危机感。”我气哼哼读着手机上刚看到的一句话给他听，“一个男人，如果连清君侧这样的事儿还需要他女朋友去帮他的话，那他就不配做男人。”

“行行行。”他也生气了，“我不配做男人。”

好长时间我们谁都没搭理谁。

直到我要起身走的时候，他才把手机扔过来：“你看看吧，我是怎么回复的。”

“老板，我肚子好饿，但不知道吃什么，你能帮我选吗？”

“我肚子不饿，因为我正在和我女朋友一起吃饭。”

“哇，你女朋友好幸福啊。好羡慕她！”

“那你就羡慕着吧。”

“老板，你觉得人生最重要的是什么呢？”

“我女朋友。”

“老板，不要给我塞狗粮好吗？”

“你自找的。”

“老板，我这样给你发微信，你女朋友会不会生气？”

“知道就好，请不要发了。”

……

我扔了手机，朝他露出了谄媚的笑容：“老板，你女朋友奖励你晚上加个鸡腿。”

“吾皇隆恩。”

还有一次，我们又因为什么吵架了，具体都不记得了，总之我很生气，再也不想和他说话了。

“有一本书叫《变化的位面》，里面的一个故事是，在某个维度里，住着阿苏努人。”他开着车逗我，“阿苏努人会渐渐地放弃说话的功能。”

哼，我并没有放弃说话的功能，我只是放弃了和你说话。我又扭头看向窗外。耳边是他的声音，带着戏谑：“阿苏努人，不会交谈的人。”

等到下车了，我开门就走，决定在他跟我道歉之前，要坚持对他做一个阿苏努人。但其实走了没几步，我就偷偷地笑了。

不会道歉的人与不会交谈的人，就这样坚持谁也不搭理谁大概四个小时。

半夜十二点，他来摁我家门铃。

我们在对视了几秒钟后，没绷住，都笑了。不会道歉的中年人用了老劲儿，横抱起了阿苏努人。

又有一次，和邹明宇一起吃晚饭，他接了大概十四个电话。

当然，理智上我是理解的，但在他面前就是想任性。于是我便撒娇：“真希望你的手机里只有我一个人的号码。”

吃完饭，他便去买了个手机，只存了我一个人的号码。

“可以了。”他说，“这个手机永远不会关机，不会静音。感受到偏爱了吗？”

“嗯！”我用力点头。

当然，心里也会拿他和XXL先生做对比。比起最开始时我对XXL先生的那种想了解他，想全部地拥有他，想时时刻刻地看着他的那种激情，对邹明宇好像有点儿弱了。因为，我一直都了解他，我已经拥有他，而如果我想看到他，一个电话就可以看到了。

与邹明宇在一起时我似乎更平淡，也更安心。也许快乐值下降了一些，但幸福值绝对上升了。

7

“婚恋本来就是这样。”又在我家吃火锅的时候，楚良歌说，“不挑挑拣拣，多见几个人，怎么知道哪个最适合自己？像老吴这样，只谈过一次恋爱，一头扎到韩一川这个渣男身上的，太悲剧了。”

“老吴？我是老吴？”吴英伟拍她，“你说什么啊老楚，你还比我大三个月好吗？并且我的人生才刚开始，谢谢。”

“哦，对，老吴你也要过生日了。”

“是啊，老王。说起来你生日最大，Waiting姐。”英伟看着我，“也是你最胖了。”

啊，我被戳痛了。我可能是气球体质，胖瘦全凭嘴巴了。

“我特别想知道，我是不是招中老年喜欢？”英伟满眼疑惑地看着我们。

“应该是吧。”楚良歌认真地打量了一下她说。

“周末我带小石头在外面玩，一个半大老头突然走到我面前说，我眼睛里进了沙子，你能不能帮我吹出来？”

“哈哈哈。”楚良歌爆出一阵狂笑，我也笑了。

“我特别震惊。”英伟气愤地说，“我就说，你自己揉出来。我抓起小石头就走了。当时他睁着眼睛的好吧。”

“这么猥琐吗？”楚良歌撇撇嘴。

“然后前天我下班回家，他跟着我进了电梯。”英伟继续说，“摁了楼层后，我发现他没摁，不过我也没在意。但他突然说，你一个人带孩子辛苦吧。我再扭头看，差点儿没把我吓死。幸亏那天我爸也在，说以后每天在楼下接我。”

“确实太吓人了。下次记住，在电梯里要尽量往后站。”我说，“你让叔叔别走了吧。小石头也要带好。”

“真是特别心酸。我都多大了，还得我爸接。”英伟叹一口气，“为什么女人要承受这些？！”

“女人承受得太多了。”楚良歌也忍不住吐槽，“去年我为了找小说素材不是上了一个月班吗，那段时间我被迫听了不少荤段子，平时也要倒水、泡咖啡、喝酒、跟人情歌对唱，还得送喝醉了的领导回家。但你知道我最无法忍受的是什么吗？那个小破公司，就一个男女共用的卫生间，而且臭男人们上厕所都不掀马桶盖。你们能明白用纸擦干净他们的尿渍后又是消毒又是垫一次性马桶垫的我的心理感受吗？我明明也很尿急好吗？”

“嗯嗯，明白。”我点头，这种事儿我也经历过。

“我不知道掀个马桶盖是多大点儿事儿。男士小便请掀起马桶盖这样的告示都贴出来了都不改，他们是眼瞎吗？是不尊重女性好不好！后来有一天，我开始每次都拍照片。临走那天，我就把照片发在公司群里，说‘猜一下这是谁尿的’，‘请自觉对号入座，漏尿要去检查一下前列腺’。”

“哈哈哈！”我和英伟大笑，竖起了大拇指。

“所以，”楚良歌也叹一口气，“得治，放狠了治，普度众生地治。英伟，你下次再见到他，就直接开骂，要不要老脸啊。”

“所以，我想明白了。”英伟说，“我们应该接着努力，去增强我们男性的那一面。”

“嗯。”我点头鼓掌。

“Waiting姐自从和老邹在一起了，像是变了一个人。下次我见到邹明宇要问问他，是不是把你当猪养了。”楚良歌打量了我一遍，鄙夷地说。

“幸福的人是不用思考的。”英伟拍了拍她。

两个人都点了点头。

我一点儿也不生气，并且喜欢我这种不用思考的人生。

8

英伟在一周后和那位花店老板约会了。两人一起吃了饭，看了电影。花店老板也离婚了，有一个女儿，在市中心还有一家咖啡馆。约会后的那天晚上，他们微信聊到凌晨。第二天晚上，又聊到凌晨。

“这才是老房子着火了。”英伟生日那天我们一起吃饭，楚良歌啧啧了一番说，“王等等，你最近还有过和谁聊到凌晨的经历吗？”

“没有欸。”我说，“年纪大了，到点儿就想睡觉。除了人民币这样的大事儿，没有什么事儿可以让我聊到凌晨了。”

吃完饭，邹明宇接我回家，“吴尊”接楚良歌回家，花店老板接吴英伟回家。

在饭店门口告别后，邹明宇开着车，我懒懒地靠着背椅：“老邹啊。”

“老邹？”邹明宇咳了一会儿，“行吧，你的专属称呼。”

“我怎么觉得我们之间有点儿老夫老妻的感觉。”我说，“似乎没有什么激情了。”

“老夫老妻不好吗？”邹明宇说，“这是一种相濡以沫后终于到达的彼岸。”

“啊。”我提了兴致，“不如这样吧，我们今晚聊天到凌晨吧。”

“聊啥呢？”

我想了想，看着车窗外的月亮说：“聊月亮？”

“嘿。”他笑，然后想到了什么，“那我带你去个地方。”

他竟然带我去了夜间天文馆，我们看到了硕大的月亮。

“看到了吗？”邹明宇从身后抱着我，“月亮代表我的心。”

“月亮不会发光，此刻看到的是凹凸不平的阴影。”我铁了心找茬，“你的心是阴影吗？”

“不啊。”他说，“我本来全是阴影，但你是太阳，你的光照在我这里，我才看起来像今晚的月亮。”

我忍不住笑起来，男人果然是要调教的，此刻我拥有了一个情话男孩。

“今晚月色真美。”我对他说。

“我也爱你。”他说。

第二十章

唱春天

1

我再看到XXL先生是在地铁的广告上。他的名叫“启明星”的少儿科学培训机构已经并入了本市的“常春藤”连锁少儿培训机构。他看上去十分精英的照片，占据了大概三分之一的广告画面。

我想起曾经对他说，开业的话要送花，于是我拍下了广告照片，给他发了过去，并附带一句：“恭喜了。”

成年人的世界里，没有拉黑和删除，只有，淡了。

他淡淡地回了一句：“谢谢。”

“什么时候开业？”我又问，“说好了给你送花。”

“明天。”

“好。”我回，“生意兴隆哦。”

我打开手机订了花，但并没有想着要亲自过去。晚上我问邹明宇，他说：“你想去的话，我可以陪你。不想我陪你的话，也行。不想去的话，花到了礼节也到了，可以了。”

于是，花先到了。中午我在公司食堂吃过午饭，拉着方若兰陪我去晃了一圈。已经中午，那里只有两位前台小姐在值班。XXL先生估计是带朋友们去吃饭了。

一位前台小姐陪我和方若兰介绍着：“两位女士孩子多大了，我们接收五岁到十五岁的孩子哦。”

然后她立刻被方若兰怼了：“我看起来像是有孩子了吗？”

“不好意思。”我对前台说，“我们只是随便看看。”

前台小姐只好兴致缺缺地为我们介绍了XXL先生曾经说的“六个教室、三个实验室、阅读角、家长休息区”。他曾经规划的都实现了，我不禁莞尔。

墙上挂着营业执照副本，我看到了股东中杨帆的名字。人与人的关系就是这样，互相需要，互相帮助，互相“利用”，越来越深。他们最终以这样的方式缔结了某种更深刻的关系。

我和方若兰在草坪上坐了会儿，就看到前方的小桥上，对，就是那座曾经让我醍醐灌顶又让我心碎了的小桥上走过来三个人：XXL先生、杨帆，还有魏轻尘。

轻尘挽着XXL先生的手臂，她在看见我的那个瞬间，几乎是下意识地，立刻放开了。

于是，一直觉得发生了什么事儿的那个事儿，终于明了了。那座小桥又一次让我醍醐灌顶了。

2

“对不起，等等姐。”方若兰接到工作电话走后，轻尘怯怯地坐在了我的旁边。

看到她的样子，我第一时间想到的竟然是，我的皮肤在这样的春光下也会耀眼地发光吗?

“为什么对不起？”我挤出笑说，“我和张后初已经分手了，你不用说对不起。他救过你，你喜欢他，你们在一起，不是很好吗？”

我想起了她曾经那样恨嫁，想到了他那么快跟她求了婚。他从来没有跟我求过婚，连“很远很远的以后”都没有答应过给我。他也从未说过爱我，只是喜欢我，还跟我讲道理：“喜欢是想离得近一些，更近一些。爱还需要理解和责任，穿过激情走向平淡，无法想象没有对方的时间。”这样想了想，真是气死我了啊。这是什么诡异的自卑感？我竟然嫉妒了？我为什么要嫉妒轻尘？

“我知道这有些不对。”轻尘低下头，看了一眼坐在遮阳伞下的XXL先生，“我都不敢跟你说。”

“没关系。”我还是安慰她，假装自己是个宽宏大量的知心大姐，“好好在一起吧，别多想，毕竟他都向你求婚了。”

“但其实还是感觉我喜欢他多一些。”轻尘伸出空荡荡的手指给我看，“我到现在也没有收到戒指。”

“戒指只是形式，能在一起就好了啊。”

“如果心里没有，形式也没有，那在一起干什么？”轻尘落寞地说，“他跟我说结婚，就好像是他为了气杨帆姐才这样的。”

“什么意思？杨帆结婚了，他也要结婚吗？”

“感觉我就像是一个影子。”

“什么影子？”

“有时候觉得是你的影子，有时候觉得是杨帆姐的影子。”轻尘继续落寞地说，“总之我像是一个影子。有一天，他喝醉了，拉着我的手说，等等，好想听你一直说欢迎回家。他好像还是很喜欢你。你对他说过欢迎回家吗？”

我心里一震，看向了XXL先生，他正低头看着手机。他依然那么帅，可是长得帅有什么用，感情的事情他还是拎不清。他的生活层层叠叠，在新鲜的遭际中不断碰触过去的旧痕，一次又一次，一人接一人。

我也震惊于轻尘的坦白，不太明白她这样说，是单纯的吐槽，还是以期我离她的男朋友远一点儿，便没再回答她了。

“我们现在已经不在你那个小区住了，杨帆姐把婚前的房子借给了我们住。后初哥他就是不想回去和你住过的那个小区。”轻尘看我没说话，又继续说，“我开始时还以为他是怕我为难，后来才知道，他是怕遇见你。”

我低下了头。

“如果说他心里还有你，可杨帆姐每天都在我们的生活里出现。”轻尘挤出笑来，“我身上这身衣服，就是杨帆姐帮我挑的。我本来已经换好了自己的衣服，我也不知道自己为什么要讨好她。我也不知道为什么要和你说这些，可能只有你明白我现在的心情，而我太想说说了。”

我拍拍她，站了起来。

“两位仙女，咖啡来了！”杨帆正端了四杯咖啡出来，远远地喊着我们。

我朝她挥挥手，然后去拉轻尘，就看到她抬起的眼睛里已经蒙了水雾。我安慰她：“我们一起生活过一段时间，很多时候，我都把你当成了妹妹。我希望你清楚、明白、通透也快乐。如果，这是你内心真正的感受，你要告诉他。如果这不是你真正想要的生活，就停止。任何时候你想回邹明宇的公司上班，都可以给我打电话。”

轻尘艰难地忍住眼泪，“等等姐你这么说，我感觉更对不起你了。可我真的很喜欢他，非常非常喜欢。我能忍，也能接受。”。

“傻丫头。”我拉她起来了。

我们四个人坐在遮阳伞下，淡淡地聊了几句。

杨帆说了点开业前的麻烦和趣事，并谢了我送的花。我以我巡店的经历和半吊子水准分析了现在少儿培训市场的前景。

XXL先生一直淡淡地笑着，并没有说话。只是当我的目光扫向他的时候，他都把目光移开了。

也许，他真的在怀念我。

“我得回去上班了。”我看了看表说，一路又像是逃难那样跑掉了。上班的时候我躲在茶水间给邹明宇打电话。

“很正常啊。”邹明宇说，“但你这些小心思能不能留着啊。你什么都告诉我，不怕我吃醋啊。”

“不怕！”

“为什么不怕？”

“因为你是邹明宇啊。”

“不要消耗我。”邹明宇在电话里严肃地说，“要一边爱我，一边消耗我，这样才能能量守恒。”

当然，我也会陷入一些幻想——

XXL先生终于爱上了我，开始纠缠我。曾经我们在一起之前没有发生过的那些追求，他都做了一遍。什么在电梯里壁咚啊，在顶楼铺满玫瑰花瓣强迫我跟他跳舞啊，用他的那些什么我也不懂的实验一遍遍表白啊，然而我就是不喜欢他，我就是傲娇地说不，我就是每次都被邹明宇带走，只留给他一个我们成双成对的背影。

诸如此类的幻想，还真不错，扼杀掉了一些他曾经带给我的那种失败感和屈辱感。

以我如此的幻想功力来说，如果我不是心理变态的话，那么可能我也适合写作。

坐在我对面敲着电脑的楚良歌听完，立刻把笔记本电脑推过来：“来来来，键盘给你。”

这位在自己家就想睡觉和看电视，永远也不想赶稿的人，再次来到了据说与她八字比较合的我家，在一个小时内一边听我胡扯，一边噼里啪啦地敲了两千字。

“你为什么不想知道他们怎么忽然在一起了啊？”楚良歌一边打字一边问，“这真是太有悬疑感了。”

“我想知道啊，但他们没告诉我啊。”

“等着啊。”楚良歌又一阵噼里啪啦，敲了一会儿字，然后微信发给了我：

无法忍受思念痛苦的XXL先生，站在等等家的门前。他知道她不在家，可他根本说不清自己为什么会站在这里。

他没有敲门，就那么站着，期待着她会突然出现。如果她突然出现的话，他想，那就是神迹，他会放弃一切，只为和她在一起。

他不知道站了有多久，电梯响了，一阵轻盈的脚步声在身后出现。他惊喜地转身，却不是等等，而是借住在等等家的年轻女孩。

“哥，你怎么在这儿？”

女孩清脆的声音和眼眸里跳动的喜悦，令他心里一暖：“今天除夕，你怎么过？”

“我们一起过好不好？我买了速冻水饺，等等姐的冰箱里还有菜，热一下就好了。”

女孩开了门，拽他进去。他进去了，看着熟悉的房间，闻着熟悉又遥远的等等的气息，他突然想留下和女孩一起过除夕。

女孩在厨房忙碌着，他想起了第一次来这里，等等也是这样忙碌的。女孩的做饭水平很糟糕，还切到了手。他只好帮她包扎。女孩望着他开始表白，说第一次看到他就喜欢，说她想和他在一起，想和他有很远很远的以后。他愣了愣，想起了和等等在一起的那个夜晚，等等也是这样说的。他眸子一暗，心情骤然不好了。可女孩抱住了他，主动地吻他。两个寂寞的人，在这个寂寞的深夜，终于开始互相取暖。

事后，女孩甜甜地说：“哥，你要对我负责哦。”

他一把推开她：“快去厨房，我闻到了煳味儿。”

他们以烧坏了等等家的一口锅为代价，在一起了。

我很认真地看完后，很认真地去厨房查看了我所有的锅，很认真地对楚良歌说：“不好意思，我家的锅都是好的。”

“随便吧。”楚良歌把我赶出了书房。

我换了鞋下楼。春风不沾身了，在这样的夜晚一个人散步特别好。

我感觉很轻松，几乎没有挂念，因为想要的都已经在身边，而曾经想要没有得到的现在已经不想要了。

买了两瓶啤酒，我坐在小花园的凉亭里喝了一罐，听到有人喊我，没想到竟然是XXL先生。

“嗨。”我打招呼。

“嗨。”他也走进凉亭。

“你怎么回来了？”我问。

“有个材料寄到这边来了，刚拿完快递路过。”他举了举手中的纸箱子，“一个人吗？”

我把一罐啤酒递给他，他坐了下来。我们碰了碰，一起喝着啤酒。

“你和轻尘是怎么在一起的？”我问，“来跟我八卦一下。”

“呵。”他笑，“过年的时候你们家炖肉吗？”

“炖啊。”

“一个人炖肉的时候，就听见肉在说孤孤独独，孤独。”XXL先生说，“轻尘跟我说了这句话，又把肉给我送楼上来了。”

“唔。”我点头笑了。

“现在我觉得感情就那么回事儿吧。我可能完全搞不懂女人。你说得对，我想要的就是那种会等我或者转身来找我的伴侣。你不会等我，也不会找我，但轻尘会。”

“你确定吗？”我忍不住想对他刻薄。

他低头笑了。

我想了想，决定放过他：“不管怎样，珍惜吧。别让两个人炖肉的时候，也听见孤独吧。”

3

回到家后，我好想邹明宇。他在加班，于是我打车去他公司找他。陪他一起吃完夜宵，我问他：“你觉得我是会等你，也会去找你的人吗？”

"当然是。"他拉着我的手，"你不是经常等我，也经常找我吗？"

"是哦。"我点点头，又问，"那在一段感情中，发生什么样的事才会被你放弃？"

"我不放弃。"他先是这样回答，一分钟后，他又说，"只有一种可能，当我觉得我并不能给对方带来幸福的时候。"

当年与其说前女友舍弃孩子让他伤心，其实更深层的原因是不能保全她们的那种无能感让他自我鄙夷。我陪他加完班，和他一起回了他的家。睡前我只感觉到岁月静好，除了非常想把他的窗帘换掉——直男的家居品位，真的很令人头秃。

醒来时他还睡着，我看了一会儿他的脸，真是不再年少了啊，毛孔、皱纹、岁月痕迹全都有。我从自己包里拿出一张面膜，撕开给他敷上了。想了想，面膜挺贵的，我又从他脸上揭下来给自己敷上了。

贴着面膜躺着的凌晨，世界和心都很安静，于是我又听到了很多之前听不到的声音。送牛奶车的叮咚声，垃圾桶被翻倒又放回原处的声音，浅浅的跑步声，甚至是春芽悄悄的伸展声，但更多的是鸟声。两只杜鹃鸟似乎就在窗外的空调外机上站着，啾鸣婉转，表白自己，也唱着春天。还有呼吸声，我的呼吸声，邹明宇的呼吸声。

我们也唱着春天。

- 全 书 完 -

番外

杨帆篇

在爱恨的中央无路可逃

1

我十四岁初二那年第一次看到张后初，十一岁的他个子已经有一米七了。当时我的同桌因为打架被学校劝退了，我一个人坐。于是，他就成了我的新同桌，我们坐在最后一排。听说他本来要去某著名大学的少年班读初中的，但父母不舍得他那么早就离家。我又听说老师们为了他能进自己班几乎吵得办公室都炸了。所以他在刚进班里的第一天，就已经自带光环，颇有谈资了。

但他不爱说话，只有问他话，他才会懒懒地回答。又因为他年纪小，总有调皮的男生来逗他，想让他说出什么能让自己因为年纪的优越感而自尊心稍微提升一点儿的话。但他总是沉默地睥睨他们，用一种看白痴的目光。

所以，男生们都不喜欢他，总是来逗他。最严重的一次，他们把一本内容粗俗又暴露且标题不堪入目的地摊杂志压在了他的课本下。

“给我，”我说，“我交给老师。他们太过分了。”

“没事儿。”他只是把杂志随手扔进了垃圾桶，“老师不会相信这是我的。”

确实没有老师相信。学习好的小孩是老师的心头肉，有色眼镜是一直戴着的。再到后来，他代替班级参加竞赛，在讲台上侃侃而谈，秒杀众人，替班级获得了荣誉。这种智商上的碾压，让他获得了某种地位，之后就没人再故意欺负他，大家开始尊重他了。

2

可我一直觉得他就是个小屁孩儿。

我们之间除了“物理试卷给我抄一下”“三角板借我一下”“验算纸还有吗”这样的对话，就没有别的了。我抄了他的物理试卷，后来又抄了他几乎所有的试卷。当然，后患是我被老师喊进办公室，又重新写了那些抄过的试卷。再然后，我就被请家长了。

除了奶奶，我没有家长。让我奶奶去一趟办公室也可以，只是我奶奶要摆摊卖蜜汁莲藕和茶叶蛋。我家离学校挺远的，要坐六站路的公交车，再走上四百米。我不舍得我奶奶去。我解释了。可老师还是说，如果不请家长，就不用来上学了。

那时我正处在学习并不快乐、学校并无魅力的心理阶段，去上学并不比不能去上学有多少差距。所以，第二天我没去上学，第三天也没去。但我还是照常早起，坐公交车去学校，到了放学的时间再回家。我不想让奶奶知道了担心。

我奶奶受过很多苦，我爷爷、我爸爸、我妈，他们在的时候全都一股脑儿地和她作对。所以，我不能再让我奶奶受任何苦了。

到了第四天，我无所事事地在网吧里混了一整天，躲过了几个青春期女生都会遇见的那种危险，到了放学的时间去了公交车站。在等车的时候我看到了张后初，他也在等公交车。我就朝他走过去，他问我怎么没去学校，说他替我收了好多封情书，桌斗都快塞满了。

我当然知道，之前那些男生们总来搞他，其实大部分原因都是为了给我看。那是他们拙劣地展示自己的手段。没办法，我可能长得确实比较讨异性喜欢吧。相比之下，女孩们都不喜欢我，一方面我年纪最大，一方面我最好看。男生们不喜欢张后初，一方面他最聪明，一方面他最好看。

我说，老师不让我去上学了。

他诧异，怎么可能，九年义务教育，怎么都得去上学。

第五天，学校老师就去我家家访了，还带着礼物。几乎没有别的惩罚，只让我保证以后不抄试卷了。我回到学校，问了张后初，才知道是他打了教育局的投诉电话。

真的，我不得不佩服他。他可能是我们所处的那个年代，第一个能想到投诉的人。如果我那个因为打架被劝退的同桌也能想到这种办法的话，或许他就不用走了。

说起来，我那个同桌和人打架，也是为了我。男生们为了我争风吃醋这种事儿，我见太多了，所以张后初对我的淡漠，也让我不得不对他另眼相看：他就是一个还没发育的小屁孩嘛。

后来我便自己写试卷，不会写的题目，才问他。现在想想，在没有成为问题少女的路上，我其实得到了他不少的帮助。

不想提我差点儿成为问题少女的那些惊险片段。其实在我之后的人生中，也有无数个这样的片段。一个人想要下坠的话，其实非常简单。下坠的速度要比攀爬的速度快大概一百倍，甚至只需要一个瞬间，就可以完成人生的跳水。

由此，我除了感谢张后初对我的那些并不热情的帮助，更要感谢的是我自己。因为我自己的胆怯和内心的柔软，我才走上了看似正常的人生路。当然，无论怎样的人生路都有惊险，都不简单。

后来，我们一起读了高中，但不在一个班。我是普通班，他是火箭班。读高中的时候我好像开窍了，我开始明白如果我要成为想成为的那种人，并过上想过上的那种生活，就只有一条路等着我，那就是用尽全部的力气努力。

知道努力的意义这种事儿，对任何人来说，真是什么时候都不算晚。

我的成绩进步很快，后初虽然和我不在一个班，但自习之后，我会去找他，在教室打着手电筒再学习半个小时到一个小时。虽然我们并不是男女朋友关系，但所有人都以为是，也因此让我少了很多别的男生的骚扰。

高中毕业后，我们进了同一所大学。至于为什么能上同一所大学，一方面是我走了狗屎运，高考超常发挥，另一方面是因为后初的哥哥去了国外读书，他的母亲不希望后初也走太远，所以就近报了最好的一所大学。

但我没有学费。我把这个烦恼跟后初说的时候，他一脸不能理解的表情。后来，他拿出了他的压岁钱给了我，帮我交了第一学年的学费。

我第一次知道一个人的压岁钱竟然可以一直存着而不被大人收走，也是第一次知道原来我所认为生命中最大的拦路虎和最重要的幸福指标——钱这种东西，对有些人来说，其实，就只是工具。

我父母是最早出门打工的那一批下岗工人。开始两人都在工厂里做计件工，但后来，我妈因为长得还不错被车间主任看上。她和我爸有没有离婚我不知道，我只知道，从此之后她再也没有回来。我爸学历很低，十八岁后，他就接我爷爷的班去厂里做焊工了。他们那个年代，很流行接班。我妈被勾搭走后，我爸也离开了。后来他在工地上什么都做，泥水匠、瓦工、装修工，都是体力活，赚钱也还行。那所成为国内标杆的南方一线城市，大概好多大楼都洒下过我爸的汗水。但他是个有些愤怒又有些毛躁的人，所以我能理解母亲为什么会离开他，而他为什么会离开和母亲一起工作过的工厂，甚至理解他为什么会死。他从脚手架上掉下来，死在外面十几天，才有回家的同乡带话给我奶奶。

那时候还没有手机，我奶奶家也没有装电话。

我还小，奶奶也什么都不懂。她只是呼天抢地了一番，身体更不好了。工地老板补了一些丧葬费给我们，我和奶奶就靠那点儿钱，守着一个卖蜜汁莲藕和茶叶蛋的小摊子过活。

小的时候懵懂，也不觉得家里很穷，后来才知道我的家庭条件很不好。而张后初，让我第一次更深刻地体验到了什么叫人与人之间生来就是不平等的。

3

大学离我们那个小城大概一百公里，大学报到的那天，他父母开车送他。张后初邀请我一起坐了车。除了衣物，他几乎什么都没带，而我还要带上奶奶缝制的两床棉被。棉被尴尬地把他们的后备厢都塞满了。我只好把已经用旧的洗脸盆和别的什么东西，放在脚下。

“这些过去再买就好了啊。”他妈妈很不解地说，“带着多麻烦啊。”

他妈妈披着一条丝质的披肩，穿着细跟戴水钻的高跟鞋，头发卷卷地披在后面，很精致。后来我一直想成为那样的女人，四十多岁了，还可以用那样的声音讲话，略嗲，带甜。和我奶奶面对面摆摊卖水煮花生的那个女人也是四十多岁，但她的声音就像洪钟，腰身就像水桶。

他爸爸戴着金边儿眼镜，和他一样话很少，开着车。他哥哥也去了。他哥哥比我大两岁，已经在英国读大三了，话也很少。我们仨坐在后排。我靠窗，后初坐中间。好多次，他哥哥看我，用那种审视的目光，我都低下了头。

自卑明明被藏起来了，但我依然觉得好多次心脏像是要穿破血肉从细弱的肋骨里跳出来。

到了学校后，他们很礼貌地先把我送去了宿舍楼下。张后初问我要不要中午一起吃饭，我点了点头。他说，那到时候我来你宿舍楼下喊你。

我去办了报到手续后就在宿舍楼下等着了，就这样饥肠辘辘地等所有人都吃过午饭了，所有人都又开始吃晚饭了，都没有等到张后初。我想象着很多可能，大概就是，那一车人中，只有张后初想和我一起吃饭，而其他人都不想或者说不愿意和我一起吃饭。

虽然后初解释说他忘了中午要和在本地的姑姑一家人一起吃饭了。他为难的表情让我得到了某种安慰，但又知道他其实是在为家人开脱。他真的很不擅长为别人开脱。

“没关系啊。”我说，“反正以后我们有的是机会一起吃午饭，每天一起吃午饭都可以。”

后来很久，我才意会到，后初对一切都很云淡风轻，独独最怕愧疚感。在我们的相处中，如果他觉得有什么让我不愉快了，他会做得更多，甚至委屈自己，来减少这种愧疚，让自己心安。并且他重承诺，他话少，但一字千金。除非不可抗力，他总是说到做到。

也是后来很久，我又意会到，我其实是个卑鄙的人。在以后与后初的相处中，我利用了他的愧疚感和重承诺，一次又一次。

但他的家人对我的轻视，我是当时就意会到了的。

只是当时不能确认，他们的这种轻视会一直一直持续，会愈发严重，会导致我的反击，会让我不能是我，会让原本只是简单的关系，变得更加复杂。

小时候我家附近有一个开诊所的伯伯，他曾经看着我说，你这小姑娘不一般，你怎么可以用那种眼神看大人？

因为我受过大人的苦，被大人刻薄过，因为我对那些隐藏了的恶意很敏感。

那个初中因为我打架被劝退的同桌，他的母亲曾经指着我和我奶奶的鼻子骂，也不看看你们是什么样的家庭，竟然敢勾搭我的儿子。我把话放在这儿，谁招了你们，那是倒了几辈子的大霉！

我没勾搭过任何人，我只在心里说，可我的眼神泄露了我的愤怒，我被扇了两个耳光。

耳光太过响亮，在之后的我人生的那些艰难黑夜里，不断地响起，啪，啪！

大三有一天傍晚，我从外面兼职回来路过篮球场，看到后初正在打比赛，所向披靡，风头尽显，又高又帅吸引了所有人的目光，也吸引住了我的目光。我看完了剩下的比赛，在他浑身汗水朝我走来又抬头笑的那个瞬间，我突然心跳加速。

在这之前，我已经恋爱了很多次，自己也不甚明了的那种恋爱。拉手、接吻、吃饭、看电影、吵架、和好、接受一些礼物，我好像能得到某种瞬间的快乐，可之后快乐又在瞬间湮灭。于是分手，又开始。说起来，我伤害过不少人。除了男生，还有女生。我被骂狐狸精、绿茶、白莲、不要脸之类的也不少。所以，我几乎没有女性朋友。宿舍只是一个睡觉的地方，反正总有男生在不同的地方，等着我。

后初对我的那些恋爱，也从未发表过意见。他从不无聊，打游戏，去图书馆，在实验室帮忙，写论文。但我找他，也总能找到。我的那些男朋友们，也不会把他当成什么潜在的威胁，因为他年纪小，不生事，也从未对我表现出什么特别的暧昧。

那天篮球赛后的傍晚，我们一起吃完饭，在操场上散步。打完球后，他身上的汗水味儿很浓，那是我第一次觉得，他从一个小男孩终于长成了男人。

大学期间，除了拿奖学金和助学贷款，我还需要做很多兼职赚钱。我做过直销，做过家教，发过传单，也做过模特。我做过很多种模特，英语培训机构传单页上的模特，彩妆模特，还有车模。

车模大赛第一名的奖金是一万块。有一个三十多岁戴着眼镜的赞助商在决赛之前多次请我吃饭并暗示我第一名可以内定，而你是一个聪明的女孩。当我拿到那一万块的时候，我的感觉就是无助又屈辱。我不知道在操场跑了多少圈，想把无助跑掉，把屈辱也跑掉。后初来找我，沉默地和我一起跑。我们不知道跑了多久，一起躺在草地上。蚊子在我们的脑袋上方嗡嗡嗡，我问他：“你觉得我是一个什么样的人？”

“知道自己想要什么的人。”

“那你猜我现在想要什么？”

“你想要什么？”他问。

我呵呵笑了一会儿，拉住了他的手。他的手干燥温暖，星光下，我与他十指交扣。大概就是那个片刻，屈辱和无助消散了，我的内心一片澄澈，无比清晰。他是我唯一的朋友，是唯一的，对我没有恶心的欲求，而对我好的那个人。也就是在那个片刻，我才发现，原来我一直在等他长大。原来我那么努力那么爱钱，是为了可以和他平等地站在一起，有与他可以手拉手的此刻。

“我想要和你永远在一起。”我说。

4

与后初相爱，要比与别的男生恋爱难得多，我付出了之前无法想象的热忱。当然，我隐瞒了那些无法说出口的曾经发生在我身上的与“恋爱”有关的事。

但我们都很幸福，后初应该幸福感更强一些。他才十八岁，几乎就是情窦初开。当然，不是没有别的女生追过他，而是她们其实并不了解怎么跟他相处。

在表达爱上面，他从来都不主动。很多时候，我在他面前是姐姐，是朋友，还有点儿像妈。我会唠叨，让他帮我这个，帮我那个。他当然会做。我努力地调教他，让他做一个优秀的“二十四孝”男朋友。我们的相处模式一直都是这样的，他帮我，又帮我，一直帮我。

我不让他把我们在一起的事告诉他的父母，因为我知道他父母一定会反对。

我想让我自己更好一些、更优秀一些之后，也能优雅精致地站在他父母的面前。

可他母亲经常来看他。她开一辆Mini Cooper（汽车品牌），呼啸而来，从后备厢里拿了好多吃的，塞满他的宿舍。她陪他吃大餐，摸摸他的脸，说："儿子，妈妈又想你了。"

每当这时，我都会有一些卑微的嫉妒。我会躲得更远。

可我们还是被发现了。

一次是在兼职回学校的路上，我闹着说鞋子磨脚，后初马上脱下了他的运动鞋给我穿上，然后提着我的鞋子赤脚走，这一幕刚好被他母亲看到。

还有一次是早上我起晚了，后初提着早餐等了我半个小时，也被他母亲抓了个正着。

宝贝儿子被女朋友这样"摧残"，后初的母亲当然愤愤不平。当着我的面，她眼泪都下来了："你怎么敢让我儿子等你！"

但怎么说呢，越是被约束的、不可以的，越是更感觉到那种偷偷的快乐。当这种快乐的缔结被彻底打破的时候，也就成就了某种意义上的刻骨铭心。

我和后初因为他母亲的反对反而更相爱了。那年的暑假，我们都没有回家。我们在外面租了房子，每天厮守在一起，但即使是住在一起，我们也没有突破男女间的那最后一道防线。

你知道少年时期没有经历过叛逆的人，他们在成年后总会叛逆那么一次。我利用了后初的叛逆，他因为我不再是父母的乖宝宝了。

还记得那个早晨，他去学校图书馆，我去商场做兼职化妆师，我们一起手拉手地在公交车站前吻别，被他父母和哥哥又抓了个正着。

他母亲的眼神，带着那种"你不得好死"的杀气。而他的父亲，只是语重心长地对我说："你们不可能的，分手吧，不要耽误彼此的时间了。"

开始我以为他们反对的只是因为有钱人所坚持的那种门当户对，后来才知道，这只是其中一个原因。

他们早就打听了我，知道我妈的风流韵事，也知道我的“风流韵事”。他们甚至知道了我参加车模比赛，虽然几乎没有开始，但还是不知廉耻地为了钱当了破坏别人家庭的“小三”。

这样的女人，怎么可能和我的儿子在一起？

后初被带回了家。我翘了一天的班回到我们的租房，正收拾他的东西的时候，我接到了我奶奶住院的电话。

我奶奶中风了，送她去医院的是那个对面卖水煮花生的女人。她说有个卷发的中年女人前一天去我家，说了很多难听的话。

我前后想了又想，终于不忍心把后初的母亲与那个女人对上号。我奶奶出院后一直瘫在床上。开学就大四了，也没多少课，我便请假在家里照顾她，直至她去世。

因为我在老家，后初便经常回来。有时，他会住在我奶奶家，就睡在沙发上。我们在黑暗中、老房子的霉味中、奶奶艰难的咳嗽声中紧紧地拥抱在一起。

“你会永远爱我吗？”

“我会。”

“就算不在一起也会爱我吗？”

“我会永远爱你。”

在我奶奶去世前的一周，后初的母亲来了我们家。她说他们已经给后初准备好出国读硕士的计划，让我不要再打扰他了。

我望着她，终于承认我永远也成为不了她那样的人。

我好累，我的未来一片灰暗，我不知道何去何从，我想下坠，我想恨她。

不知道是不是言情小说里的情节刺激了我，我半开玩笑半认真地说：“那你给我一笔钱，我要给我奶奶买个墓地。”

她问我要多少，下午便把钱送来了。

后初的母亲回家后和他说了我要钱的事儿。他在短信上问我：“是真的吗？”

“分手吧。”我回。

我奶奶去世后，我一个人张罗了她的葬礼，用后初的母亲给的钱买了墓地。

葬礼之后，我呆坐在旧房子的地板上，觉得整个世界就只剩下我一个人了。我是一个孤儿了，一个完全的孤儿。从此，除了我能疼我自己，再没有别的人会疼我了。

后初如他母亲所期望的那样，出国了。

我们断了联系。

5

如果不是一年后偶遇，也许我们就相忘于江湖了。那次偶遇是在周末的商场里，那时我在4S店做销售，品牌在商场里租了展位做宣传，他陪一个女孩看车，我接待的。

那女孩就是露露。那时她大概刚读大一，准备考驾照。她的父母为了鼓励她早点儿拿到驾照，答应先订台她喜欢的车给她。露露很单纯，几句话就问出来很多东西。

“你年纪看上去很小，就买车吗？

“你父母对你这么好啊。

“那位是？

“男朋友？家里人也知道吗？

“家里人安排的？”

全程张后初都没有说话。

等我站了一整天从商场出来，才看到他在外面等我。

那天，他送我回了家。老家的房子卖掉后，我在大学所在的城市按揭买了一套房子，除了我奶奶的遗照，我什么都没带过来。

他对我奶奶的遗照上了香，他似乎又长高了一些，我们沉默地坐了一会儿。之后我送他离开。

我家附近有一个旧公园，带一个人工湖，我们就又在公园走了一圈，也没什么好说的，大概都心有囹圄。走到人工湖旁边，我被一个游船的工作人员拽住，说今晚游船特价，两个人只收一个人的钱。我便去了，反正只收我一个人的钱，张后初去不去，我都不亏。

那天晚上突然降温，有风，公园里没什么人，整个游船上只有我和张后初。马达声穿透了夜晚，我的心里也突突突的。我望着他，目不转睛，说不上爱恨。

在湖的中央，老旧的游船坏了。我们坐在湖的中央，像是坐在宇宙的中央。一个邪恶的念头突然出现，我想与他同归于尽，或者完全与他形同路人。

我说："你就不想知道我奶奶是怎么死的吗？"

他诧异地看着我。

"你妈妈接你走的前一天找过她，第二天她就中风了。要钱的事儿那天之后没几天，她就又犯病去世了。"

我没有说谎。而他整个人都怔住了，表情也像是被冰住了，之后整个人开始抖。我知道这对他的冲击有多大，就像他知道奶奶对我来说有多重要一样。

"然后我就成了孤儿，我还失去了你。"我依然没有说谎。

"对不起。"

"对不起。"

我们彼此道歉，在颤抖地拥抱中完成了和解，达成了同盟关系。至此，我们不再恋爱，而继续相爱。我们成了另一种意义上的亲人。至此，无论我们在哪儿，在谁的身边，我们的心永远是靠近的，没有什么能再把我们分开。

6

当然他的母亲从此和我仇深似海了，他和他母亲的感情也因此慢慢冷漠。

我从他们身上夺走了某种很珍贵的东西。活着就是这样的啊，你不夺走，就不是你的。我从不佛系，佛系是弱者的选择。

他说他和露露："我爸年轻的时候，参加技术下乡，我过五岁生日，他忙完一天，骑自行车回城给我过生日。天擦黑了，又突然开始下大雪，他连人带车滚进了河里，河面也没有结冰。他的小腿在水里抽筋，差点儿没淹死。当时正好露露的父母经过，把他救了上来，又脱下自己的大衣给他穿上，带他回家，算是救了他一命。那天露露也过两岁生日。我爸就把给我准备的礼物，一辆上了色的木头雕刻的小汽车，送给了露露。我们两家之后就走动起来，像成了亲戚，逢年过节都要见面和吃饭。过生日，我和露露也总是一起过。后来我爸开始自己开公司，生意上也和他们家往来不少。我爸有点儿历史古典主义，前年我出国前，我爸喝了酒后，私自做主跟露露的爸妈说了以后要亲上加亲。"

我想问他为什么没有反对，可又明白他为什么没有反对。

我们不再恋爱，那他和谁恋爱又和我有什么关系。

之后，时间变得神奇。他依然在地球的另一端，而我因为笃定与他的关系，开始在我的人生路上飞奔。

一个女人想要改变阶层不过两种方法：一是咬牙切齿地拼命靠自己，二是打扮起来放低自己靠男人。两种我都用了。

卖车的时候，我认识过不少有钱人。一个日籍华裔，他见我第二面就说："你愿意的话，明天我就带你去日本结婚。"一个在北京的金融才俊，每个周末飞过来只为看我一眼。还有弹《野蜂飞舞》弹到出神入化的大学老师，一整个下午都在4S店为我弹钢琴。

我尽量不得罪任何人，但也不和他们有什么深入的关系。当然我也有不堪忍受骚扰的时候，并因此丢了一个团购大单。于是我干脆辞职，在闹市区开了一家奶茶店，生意很好，做出口碑后，我又开了第二家、第三家。手上有闲钱的时候，我又开了一家饭店，结果黄了。因为本来很好的地段，我接手后开始修路，正好是在高架桥的入口处，停车拐弯都不方便。那次亏了不少钱，后初把他的全部积蓄借给了我，我咬牙切齿地又开了第二家饭店。

第二家非常注意选址，厨师也挑得好，渐渐有了不错的口碑，又因环境下了功夫装修得很好，一度上过“最值得去的本市餐厅”的榜首。也因为做饭店，我慢慢长袖善舞，认识了不少朋友也认识了王梁源。有一段时间，王梁源带着一个小姑娘每天来。渐渐地，小姑娘不来了，他自己来。

我们饭店的工装要换新，和他聊了下，就经他介绍找了个工厂。我们慢慢地也熟了，他一个人时，我就陪他喝几杯。不知道是不是因为童年时期父亲的缺席，我渐渐在他身上找到了某种安全感。

有一次我太累了，倒在包间里就睡着了。其实做饭店就是每天睡得比猫头鹰还晚。我醒来的时候身上盖着他的大衣，他人并不在，我翻他的兜，找到了钱包，才知道是他。钱包里有厚厚的一沓人民币，真是老年人做派，还有很多张卡，身份证也在里面。我打他电话，他才恍然大悟说没事儿，回头去拿。

那天，我抱着他的大衣，感到非常寂寞。

我每天见人，不同的人，新鲜的人，也总被追求，可还是感觉到寂寞。虽然我从来不说，但我很希望后初能回来，就算偶尔见面吃个饭也很好。

和老王在一起后，我就告诉了后初。他没说什么。这种状态好像回到了我们还是少年的时候，我和谁恋爱都没关系，但只要找他，他都在。

我在饭店见过一次他的那个未婚妻露露。她很聒噪，呼朋唤友，吃完又说要去夜店。我知道她早晚得出事。我不能让后初受辱。其实他在国外并不开心，之前一直不回来，大概就是不想那么早和露露结婚。

我第一次跟后初说让他回来，是我和王梁源在一起一年后。我说他是我弟弟，老王说他愿意的话，可以去他们公司上班。

后初准备回来的时候，我也铺垫好了一切。我花钱找了个人，去勾搭露露。她当然上钩了，根本不费吹灰之力。我算是又破坏了一次他的家庭关系，只是我没想到那个花钱办事的小子竟然砸了后初的头。这让我很恼火，在结尾款的时候，我也砸了他的头。然后就穿帮了，他去找露露说了实情。露露的父母和后初的父母都来兴师问罪了。当时后初已经和王等等在一起了。

我不想提太多王等等。我也不知道到底是她闯进了我和后初的世界，还是反过来我闯入了他们的世界。

只是记得当她因为我，和后初要分手的时候，我在后初脸上看到了很清晰的痛苦。这是我之后，他又一次对谁非常难得地心动。

我曾经对她的嫉妒，在她离开后烟消云散。如果他们不分手，我不知道自己会不会做点儿别的像对付露露那样的事儿来对付她。她离开得太早了，不知是聪明还是软弱。

为了安慰后初，我就借此投桃报李地“为了他们”而接受了王梁源的求婚。王梁源的资产，大概就是后初父母资产的十倍吧。其实王梁源并没有向我求过婚，我是为了向后初展示自己的魅力骗后初的。结婚，其实更像是一场互相妥协的彼此需要。他公司要上市，需要家庭平稳，而我需要提升阶层。成年人的世界里，婚姻除了要有感情，也得有一点儿“互相利用”的价值，才能有机会让关系存续。我们都懂。

更何况，结婚也不是人生的终点，说不定我们会离婚呢？一辈子太长了。

7

我结婚前的一天，和后初去拿改好的婚纱。

“你觉得我是什么样的人？”我又问他。

“知道自己想要什么的人。”他又这样回答。

“那你知道我想要什么吗？”我又问。

“不知道。”他扭过头去，“别告诉我。”

“我做错了什么吗？”

他没回答。

“你要放弃我了吗？”

他依然没回答。

“除了我，不是谁都可以吗？”

他起身离开，连第二天我的婚礼都没有参加。

婚礼结束后，我望着镜子里的自己愣怔了好一会儿问老王：“哥哥，你觉得我是什么样的人？”

“还行的人啊。”

“你为什么娶我啊？”

“看你没人要就收拾了呗。”

“为什么喜欢我啊？”

“谁说我喜欢你？”

“讨厌。”

他拍拍沙发：“过来。”

我便像小狗一样地过去了。

“等我们老的时候，”后初的培训机构开业的那天早上，我对后初说，“你会不会桃李满天下了？”

“嗯。”他心不在焉地应着我，看着新送来的两个发财树花盆发呆。

我凑近看到了王等等的名字。他盯着那个名字不知道多久，只有当他的新女朋友换上了我热情推荐的那一套衣服过来问“后初哥，好不好看”时，他才稍稍转身。

“好看。”他说。

“超美。”我说。

“是杨帆姐的品位太赞了。”年轻的女孩说。

在人生长河中，在最复杂也最令人看不透那一段与感情有关的奔流中，我们都学会了微笑着妥协。